Relatos

Que a la muerte divierten
Volumen I

Ricardo Cabrera

Toda historia tiene un principio
Y la mía comienza con mis hijos
Juan Pablo, Sebastián y Fernando.

Para quien con su entusiasmo permanente
contribuyó a la realización de este libro
Alberto Oriza Barrios

Introducción

Escribir mi primer libro de ficción fue una incursión introspectiva a los recuerdos de mi niñez. La fantasía de los relatos que se contaban como verdades ciertas entre aquellos mayores que yo, sobre eventos, cuya explicación no se encontraba a mi alcance. Nuestras mentes fértiles solían magnificar el alcance de esas historias. La peculiar forma en que nos eran transmitidas dejaban honda huella. Germinaban en nuestra imaginación y crecían a un ritmo sorprende en quienes las escuchábamos.

Los relatos que hoy pongo a su consideración, nacen, algunas de ellas de situaciones que en realidad ocurrieron, y después mi propia imaginación llevó a nuevos mundos. El entretenimiento es sin lugar a duda lo que busco en mis nuevos lectores. Espero, sin lugar a dudas, que disfruten de cada una de las historias que escribí. para todos ustedes

Lauro Arreola se hace presente en mi imaginación viniendo desde los recuerdos de mis primeros años escolares. Entonces, éramos de naturaleza que nos acercaba tal vez, un poco más a la villanía. A veces propia de los niños, solíamos –hoy lo digo sin estar orgulloso de ello- ensayar nuevas formas de hostigamiento hacia algún Lauro Arreola en particular. Por fortuna nunca llegamos a los extremos de herir a alguien con la profundidad de la cual fue víctima el protagonista de mi primera historia.

Conocí de primera mano, con la complicidad de una fogata y los amigos a mi alrededor, la historia de un perro solitario, negro y grande más allá de lo imaginable, que, según nuestro viejo narrador, estaba aquí para encaminar las almas al más allá. *Beltz*, me vuelve a acompañar, y con él inicia la travesía a una historia más compleja que tendrá mayor peso en los siguientes volúmenes.

En el medio he traído a colación dos historias, que, de no haberlas vivido en compañía de otras personas, me hubieran resultado fantásticas y difíciles de pensar como creíbles. Un viaje a Tantoyuca, Veracruz, me puso al límite con la historia triste de *Don Práxedes y su hijo*. Se queda en mí la idea de regresar y conocer más sobre estos personajes.

En *la niña de Jáltipan*, convergen elementos de crueldad que se han hecho tan terriblemente cotidianos en nuestro país, México, el relato, compartido con abundancia de detalles llega a un desenlace que me hubiera gustado ocurriera. Nuevamente, acudo a la imaginación creando un escenario que me parece sería el adecuado para la protagonista de la historia.

¿Qué harían ustedes? Si en la oscuridad de la noche, con una tormenta que no deja ni concentrarnos en nuestros propios pensamientos, una hermosa chica, visiblemente apurada y sola, les solicita el favor de acercarla a su casa. En los municipios de la Sierra, en el estado de Tabasco, se ha hecho popular la leyenda de *El túnel de los tíntales*. Hoy, le he dado forma a los dichos de quienes no aciertan en ponerse del todo de acuerdo. La historia ocurre en tiempos ya idos, en un lugar perdido de la provincia mexicana.

Por último, *Kurai*, cierra este primer volumen. La dualidad del personaje, dividido entre un gamer y su propio avatar, lo llevará vivir aventuras más allá de lo imaginable, rodeado de amistades que demostraran su valía como en una auténtica novela de caballerías. Kurai, es una historia ambiciosa que busca quedarse en la mente del lector y esperarlos pacientemente hasta su desenlace.

En los siguientes dos volúmenes, aguardan inesperados giros y sorpresas donde las historias previas del presente libro continúan.

Ricardo Cabrera Figueroa

Lauro Arreola

1

- *¡La Opinión[1]*, el mejor diario del norte de Veracruz le trae la noticia!

- ¡Entérese! ¡Todo el norte de Veracruz sacudido!

- ¡Niño de doce años se quita la vida!

- ¡La sociedad veracruzana consternadaaaaaa!

- *¡La Opinión* le cuenta los terribles hechos!...

Eran los últimos días de clases, a los alumnos del primer año de secundaria se les podía ver particularmente emocionados, el calendario escolar llegaba a su fin y las vacaciones de verano se asomaban a la vuelta de la esquina, habían presentado ya los exámenes finales, - Los más difíciles-, una semana antes. Durante todo ese tiempo sus profesores se habían encargado diariamente de aterrarles con la posibilidad de que más de alguno habría de reprobar y repetiría el año escolar.

El jueves 11 de junio de 1970, dos enormes alegrías darían sentido a las cortas existencias de la población escolar. Por la mañana de ese día, por enésima ocasión, Pedro Olguín y su hermano Simón habían molestado hasta más allá de lo permisible a su víctima favorita: Lauro Arreola.

En la dirección, el profesor Emilio les sacó la confesión a los dos, a punta de reglazos, y con cada palabra que decían su cólera iba en aumento, las venas en sus sienes resaltaban como dos cables eléctricos, daba la impresión de que se sobrecargarían provocando un corto circuito.

- ¡Están expulsados! ¡No quiero en mi escuela animales como ustedes, gente que no entiende el valor de la amistad ni mucho menos de la decencia!

- ¡Se quedan aquí hasta que su padre venga a buscarlos!

---

[1] La Opinión, diario de mayor circulación en el norte de Veracruz, fundado en el año 1953 en la ciudad de Poza Rica. Veracruz, por Raúl Gibb Quintero.

Dicho esto, salió furioso de la dirección azotando la puerta metálica que sellaba la sentencia lapidaria hacia los dos bribones.

Acostumbrados a las tropelías de ese par, la consideración general es que, incluso ellos; ahora si se habían pasado.

Esta vez no encontraron quorum inmediato en todos los demás, la vejación hacia Rito había sobrepasado todos los límites. Las niñas se mostraron solidarias con la víctima y les condenaban a ellos, "los animales" nombrete generalizado que se habían ganado a pulso y del cual se sentían orgullosos.

Era verdad, si algo les complacía realmente, era el saber el terror que infundían en la población escolar, y es que en materia de diabluras lo suyo se había convertido en arte. A pesar de las consecuencias, ambos se sentían particularmente satisfechos de la última "travesura" en contra de su víctima favorita y está de más entender que la consideraban "su obra de arte".

La mala fortuna hizo coincidir en tiempo y lugar a Pedro, Simón y Rito. -Diminutivo que utilizaban las niñas para dirigirse a Lauro- en los baños de la escuela.

Entraron como de costumbre agrediendo verbalmente a los demás chicos que ahí se encontraban.

- Apúrense niñas. Gritó Pedro a quienes ocupan los inodoros, su corpulencia y sus trece años, uno menos que su hermano Simón le daban ese derecho.

- ¡O entro y me cago encima de ustedes! La aprobación de Simón hacia su hermano, se tradujo en estruendosas carcajadas.

Envalentonado por la comparsa de su hermano, empezó a golpear las puertas de los baños.

- ¡Ya niñas, que se acaba el receso! ¡¿Vienen a hacerla o se las saco a punta de madrazos?!

Golpeó con fuerza la puerta de uno de los sanitarios, y del otro lado se escuchó la voz de Rito. Débil, apocada, buscando no incomodar, seguramente el miedo acumulado hacia quien gritaba le hizo hablar,

- Ya salgo, esperen por favor, dijo quedamente.

- ¡Una niña! ¡Simón hay una jodida niña en el baño de hombres! Se asomó por debajo de la puerta y gritó lleno de regocijo, su día se iluminó con el descubrimiento.

- ¡Es Laurita, ¡Simón, es Laurita! Y entre ambos comenzaron a golpear la puerta.

Aterrorizado, Lauro, en un hilo de voz apenas audible les pedía que le dejaran en paz.

- ¿Ya oíste Simón, la niña nos está dando órdenes, vas a permitirlo?

La cara estúpida de Simón hacía pensar que se había quedado en algún escalón evolutivo y por alguna razón en particular no había podido seguir avanzando. Ambos hermanos eran corpulentos, de piel renegrida y facciones toscas. Dos auténticos prospectos de futuros trolls, por si fuera poco, los uniformes escolares les quedaban demasiado ajustados y cortos, rematando su aspecto grotesco y un tanto cómico.

Se habían convertido en el dolor de cabeza de todo ser viviente en la escuela, incluidos los adultos. Los ojitos casi cerrados de Simón se movieron nerviosos tras las gafas intentando saber que deseaba su hermano que hiciera al respecto.

- ¿Lo oyes? ¡Se está riendo de ti estúpido! Los gimoteos de Lauro en efecto parecían risas, pero el pobre niño en realidad lloraba de terror hacía los dos.

Simón actuó en forma precipitada, se agachó, tomó por las piernas a un desprevenido Lauro y lo jaló hacia sí. Como pudo resistió el violento tirón, pero no lo suficiente para evitar que sus pantalones e interiores se quedaran en las manos de Simón.

El festejo de Pedro hacia su hermano fue tal que la cara de cara de Simón se iluminó con una sonrisa que denotaba que su inteligencia no residía en su cerebro desde hacía mucho tiempo.

- ¡Lo hicimos Pedro, lo hicimos! Le quitamos el pantalón y los calzones a la niñita.

- ¡Las niñas no deben usar pantalones! Sentenció Pedro con una voz más gutural, desprolija de sentimientos y arrepentimiento por la obra de su hermano, le arrebató las prendas en forma violenta, se pasearon corriendo en el interior de los sanitarios con la ropa de Lauro en lo alto, disfrutaban de las caras de incredulidad y temor de los niños que se encontraban ahí en ese momento; llevaban las prendas como si de un estandarte obtenido del enemigo se tratará, y en un acto más de salvajismo natural para ellos, tiraron la ropa en el urinal de concreto y losetas despostilladas que se encontraba a un costado de los sanitarios.

Salieron aullando como fieras sin control, festejando la canallada reciente -Nadie por supuesto osó hacerles frente -.

Mientras, en el baño el niño lloraba desconsolado, víctima del terror y la vergüenza. Esperando que alguien viniera en su auxilio, pero eso no sucedía, nadie se atrevía a dar el primer paso y las condiciones en las cuales se encontraba su compañero en desgracia, en su fuero interno es posible que el pensamiento generalizado fuera: *Mejor él y no nosotros.*

Siendo niños, la bondad y la maldad son hermanas que comparten la misma cama, la diferencia en pasos entre ambas es tan corta que a menudo cuesta trabajo diferenciar cuando la una trasgrede el espacio de la otra.

Y un acto lleno de tanta vileza como el que habían perpetrado los dos bribones, fue juzgado por los demás niños como una acción que habría recibido un castigo desmesurado por parte del director.

Y es que, mientras ambos se encontraban en detención, Pedro se percató que los resultados de los exámenes recién presentados estaban sobre el escritorio de nogal del director.

Impulsado más que por un acto de reivindicación de su conducta hacia los demás y si por su natural malévolo, revisó a conciencia los documentos, tomó una hoja de papel revolución y en la turbiedad de la superficie garabateó los nombres y promedios finales de cada uno de los niños. Excluyendo por supuesto de este "noble" gesto a las niñas. Y aunque ellos sabían de antemano que repetirían el año escolar, eso realmente no les preocupaba, después de todo, la bestia de su padre les daría una golpiza más, y eso no los amedrentaba.

Si bien es cierto que estos eran violentos, el molde original no se andaba con ambages, Don pedro no toleraba en lo más mínimo una transgresión a las rígidas normas que había establecido en su casa y que él consideraba como necesarias para convertirlos en verdaderos hombres.

La atención de los alumnos ahora estaba puesta en la suerte que correrían los dos detenidos en la dirección, la opinión generalizada es que su padre los despellejaría vivos.

Y esto dejaba en un segundo plano la situación de Lauro, quien continuaba encerrado en la biblioteca, ahora con unos pantaloncillos cortos azules de deporte que el profesor de gimnasia le había llevado a instancias del director, aún lloraba desconsolado.

- Ya, no llores, no fue para tanto, solo fue una travesura de esos dos, ya sabes cómo son, para que los molestas. Le decía el profesor, sin que nadie le solicitara su "apoyo moral"

Lauro lo escuchaba incrédulo, de modo que él los molestaba. Eso le hizo llorar con más ganas. Se sentía escindido del mundo, diera la impresión de que no había un lugar para él, y eso le acongojaba tanto, que sus ojos se hacían líquidos sin que él lo pudiera evitar.

El profesor lo veía con cierto desagrado, pensando para sí - ¡Vaya escándalo por una tontería!

La desgracia del jovencito fue olvidada, cuando Pedro le entregó el resultado de sus "indagaciones" a Manuel que merodeaba por la dirección.

- Psss, Manuel, ¡Ven!, ¡Toma! Son los resultados de los exámenes. Pedro le hizo entrega del papel como si se tratara de un secreto recién rescatado de las entrañas de la tierra y hubieran atravesado mil y una penurias para que ahora pudieran entregarlo aun a costa de su propia suerte.

Y éste, ni tardo ni perezoso, corrió con todos los demás para compartir el botín recién obtenido, la algarabía general reemplazó lo sucedido anteriormente y con ello se juzgó menos duramente al par de truhanes por parte de los demás compañeros de grupo.

Incluso había quienes sentían lastima por ellos que esperaban la llegada del padre.

2

Cuando conocieron por Manuel la noticia de que habían aprobado el año escolar, la alegría de los niños de primero de secundaria se convirtió en un estado de alegría sostenida.

Todos conocieron por Manuel lo difícil de la misión de los hermanos Olguín a favor de los demás, eso era más que suficiente para olvidar a un compañero en una situación tan triste como Lauro Arreola.

Esto habría sido suficiente para dar sentido a las ya inminentes vacaciones, pero por la tarde el júbilo alcanzó su máximo nivel.

El mundial de Fútbol celebrado en nuestro país, fue por antonomasia el evento más importante en sus cortas vidas, la presentación de Brasil, cargado de estrellas y la aureola de enviado de otro mundo que ostentaba *Pelé*[2] eran más que suficientes para que la chiquillada se congregara en las casas de los amigos que tenían la fortuna de poseer un televisor.

Esa tarde ya habiendo olvidado los eventos de la mañana, Manuel, Aldo y Luis Avendaño se habían reunido en la casa de los gemelos Israel y Rafael, estos eran considerados ricos, pues sus padres eran poseedores de una *TV Philco* de 21" en blanco y negro.

La emoción no era para menos, el partido entre México y Bélgica daría comienzo a las cuatro de la tarde y los padres de los gemelos les habían permitido que llevaran a sus amigos.

---

[2] Pelé. [En línea] Edson Arantes do Nascimento; Nacido en Três Corações, Minas Gerais, 23 de octubre de 1940), más conocido como Pelé (pronunciado /peˈlɛ/), es un exfutbolista brasileño reconocido por la mayoría de los especialistas, periodistas, exfutbolistas y aficionados como el «mejor futbolista de la historia» así como el «mejor jugador histórico» del club Santos de Brasil, de la selección brasileña y de la Copa Mundial [Citado: 09-nov-2019]. Disponible en internet: https://es.wikipedia.org/wiki/Pel%C3%A9

La expectativa del juego fue coronada por un gol del *Halcón Peña*[3] en el cobro magistral de un tiro penal a los catorce minutos de iniciado el juego, el gol fue festejado en toda la nación porque significaba el pase a la siguiente ronda.

- La victoria de México sobre Bélgica por marcador de 1-0, fue suficiente para que a nadie le importara un reverendo comino las tribulaciones de Lauro, ni el castigo que el padre había infringido a Pedro y Simón en la misma escuela.

---

[3] Gustavo Peña Velasco, [En línea] (Talpa de Allende, Jalisco, 22 de noviembre de 1941) apodado *El Halcón*, es un futbolista mexicano retirado. Su posición fue de defensa central, siendo capitán de la Selección Mexicana en la Copa Mundial de futbol en 1970, en México. [Citado: 09-nov-2019]. Disponible en internet:
https://es.wikipedia.org/wiki/Gustavo_Pe%C3%B1a

Don Pedro se había presentado por la mañana en la dirección de la escuela, ni bien le hubieron informado -Hombre de pocas pulgas como era-, se quitó el cinturón y apunta de hebillazos, delante de los presentes descargó su furia en las espaldas de los dos, y "corrigió" a sus vástagos sin decir una sola palabra, mientras los críos gritaban más que llorar; el método -bárbaro- fue aprobado como necesario por el director de la escuela y el ofendido padre de Lauro, acto seguido, jadeante y un tanto sudoroso se calzaba nuevamente la correa, mientras, en el suelo yacían con la espalda maltrecha sus hijos, la camisa blanca de ambos se empezaba a manchar de carmesí

- ¡Así mero castigo yo estas marranadas! Dijo con vez tronante dirigiéndose a sus muchachos, dio media vuelta y se encaminó con paso firme hacia la salida, dejando al director y al padre de Lauro mudos y con un acre sabor amargo de boca, aunque efectivo –pensaban- No estaban seguros que fuera la forma adecuada.

Al día siguiente nadie echó de menos la ausencia de Lauro, Pedro y Simón, las únicas noticias que importaban era la certeza de que habían obtenido calificaciones aprobatorias y que México había ganado.

Por otro lado, los actores del drama tendrían el fin de semana para saber cuál sería su proceder en los días por venir.

Pedro y Simón no pudieron ponerse en pie al día siguiente, la golpiza que les habían propinado su padre los postró en cama y ahí se mantuvieron hasta entrada la tarde del domingo entre el dolor de las heridas y el odio que los consumía.

Lauro se sentía corroído por la vergüenza, desanduvo el camino a la escuela y se fue a refugiar en un sembradío de naranjas cercano hasta que el turno terminara, después, regresó a su casa. Durante esas horas, a solas entre los árboles se preguntaba ¿Cuál era el problema?, ¿Qué funcionaba mal en él? ¿Por qué se ensañaban de esa manera? Le entristecían particularmente sus padres, nunca había tenido el valor de contar a cabalidad la cantidad de situaciones por las cuales sus compañeros le hacían pasar, sabía perfectamente que eso les hubiera ocasionado un profundo dolor. Lauro se veía a si mismo completamente solo. Por vez primera sintió la mordida del odio en su corazón, deseaba que todos pagaran las consecuencias de sus actos, pero se reconocía débil y lo peor del asunto no contaba con la simpatía de los demás niños. Ojalá que todo se terminara ya, de una o de otra forma, pero que todo se fuera al carajo.

El lunes 15 por la mañana el ánimo general era de tristeza, un día antes la selección mexicana había sido derrotada por un marcador contundente de 4-1 por la Unión Soviética que se mostró poderosa ante la defensa de la escuadra mexicana y esto cortaba las aspiraciones para avanzar a la siguiente ronda.

Lauro llegó acompañado por su mamá, era el día señalado para la entrega de las calificaciones finales, así que solo estaría ahí un rato y se regresaría con su madre.

Durante la entrega, Pedro y Simón sentados en la retaguardia, le miraban con un odio contenido a duras penas. Su padre no había asistido, apercibido de los malos resultados de sus hijos.

Ellos sabían que repetirían el año escolar o peor aún, su padre los sacaría de la escuela y los pondría a trabajar en su tienda de materiales para la construcción. Como quiera que fuera, sus expectativas no eran muy halagüeñas.

La felicitación en voz alta expresada con orgullo por el director de la escuela hacia Lauro por haber obtenido el primer lugar con sus notas, les sentó a los dos peor que el correctivo paterno.

Ofelia, -La madre de Lauro-, lo abrazó y felicitó efusivamente por los resultados obtenidos le dijo que era un niño maravilloso y que estaba sumamente orgullosa de él. Incluso esta escena fue tomada a mal por parte de los muchachos, consideraban el acto de amor maternal como una mariconería y se mofaban de ello.

Después de terminado el protocolo de entrega de calificaciones, ambos salieron de la escuela y se dirigieron caminando hacia el departamento en el cual vivían, no lejos de la escuela.

-Tu padre y yo hablamos anoche respecto a tu futuro en la escuela, y decidimos que para el próximo año escolar puedes elegir la escuela que más te guste. Le dijo su madre.

No podía creer lo que estaba escuchando, su cara se iluminó, la felicidad le hacía ver diferente las cosas, sus ojos marrones tenían un brillo especial, se abrazó con tal fuerza a su madre que ella no pudo contener las lágrimas. Podría dejar este lugar de mierda, pensó.

Caminaban sin prisa, discutiendo los planes futuros en otra escuela, no se percataron en ningún momento de las dos figuras que los seguían a corta distancia.

3

Lauro era un niño con una apariencia un tanto delicada a los ojos de los demás, sus facciones finas contrastaban con las de sus compañeros de clases, delgado y alto sobresalía de la media, sus cabellos castaños, lacios y rebeldes parecían buscar un propio camino sobre su cabeza e ir siempre despeinados.

Era casi un adolescente, pero aún conservaba un aire infantil que se negaba a abandonarle.

Era buscado por las niñas quienes parecían ser las únicas que lo aceptaban, por el contrario que sus compañeros ellas lo veían como una especie de hermano menor que necesita protección, pero que se daban cuenta que no había funcionado del todo.

Su diligencia para los estudios le granjeaba la simpatía de los maestros, no así de los demás compañeros de clases que pensaban era un "*matadito*".

Había algunos que tal vez hubieron podido pensar en amistarse con el chico si las condiciones lo hubieran permitido. Esto no ocurriría, a sabiendas que los hermanos Olguín lo habían señalado como víctima de sus tropelías casi desde que comenzara el año escolar.

- ¡Compre su periódico! ¡Niño decide terminar con su vida!

Esa era la noticia en primera plana que el periódico publicaba el lunes 22 de junio de 1970 por la mañana:

¡NIÑO DE DOCE AÑOS TERMINA CON SU VIDA!

El diario, daba algunos pormenores de lo ocurrido, aunque los detalles no eran abundantes sobre el porqué tomó semejante decisión, la gente quedó impactada, había trascendido que el niño había escrito sobre la pared de su cuarto:

"Por favor ya no deseo seguir viviendo"

Y esta frase sola, movió a la gente a sentir una terrible angustia sobre los motivos del menor para privarse de la vida, no pocos culpaban a sus padres pensándole culpables de semejante determinación

El periódico informaba que su vida había terminado lanzándose desde el balcón del tercer piso del departamento en el cual vivía con sus padres.

La noticia si causó revuelo entre la comunidad escolar, pero las vacaciones habían dado inicio ya, y el mundial de fútbol ocuparía nuevamente los titulares de los periódicos.

Las indagaciones policíacas no arrojaron ninguna luz que evidenciara que alguien hubiera atentado contra la vida del jovencito Lauro Arreola.

La respuesta de los vecinos fue la misma siempre, "el chico poco salía, y cuando le veían siempre era cortés, estaban seguros que no sufría ningún tipo de abusos por parte de los padres a quienes consideran buenas personas"

En la habitación ordenada y limpia no encontraron indicios incriminatorios de los últimos momentos de su vida, la ventana abierta por donde había "saltado" no mostraba señales de violencia y el barandal bajo del balcón era una invitación para un accidente.

Algunas pequeñas gotas de sangre en la alfombra les pasaron desapercibidas.

Dentro, solo las paredes, si hubieran podido hablar podrían haber arrojado alguna luz, pero estas -mudas-, continuaban con sus alegres tonos azules y solo una mostraba la frase escrita con la mano temblorosa de su dueño que resultó útil para empujar el caso en una sola dirección: suicidio.

Les resultó más cómodo pensar: Niño solo y triste se deprime y se cansa de vivir, asunto solucionado. El asunto del maltrato escolar hacia el menor por parte de sus compañeros ni siquiera ocupó un espacio en la prensa local.

Toc, toc, toc. El llamado en la puerta de su departamento, sobresaltó a Lauro, no podían ser sus padres, ellos llegaban ya tarde por la noche, las ocupaciones en sus respectivos trabajos les obligaban a dejar solo al chico, y era. hasta llegada la cena, cuando podían cambiar impresiones del día.

- Voy, contestó, apresurándose a abrir la puerta.

- ¿Qué se les olvid...? La expresión de su cara fue de auténtico sobresalto y miedo.

- ¿¡Qué hacen ustedes aquí!?...

- Hola Laurita, ¿No nos dejas pasar? Le respondieron burlones Pedro y Simón.

El niño intentó cerrar la puerta, su esfuerzo fue vano ante la fuerza conjunta que le empujaba como un ariete, haciéndolo caer de nalgas sobre la alfombra verde y ocre de la estancia...

- ¡Hemos venido a cobrar la golpiza que nos dieron por tu culpa!, vociferó más que hablar Pedro.

- ¡Mira lo que me hizo el bruto de mi padre, marica! Dándose vuelta, Pedro le mostró su espalda a Lauro.

- ¡Perdón!, por favor déjenme... Suplicaba el niño.

- ¡Estás muerta niña! ya verás, ya verás... Las facciones de su rostro se deformaron en una horrible mueca sardónica.

Ese día nadie se percató de la llegada de ambos al edificio, conocían bien los movimientos en el edificio ya que habían estado acechando durante el transcurso de la semana.

La transmisión de los partidos finales de fútbol por las tardes acaparaba la atención de prácticamente todos.

Esperaron con la paciencia de unos verdaderos depredadores, buscaban encontrar el momento adecuado esperando que los padres del niño se fueran, que lo dejaran solo; esperando... simplemente esperando...

Sabían ya que Lauro no tenía hermanos que se quedaba solo durante el resto de la tarde, y que él ya no salía a ningún lugar y por supuesto nadie le visitaba.

4

Simón le tomó de los cabellos obligándolo a levantarse, le dobló el brazo hacia atrás y le indicaron que los llevará a su habitación. Ya dentro de esta lo soltó.

- ¿Y dónde están tus muñecas... eh Laurita? Dijo con sorna paseando la vista por la habitación, le molestaba verla tan ordenada -Que diferencia de la suya- En un primer impulsó sintió ganas de dar la orden a su hermano que estaba expectante junto a él. Y decirle ¡Desbarata todo esto! Pero se contuvo a duras penas, no olvidaba el motivo principal y su víctima estaba a su merced.

- ¿Sabes que por tu culpa mi padre nos sacará de la escuela? Pedro llevaba la voz cantante.

- Yo-o noo iré más a esa es-sscuela... Contestó a modo de disculpa.

- La oyes Simón, la niña ni siquiera habla como hombre. Pues te vas a acordar de nosotros a donde vayas, ¿Verdad hermanito? Simón asintió con vehemencia, estaba habituado a seguir las órdenes de su hermano, la fuerza de Simón sobrepasaba enormemente a Pedro, pero no poseía la inteligencia y malicia de este, simplemente se dejaba llevar, y bajo la dirección de Pedro podía ser bastante peligroso.

Extrajo con suavidad casi con teatralidad una navaja de zapatero de sus bolsillos, la desenfundó de su mago negro retráctil, sin prisa, disfrutando del momento y de la cara aterrorizada de su víctima frente a él. Eso le causaba un enorme placer, la acercó a la cara de Lauro que veía a los dos con los ojos muy abiertos, no daba crédito de lo que estaba ocurriendo.

Cuanto odio contenido en el pecho de Pedro, no podía soportar a Lauro, le corroía hasta lo más hondo de su ser ver la perfección de las facciones del muchacho, que fuera elogiado por sus logros escolares, la envidia al ver que el niño era asediado por las chicas, mientras él estaba casi cercano a la deformidad, como si su alma de mierda se reflejara en su exterior. Su autoestima era pisoteada con crudeza cada que Lauro estaba frente a él.

Pedro no aceptaría nunca que deseaba la cercanía de ese niño junto a él, que hubiera sido feliz si Lauro le hubiera correspondido al menos siendo su amigo, pero sabía que eso no ocurriría. El deseo carnal hacia su víctima era manifiesto y eso lo obliga a causarle más daño, no podía siquiera permitirse que ideas tan sucias se ocuparan de su mente. El cerebro retorcido de Pedro buscaba la forma de deshacerse de la perfección que veía en Lauro.

- ¿Qué te parece si le dejamos una marca en su bonita cara de niñita, eh Simón? El hermano le seguía en todo lo que le decían. A estas alturas, Lauro les imploraba que no le hicieran daño, pero ellos eran sordos a sus súplicas. El niño suplicaba a costa de la pérdida de su dignidad, intentar ganar su lástima era lo menos que podía hacer, se sabía solo, sin posibilidad alguna de ayuda.

- Mejor aún, te vas a llevar un recuerdo de los dos y con la mano libre se agarró con fuerza la entrepierna haciendo un ademán obsceno, dejándolo ver cuáles eran sus intenciones.

- Esto es lo que siempre has querido ¿Verdad niña? dijo casi en un grito sin apartar la mano de su bulto.

- Ahora nos darás a nosotros lo que regalas a los demás. Y lo harás con gusto como con Aldo y Luis.

Las risas de Simón acompañaron las palabras de su hermano, Lauro camino hacia atrás y su cuerpo tropezó con su mesita de trabajo, a tientas, tomó un lápiz y amenazó con este a Pedro, quien caminaba hacia él, sin prisa, pero decidido.

- Mira, me quiere atacar con un lápiz. Ambos rieron con verdaderas ganas.

Sin pensarlo mucho, Lauro se abalanzó hacia Simón que era quien estaba desarmado, e intento atacarlo con el lápiz, su ataque, más obedeciendo al instinto que llevado por alguna táctica que sirviera para alejar a sus depredadores. Pedro lo zancadilleo y le dijo:

- ¿¡Adónde marica!? Guardó su navaja, con singular habilidad le dobló nuevamente el brazo, y le rodeó el cuello. Lauro sintió que empezaba a faltarle el aire.

- P-p-oo…

- ¿Qué, no te entiendo niña? Aprovecha tu lapicito y escribe. Lo acercó a la pared.

Garabateó con cierta dificultad: Por favor…

- ¿Por favor? ¡Qué tierna! Mientras pegaba su cuerpo con el del chico. Lauro notó la dureza de la erección de su captor que parecía querer fundirse con su cuerpo.

- ¡Te daré lo que quieres! Las palabras salían de los labios de su captor como si estuviera en trance.

- ¡No me hagas daño por favor, por favor! Suplicó con la cara congestionada, sintiéndose desfallecer por la falta de aire.

A una señal Simón ayudó a su hermano a desabotonarse el pantalón, pero el forcejeo con su víctima le impedía actuar con libertad.

Lauro, llevado por la desesperación y el miedo al saber lo que le esperaba escribió: *Ya no deseo seguir viviendo*. Muy cerca de la anterior frase. En un acto de desfallecimiento total, más como un acto reflejo de su subconsciente que guiaba su mano.

Con su captor prácticamente encima de él, doblados ambos sobre el pequeño escritorio, hizo acopio de las pocas fuerzas que le quedaban, apretó el lápiz como si fuera su tabla de salvación y empujó su cuerpo hacia atrás hiriéndolo con la rudimentaria arma que se hundió sobre el dorso de la mano que lo aprisionaba, causando verdadero daño a su agresor.

Ante el dolor de la lesión, Pedro se vio obligado a soltarlo.

Retrocedió un poco, el estupor y el dolor se reflejaban en su cara contraída en un rictus de furia mal contenida. Estuvo a punto de perder el equilibrio con sus pantalones que aprisionaban sus rodillas.

- ¡Maldita perra! ¡No sabes lo que te espera, maricón! ¡Atrápalo Simón! Ordenó con furia, en tanto que intentaba colocar el pantalón en su sitio.

Viéndose libre de su captor Lauro corrió hacia el balcón, la ventana de su cuarto estaba entreabierta, afuera se veía la tarde que llegaba a su fin, las nubes rojizas por un sol que se iba, daban un tinte dramático al telón de fondo; las lámparas de la calle aún no se encendían.

Se hizo de una de las hojas de la ventana y la abrió, solo debía llegar al balcón y gritar por ayuda, pero en su desesperación por escapar de sus captores trastabilló, y eso le hizo perder el equilibrio, Pedro había logrado por fin colocar el pantalón en su lugar llenándolo de sangre en su intento. Simón Intentó agarrar a Lauro a su paso, fue inútil.

El niño se precipitó al vacío, la vida de Lauro se esfumaba rápidamente en su caída, no logró emitir sonido alguno, con la boca muy abierta, su garganta se había sellado ante la proximidad inminente de la muerte, su cara desencajada y pálida fue lo último que se quedó grabado en las mentes perturbadas de Pedro y Simón, quienes atónitos, le veían caer hacia el vacío en un tiempo que parecía prolongarse demasiado.

El impacto fue brutal, quedó desmadejado sobre el pavimento, con el cráneo destrozado, su mano sostenía con fuerza el lápiz con el cual había herido a su captor, en su punta afilada la sangre de Pedro comenzaba a coagularse mezclándose con la suya que empezaba a ganar terreno alrededor de su cuerpo.

Sus ojos fueron perdiendo el brillo lentamente, quedaron en ellos, fijas, las figuras de Pedro y Simón que se asomaban en el balcón, después la oscuridad total se hizo sobre él.

- ¿Qué hicimos Pedro? ¡¿Qué hicimos?! Chillaba con un hilo de voz un Simón presa del frenesí del momento, mientras su hermano se sujetaba la mano herida por un momento, intentando evitar que la sangre que manaba de la herida escurriera al piso; luego se llevaba el puño cerrado a la cabeza, golpeándose, buscando concentración, una idea fija se filtró en su cerebro: ¡Escapar!

- ¡Vámonos Simón! ¡No te quedes ahí como tonto! Y ambos salieron corriendo, bajaron por las escaleras en forma desenfrenada, buscaron con la mirada, pero no encontraron a nadie en su fuga, cuando llegaron al último piso escucharon los gritos de los vecinos que comenzaban a juntarse en el exterior del edificio.

- ¡Señor ten misericordia, es el hijo de Ofelia! –Gritaba una de las vecinas - ¡Que desgracia, Señor, que desgracia!...

Vieron otra salida por la parte de atrás, hacia ella se dirigieron, brincaron la reja trasera con la agilidad propia de sus años, a lo lejos, un mastín negro y descomunal les ladraba con furia, las leyes de la física parecieron no aplicar en ese momento, porque sus piernas cortas que parecían no aptas para imprimir tanta velocidad a esos cuerpos rechonchos se movían con ligereza y se alejaban del escenario de su vileza, sin voltear ni por un momento, se perdieron entre las sombras de la noche que comenzaba a caer.

No pararon de correr hasta llegar a la fuente central del parque cercano a sus casas. Pedro se acercó al borde de la misma, se limpió la mano, el dolor se había extendido a todo el brazo y la sangre continuaba fluyendo. Se miró el pantalón y comenzó a limpiarlo lo mejor que pudo. Se quedó allí, sentado con su hermano Simón que no acertaba a comprender aún el alcance de lo ocurrido. Simón se quitó sus lentes y empezó a llorar bajito.

Pedro tenía la seguridad que nadie los había visto.

5

- ¡Tres minutos señoras, se cierra el portón en tres minutos! Gritaba a voz en cuello el director de la escuela intentando hacerse oír entra la chiquillería que entraba en tropel dirigiéndose a carrera viva a sus salones para conseguir el mejor lugar posible.

El nuevo año escolar dio inicio en un día cargado de nubes oscuras y una ligera llovizna que acentuaba un poco el frío. Por otro lado, la escuela recién pintada en colores amarillo y azul daba la bienvenida a quienes por primera vez acudían, la intención del profesor Emilio era clara: olvidar los eventos pasados -Apenas dos meses atrás- Que ensombrecían la reputación de la escuela. Debían seguir hacía adelante como si nada hubiera ocurrido.

Era terrible sí, pero no podía dejar que los rumores que circulaban sobre maltrato entre alumnos eran incontrolables por parte de los maestros. No, eso no iba a ocurrir en su escuela. Además, los trágicos hechos no habían ocurrido en el interior de esta, y los protagonistas ya no estaban ahí para atormentarlo, movió la cabeza como para despejar esas malas e ideas y continuó gritando:

- ¡Un minuto señoras, ya vamos a cerrar el portón! Se dirigió a las madres que llevaban a sus hijos, esforzándose con su mejor sonrisa para darles la bienvenida.

La idea de aquí no ha pasado nada, duró poco, exactamente hasta las diez cuarenta de la mañana, hora en la que el maestro de gimnasia entró como tromba sin tocar la puerta y dirigiéndose al director que en ese momento se llevaba un cuernito con jamón a la boca.

- ¡Perdón señor director! ¡Pero tiene que ver esto! Sin decir más dio media vuelta y se dirigió hacia el área de baños, seguido por un intrigado hombre que presentía que su día perfecto se desmoronaría como torre de naipes. Y eso fue lo que ocurrió en efecto.

La cara de piedra del director observaba atónito el mensaje escrito a lápiz sobre la pared blanca de uno de los retretes:

"Por favor, ya no deseo seguir viviendo"

- ¿¡Quién, qui-i-én ha sido el responsable!? Ramiro, el profesor de gimnasia encogió los hombros en respuesta. De naturaleza nerviosa, Emilio se exaltó, montó en cólera, las manos le temblaban mientras sus ojos no podían apartarse del mensaje. Sin pensarlo dos veces se dirigió al aula del segundo año.

Irrumpió como una tromba sin tomar en consideración que los alumnos estaban en el receso. La ira le impedía pensar con coherencia.

- ¡Ramiro! ¡Busca a la maestra Margarita y que reúna a todos los alumnos inmediatamente!

Había seleccionado el segundo año a sabiendas que el posible culpable podría encontrarse ahí, entre aquellos a quienes les había tocado más de cerca la historia del niño suicida.

Erigido como un juez acusador se dirigió a los muchachos con voz que denotaba su enojo, su gesto adusto y el ceño fruncido intimidaban.

- ¿¡Quién ha sido el bromista!?

- ¿¡Quien escribió eso en el baño!?... Silencio general.

Intervino el maestro Ramiro. -Fue Aldo señor director quien me informó, señalando al niño que intentaba hundirse en su asiento.

- ¿Tu escribiste eso?

- ¡NOOOO! Grito el muchacho aludido.

- Entre al baño y vi el letrero escrito en la pared.

- Corrí a la dirección, pero me encontré con el *profe* Ramiro, le conté lo que había visto, porque en ese baño fue donde Pedro y Simón lastimaron a Lauro. Me asusté mucho porque el periódico decía que ese mensaje estaba en la casa de, de...

La sola mención de los nombres que deseaba olvidar, le ocasionaron un leve tic en el ojo izquierdo, y una descarga fría corrió por su espalda; se llevó la mano a la cara tratando de no evidenciar su desconcierto.

Lo atajó de golpe impidiéndole seguir hablando.

- ¡Esto es obra de un bromista de muy mal gusto, mientras no me digan su nombre, no habrá receso para ustedes!

- ¡Maestro yo creo que…!

- ¡Por favor maestra, entre estos niños alguien está actuando en forma cobarde y ruin y eso no voy a permitirlo!

Dicho lo anterior se fue a la dirección, se sentó frente al escritorio de nogal, vio su cuernito frío con coraje y lo apartó de un manotazo, se cubrió la cara con las manos y se mesó los cabellos, el tic en su ojo había cobrado más fuerza.

Al mismo tiempo en la casa de los hermanos Olguín, la herida en la mano de Pedro aun no sanaba, por más emplastos y remedios que la madre había puesto sobre la herida, esta se negaba a sanar.

El médico aseguró que era una herida de consideración, que había interesado el nervio radial cutáneo y había llegado hasta el tendón. De ahí el dolor que no cedía ni con analgésicos fuertes. Que muy probablemente sería necesario practicar una operación quirúrgica para restablecer la movilidad de la mano, que por lo demás, se había quedado rígida como un gancho.

Pedro le había dicho a su padre que se había lastimado con una tabla con un clavo oxidado mientras acomodaba los sacos de cemento en la tienda.

En efecto, los temores de los dos se convirtieron en realidad, les habían prohibido seguir asistiendo a la escuela, el padre lo consideraba una pérdida de tiempo, era mejor tenerlos cerca y poder controlar a esos dos.

Pedro se apretaba la mano -como si con ello se minimizara el dolor- . A solas en su habitación apretaba los dientes y las lágrimas asomaban a sus ojos.

- ¡Maldita perra! ¡Qué bueno que te moriste! Como si hubiera sido un conjuro, sobre la descascara pared de su cuarto se empezó a formar delante de sus ojos:

"Por favor, ya no deseo seguir viviendo"

El espanto se dibujó en su cara.

- ¡NOOOO! Gritó con tal fuerza, que su madre acudió al oírlo

- Hijo ¡¿Qué te pasa?!

- ¡Nada madre, es por el dolor, déjeme solo! Recargándose sobre la pared por si su madre entraba, no deseaba que viera el mensaje escrito…

- ¡Abre!

- ¡No! ¡Váyase!, déjeme solo. Y comenzó a llorar.

Sacó su navaja del bolsillo y con ella comenzó a raspar lo escrito en la pared. Aun con el miedo en la cara lo encontró su hermano Simón al llegar del trabajo.

- ¿Qué tienes?, ¿Te duele mucho? Pedro se revolvió en su cama como si lo hubiera mordido una víbora

- ¡No es nada, déjame en paz! Sin comprender, se alejó de Pedro.

- Este continuaba sujetándose la mano intentando que el dolor se alejara sentado en el suelo balanceaba rítmicamente su cuerpo y se golpeaba en la pared.

Esa misma noche en la escuela, uno de los vigilantes escuchó ruidos en el área de baños, al revisar cual era el origen de estos, vio que un niño lloraba en uno de los sanitarios, estaba agazapado con la cabeza sobre los brazos, se acercó y le preguntó intrigado

- ¿Qué haces ahí, ¿Cómo te metiste muchacho? El niño levanto la cara y las cuencas vacías de sus ojos estaban fijas en quien había preguntado, levantó una mano y la extendió como pidiendo ayuda. El hombre salió descontrolado y abandonó la escuela, le hizo saber al director lo ocurrido llamándole por teléfono y diciéndole que él no regresaría.

Emilio habló con el profesorado esto no podía trascender, era necesario que nadie por ningún motivo comentará lo sucedido, hasta que pudiera tener una idea más clara sobre los sucesos.

6

Unos días después durante la hora del receso, Aldo, Luis Avendaño, Manuel y los gemelos Israel y Rafael jugaban pelota en el traspatio de la escuela. Justo detrás de los baños de hombres, el clima no mejoraba, la mañana un tanto plomiza, pero sin lluvia mantenía una sensación de frío. Manuel golpeó con fuerza la pelota con tan mal tino y fuerza que esta salió disparada hacia la azotea.

- ¡Tienes la pata más torcida que *Garrincha*![4] Gritó Rafael y todos estallaron de risa.

Rafael no lo pensó dos veces, escaló un árbol como si fuera un mono y llegó hasta el sitio donde la bola se había quedado atorada en una rama seca, la tomó y la devolvió hacia los chicos que gritaron celebrándolo por haberla recuperado.

Rafael se dispuso a bajar por el mismo árbol por el que había subido, en su prisa por bajar perdió el equilibrio y rodó por la pendiente de la azotea, se deslizó como un saco. Haciendo gala de destreza, logró quedar colgado de la cornisa sujetándose apenas de la cornisa

- ¡Por favor, ayuda! Abajo los niños gritaban

- ¡Agárrate fuerte! Por tu madre no te sueltes Rafael, gritaba Luis con la más profunda desesperación. Algunos se cubrían el rostro con las manos, solo Manuel reaccionó, fue corriendo a buscar ayuda, en su carrera se

---

[4] Garrincha. [En línea]. Manuel Francisco dos Santos (Magé, Río de Janeiro 28 de octubre de 1933-Río de Janeiro 21 de enero de 1983), más conocido como Garrincha, fue un futbolista brasileño y es considerado una de las máximas glorias del fútbol mundial. Se convirtió, junto con Pelé, en el jugador más querido de la afición brasileña, por lo que lo apodaron *La alegría del pueblo*. [Citado: 09-nov-2019]. Disponible en internet: https://es.wikipedia.org/wiki/Garrincha

encontró con el maestro Ramiro, rápidamente le contó lo ocurrido y regresaron al lugar.

- ¡Ya no aguanto, me voy a caer! Gritaba desesperado. Rafael sintió como si alguien tomara su mano intentando ayudarle a subir, levantó la vista y lo que vio le llenó del más absoluto terror. Las facciones de quien le tomaba la mano eran inconfundibles

Aquél a quien tanto odió parecía querer ayudarle. Presa del pánico se soltó, su cuerpo cayó al vacío, el crujir de su nuca al golpear con las raíces del árbol impactó a todos, su mirada fija y la expresión vacía en sus ojos fueron demasiado para Israel, su hermano, sus piernas se negaron a seguir sosteniéndolo, antes de perder el conocimiento escuchó los gritos de Luis: - ¡Está muerto, Rafael se mató!

Ramiro se llevó las manos a la cabeza, presenció la caída del menor a solo un par de metros por llegar, cerró los puños en un gesto de impotencia por no haber podido salvarlo.

Abajo, en el sanitario que alguna vez fuera escenario de infamias ocurridas, se leía en la pared:

"Por favor, ya no deseo seguir viviendo".

El miedo se contagió como una enfermedad, los profesores cayeron presa del pánico que Ramiro se encargó de alimentar, juraba que alguien más estaba en la azotea. Por supuesto no encontraron a nadie.

El director preso de los nervios no hallaba como justificar lo recién ocurrido, las autoridades escolares y la policía decidieron cerrar la escuela durante la semana mientras esclarecían lo sucedido.

En su casa las cosas no iban mejor para Pedro, la pared del cuarto de los hermanos se encontraba llena de rapaduras por todos lados, el mismo mensaje continuaba apareciendo una y otra vez, Pedro estaba en una situación de desequilibrio total, se paseaba con la navaja en la mano en espera de que aparecería nuevamente la frase que no le permitía dormir, el dolor de la mano, aunado a las recientes visiones de las que era objeto durante la noche lo tenían al borde de la locura.

Su hermano Simón les contó a sus padres que Pedro se levantaba durante las noches y que gritaba, que tenía visiones horribles y que lloraba, que decía que no podía más. Por más que lo deseara, Simón no encontraba como prestar ayuda para que disminuyera el sufrimiento de su hermano quien le aseguraba que Lauro no lo dejaba en paz.

Consternados los padres lo llevaron al hospital para una nueva valoración médica, al descubrirle la mano que estaba cubierta con un vendaje rudimentario que la madre le cambiaba diariamente, notaron el grave estado de la herida.

Temiendo que el estado mental del muchacho fuera derivado de algo peor, le realizaron los análisis correspondientes. Los temores del médico se vieron confirmados, el resultado fue positivo a una enfermedad terrible: Tétanos.

Probablemente la falta de higiene de la zona infectada había permitido que el bacilo se introdujera en su cuerpo, les dijo.

Debido al tiempo transcurrido desde el momento de la infección la vacuna no surtiría ningún efecto, no había gran cosa por hacer por el muchacho. Los padres no podían creer lo que el médico les decía: su hijo Pedro estaba condenado a muerte. Incluso Simón lloraba a lágrima viva.

Les permitieron pasar a verlo, aunque estaba dormido su sueño era pesado e intranquilo, fue terrible para la madre ver a su hijo atado a los lados de la cama. El médico les pidió que alguien debería quedarse por las noches, que los días por venir serían de enorme sufrimiento para el paciente y para quien viera la evolución de la enfermedad.

Simón pidió quedarse, rogó para que se lo permitieran diciendo que no quería que su mamá estuviera ahí viendo sufrir a su hermano sin poder hacer nada. Don Pedro juzgó que su hijo tenía razón y se retiraron del lugar.

Durante la noche Pedro se despertó gritando

- ¡NOOO! ¡Aléjate! ¡Por favor, aléjate! ¡Perdón! Perdooooón!

- ¡Simón, el vendrá por ti! ¡No tendrá piedad! Le repetía a su hermano una y otra vez, en un estado de franca enajenación, y después, lloraba y gritaba desgarradoramente, sus músculos se tensaban como las cuerdas de un violín y su cuerpo se arqueaba incontrolablemente como si fuera a quebrarse, las venas se perfilaban violáceas en su cuello, parecían no dar más de sí. Simón juraba escuchar el crujir de sus huesos mientras su hermano gritaba y se retorcía de dolor,

Realmente ver a su hermano así era terrible. La fiebre y los dolores no cedían con ningún medicamento, Pedro ya no podía comer, parecía como si su garganta se hubiera cerrado impidiéndole tragar.

Los días se sucedieron cada vez a peor, Simón estuvo con él en su último día. El sueño había abandonado el cuerpo de Pedro manteniéndolo en una interminable vigilia.

Sin embargo, ese último día su cuerpo retorcido por los espasmos, como una cuerda con nudos, pareció darle un momento de tregua, lloraba a raudales con sus ojos próximos a salirse de sus órbitas, solo él veía a Lauro que le sostenía la mano lastimada y lo observaba con una expresión vacía en sus ojos.

- ¡PERDÓN LAURO, POR FAVOOOR PERDOOOÓN! Y lloraba con el mayor desconsuelo.

- ¡Él está aquí Simón, el vino por mí, pídele perdón! Gritaba a su hermano con desesperación.

El turno de la noche se había ya acostumbrado a sus gritos, en el interior de la habitación del hospital, nadie los asistió en esos momentos, solo las paredes azules y limpias fueron testigos mudos del sufrimiento del adolescente.

Con su último aliento grito:

¡POR FAVOR, YA NO DESEO SEGUIR VIVIENDO!

Simón pudo ver por vez primera el espectro infantil que estaba sentado a un lado de su hermano, con indescriptible terror, observó como el ente alargaba la mano con un lápiz gris en ella y se lo ofrecía a él para que lo tomara.

Simón no sabía porque, pero se veía obligado a obedecer, aun contra su voluntad lo tomó, miró la punta afilada por un momento, se acercó a su hermano que lo vía con el más absoluto terror en sus ojos que amenazaban con salir de sus cuencas.

Su mano no lo obedecía, era un instrumento, la punta se hundió en la piel del brazo de su hermano y comenzó a formar letra a letra:

"Por favor, ya no deseo seguir viviendo"

La escarificación hacía que la sangre de Pedro tiñera de rojo sus sábanas.

Pedro gritaba de dolor y espanto, no culpaba a su hermano, sabía quién sostenía realmente el lápiz. Una vez terminada la infausta tarea su cara esbozó una paz momentánea, la última luz le abandonaba, murió alcanzando el perdón de su víctima.

Durante todo este tiempo, Simón había sido parte de la escena final sin poder decir nada, se quedó como petrificado viendo el cadáver de su hermano.

Retrocedió un poco, la figura del niño martirizado por ambos se dirigía hacia él, los ojos sin brillo, sin luz, le observaban, continúo deslizándose hasta quedar frente a él, abrió la boca en algo que debió semejar un grito que desfiguraba su cara alargándola en una forma que no podía creer, pero no se escuchó sonido alguno, alargó el brazo señalándolo y posteriormente desapareció.

Esa última terrible noche Simón comprendió que lo dicho por su hermano se cumpliría a cabalidad, tarde que temprano Lauro Arreola vendría por él.

7

Un nuevo año escolar estaba por dar inicio, la algarabía propia de la chiquillería que regresaba a clases era evidente, la mayor parte se reconocían de años anteriores, y los había quienes compartían vivencias desde los tiempos de primaria, más que una reunión de amigos, era el regreso a una cofradía, los nuevos rostros tendrían que luchar a brazo partido por ser aceptados en los círculos ya establecidos.

En este nuevo ciclo escolar destacaban la presencia de tres alumnos nuevos, por ser diametralmente opuestos, los hermanos Simón y Pedro Olguín, dos auténticos gorilas en comparación con Lauro Arreola cuya apariencia granjeaba siempre la simpatía de quienes tuvieran contacto con él.

Durante el pase de lista, el nombre de Lauro causo hilaridad entre los niños. Rafael aprovechó el momento para reafirmarse como el bufón oficial:

- ¡Es niño! ¡Pero se llama Laura! Dijo en forma socarrona…

- ¡Soy Lauro Arreola! Casi en un grito.

- Perdón "señorita", me equivoqué, respondió en forma burlona provocando una nueva risa generalizada.

Lauro se quedó mortificado en su pupitre viendo que su autodefensa no daba los frutos esperados. Es más, había resultado peor. El niño auguraba malas situaciones.

- ¡Ya, es suficiente! Sentenció el maestro Gabriel y las clases dieron inicio, entre risas de fondo que se iban extinguiendo una a una.

Israel no lograba sobreponerse a la muerte de su hermano Rafael, por ello sus padres le habían enviado a la casa de Evelia la abuela materna, mujer de enormes recursos para tratar este tipo de "cosas del alma". Parecía ser la persona indicada para ayudar a su nieto. Evelia era una mujer de carácter recio, pero con un espíritu bondadoso heredado por Israel, su nieto más querido. Había sobrellevado la muerte de su marido con enorme entereza y criado adecuadamente a sus hijos, ahora, ya vieja, aun recurrían a ella en busca de ayuda respetando su matriarcado.

Por supuesto que no tuvo ningún reparo en recibir al nieto, por otro lado, a Israel siempre le había gustado la compañía de su abuela Evelia.

Siempre la había llamado "mamá Evelia" desde sus más lejanos recuerdos. Vivía en un pueblo rural, la escuela donde lo inscribieron era pequeña, pero ahí se sentía mejor. Sin la presencia de su hermano y amigos se había tornado un tanto retraído y huraño y prefería estar solo.

Antes de que le enviaran lejos de su casa, se había enterado de la muerte de Pedro y la posterior huida a quien sabe dónde, de Simón. Esto se lo había contado Manuel, le dijo que había escuchado una plática de sus padres quienes decían que la enfermedad de Pedro había sido terrible y que los médicos no pudieron hacer nada por él y había muerto en el hospital.

Ciertamente que la muerte de Pedro lo impactó, este suceso aunado a la muerte de su hermano, generó todo tipo de conjeturas que se formaban en su ya revuelta cabeza. Israel parecía irse consumiendo de a poco, se lo veía enflaquecido. Por otro lado, nunca había sido gordo y la palidez acentuaba sus facciones, no era propiamente mal parecido.

Habían sido como dos gotas de agua físicamente, pero diametralmente opuestos en el interior. Las enormes cejas pobladas le daban una apariencia curiosa, como si fuera un cuadro de Picasso en donde no sabes cuál es el sitio exacto del bigote y este se hubiera traslado a la frente.

La abuela intuía que el niño guardaba algo más, y que no solo la pérdida de su hermano lo tenía postrado.

- Creo que tú y yo debemos hablar Israel, no se trata solo de tu hermano ¿Verdad?

La mirada limpia de su abuela lo desarmaba, era como si pudiera ver hasta el más remoto lugar de su interior, e inevitablemente bajaba la mirada. Se sentía juzgado

Israel solo necesitaba un pequeño empujón, fue como romper un dique, sus ojos se llenaron de lágrimas y se prendió, más que abrazarse de la cintura de su abuela. Se sentía un cachorro totalmente desvalido.

- ¡Mamá Evelia, hicimos muchas cosas malas…! Lloraba sin poder contenerse. El rostro moreno circundado por algunas arrugas y rematado por un moño hecho con su pelo entrecano continuaba imperturbable.

- Nada puede ser tan malo que te tenga en ese estado.

- Tú no sabes ¡Le hicimos mucho daño a un niño que solo quería ser nuestro amigo!...

Intrigada, le pidió que se desahogara, que dejara salir todo su pesar. Israel ya no la oía, solo comenzó a hablar y hablar, sus palabras salían en tropel, buscaba con ello una expiación de las culpas que llevaba en su interior. Entre borbotones de palabras y frases inconexas intentó ir dando dirección a aquello que le atormentaba.

- Lauro, el niño que murió hace poco fue molestado por Rafael desde que entramos a la secundaria. Le pareció gracioso llamarle Laura desde el primer momento ¡Y todos lo celebrábamos!…

- Rafael solía decir las cosas con gracia, aun aquellas que lastimaran. Al principio se molestaba un poco con nosotros, pero después él ya no decía nada. No es que no le importara, se dio cuenta que no podría luchar contra todos. Solo se apartaba y nos veía con recelo, sin comprender porque la habíamos tomado en contra de él.

- Rafael no tenía suficiente lo buscaba para continuar molestándolo, aunque yo no participaba en el maltrato físico, si me reía de todo lo que le decía. Las niñas lo buscaban y eso hacía que Rafael le tuviera más coraje, solía decirme: ¡Les roba la atención con su cara bonita! Era evidente que los celos lo consumían, él se daba cuenta que Lauro no necesitaba hacer ningún esfuerzo para ganarse la simpatía de las niñas, pero el por más esfuerzo que hiciera no lo conseguiría nunca.

- Y buscaba nuevas formas de incomodarlo, después ya no éramos solo nosotros dos, Manuel, Aldo y Luis también participaban, pero era mi hermano el que propiciaba todo esto, le escondían sus cosas, evitaban que se uniera a jugar con los demás, y Lauro nunca se quejaba, solo nos miraba con tristeza y parecía que iba a llorar, pero no lo hacía, nunca fue con el maestro para decirle que lo molestaban. Él prefería ya no salir durante el receso, se quedaba en el salón y compartía su comida con Aracely y Elvira.

- Siendo sus mejores amigas nos reprendían y nos pedían por favor que le dejáramos en paz, pero a nosotros se nos resbalaba, ante la insistencia y lo continuo de las agresiones ellas decidieron contar lo que pasaba al maestro Emilio, pero él las reprendió por andar de "chismosas", sin embargo, si nos llamó la atención, diciéndonos que ese niño valía más que todos juntos, que era buen estudiante, mientras que nosotros solo éramos "calienta sillas" y que si no lo dejábamos en paz tendríamos serios problemas. Con eso más la agarramos contra el pobre Lauro.

Israel levantó la cara para ver a su abuela, no pudo leer reproche alguno en la anciana y eso aumentó su remordimiento.

Sin embargo, en la mente de la mujer se reafirmaba lo que siempre había pensado: Rafael era una mala influencia para su hermano, siempre había sentido algo de aversión hacia ese muchacho, aunque fuera su nieto.

- ¡Lauro no replicaba abuela! y eso le molestaba más. Lo que acrecentó el coraje de mi hermano comenzó el día en que tocaron a salida, Rafael le metió pie cuando Lauro iba pasando, esto lo hizo caer y todos comenzaron a reírse, Lauro se levantó y miró con cierto coraje a mi hermano.

- ¡Upss, disculpa! Dijo con la forma muy particular que tenía para burlarse de las personas.

- ¡La niña se cayó! Gritó Aldo

- ¡Quiere llorar, quiere llorar, quiere llorar! Gritaron a coro, pero Lauro no les prestó atención, dio media vuelta dispuesto a marcharse...

- ¡Marica! Le grito Rafael. Lauro se le quedó viendo y le contestó.

- ¿Quién de los dos resulta ser más marica, tu que estás con tus amigos, o yo que estoy solo?

- ¡Uhhh, te salió respondona la criada! Le dijo Manuel burlándose y haciendo ademanes con la mano sobre su pecho.

Rafael se molestó mucho y se le fue encima, pero Lauro se quitó y el cayó de bruces, los demás estaban atacados de risa.

- ¿Qué esperas Israel? ¡Agárralo!

- Pero no lo hice, me daba asco la cobardía de mi hermano... Y también la mía. Sin embargo, Manuel y Aldo si se apresuraron al llamado de Rafael, y mi hermano comenzó a golpearlo.

- ¡Para que aprendas!

- ¡Te juro que me dio mucha lástima y quise ayudarlo! Pero Rafael se volvió y me apuró a irme con ellos. ¡Yo sentía ganas de llorar! ¡Sentía un bodoque atravesado al ver a Lauro sentado, recargado sobre la pared con la cabeza baja, solo, sin que nadie acudiera en su ayuda! A partir de ahí, las cosas empeoraron, porque Rafael convenció a Manuel para que hablará con Pedro y Simón -Entonces aun no sabíamos cómo eran esos dos- Y les dijera que Lauro había dicho que debían estar en una escuela especial, porque eran retardados

- ¡Eso era mentira mamá Evelia, Lauro no hubiera dicho tal cosa!

- No debió llamar la atención de los hermanos Olguín, ellos eran malos mamá Evelia, ¡Eran malos! Solo necesitaban una razón para dejarse ver tal como eran.

- Ese día durante el receso esperaron que Lauro fuera al baño, ya dentro, los dos lo golpearon, es posible que Lauro ni siquiera supiera los motivos. A partir de ese momento no lo dejaron en paz, y mi hermano disfrutaba que lo lastimaran.

- ¡Pero yo soy más culpable! ¡Yo soy como Simón! ¡Yo no detuve a mi hermano, no lo hice! La mano de la mujer acariciaba suavemente la cabeza de su nieto que lloraba desconsolado bajo el peso del arrepentimiento. Ella lloraba también, sentía a su nieto temblar acurrucado sobre ella como si fuera una avecilla y eso le dolía en el alma.

Cualquier cosa que hubiera dicho en ese momento hubiera estado de más.

8

Manuel se despertó más temprano de lo acostumbrado, sus sueños habían sido inquietos, no sabía si había sido dormido o despierto, pero juraría que "alguien" había estado en su recámara.

De hecho, la sensación continuaba y eso le causaba escalofríos. Comenzó a guardar sus cuadernos y libros en su mochila, tomó al descuido un lápiz gris que estaba sobre su mesa, no lo recordaba como suyo - Seguramente es de mi hermano menor pensó - Pero igual le serviría, tenía la punta bien afilada, solo estaba un poco manchado, pero a eso no le dio importancia.

Salió de la habitación dando un portazo, la voz de su madre se oyó desde el fondo reconviniéndole por ello.

El día transcurrió bastante lento para su gusto, las clases se le hicieron más tediosas de lo habitual.

Durante el receso, un balonazo en el pecho le hizo saltar el lápiz que llevaba en el bolsillo de su camisa, hizo una expresión de dolor, con el impacto, la punta le había hecho algún daño, su camisa blanca se manchó ligeramente con un poco de su sangre, revisó y notó que sobre la piel había un punto rojo. Recogió el lápiz y con este en la mano, les dijo que iría al baño.

- ¡Ya me anda! ¡Ahora regreso!

- ¡Te apuras Manuelita, no te vayas a tardar haciéndole honor a tu nombre, eh! –Ja ja ja ja, estallaron en una risotada general ante la puntada de Luis, hasta Manuel río de buena gana… Levantó el brazo y le mostró el codo en respuesta.

Llegó corriendo al baño y entró a uno de los sanitarios, se percató en ese momento que aun traía el lápiz en la mano, se lo quedó viendo un momento, el tiempo pareció detenerse, su mente se había quedado en blanco, levantó el lápiz y sin que él tuviera control sobre su persona escribió en la pared:

"Por favor, ya no deseo seguir viviendo"

- ¡Manuel apúrate! ¡Se nos acaba el tiempo, carajo! Era Aldo quien gritaba. Ante la tardanza de su amigo había ido a buscarlo. Al escuchar los gritos de su amigo, reaccionó igual que si despertara de un trance, los ojos de Manuel se posaron sobre el mensaje escrito recién en la pared.

- ¡AHHHHH, NOOOO! Se lo oyó gritar. Aldo se dirigió donde su amigo, justo en el momento en el que un aterrado Manuel abría de golpe la puerta del baño y salía corriendo despavorido

- ¿Qué te ocurr…? Pero Manuel le derribó en su desesperación por salir de ahí.

Aldo se levantó limpiándose el trasero con una mano y se asomó para ver qué era lo que había asustado tanto a su amigo. El mensaje estaba ahí, como flotando, escrito claramente sobre la pared, y en el suelo el lápiz que su amigo había tirado. Sintió como una corriente eléctrica le recorría la espalda y corrió hasta la dirección dando aviso de lo ocurrido

Cuando el director llegó todo mundo se arremolinaba en los baños queriendo entrar, era Ramiro quién se los impedía por orden de Emilio, éste había sido alertado por Manuel cuando huía despavorido del lugar

- ¡Otra vez! Le soltó de golpe cuando lo vio llegar. Solo el director entró, sabía que esto era más que una broma, no podía seguir tomándolo a la ligera, cerraron los sanitarios de los niños, necesitaba darse tiempo para pensar con la mente clara, por otro lado, no deseaba que transcendiera y llegara a oídos de los padres de los demás menores.

Aldo y Manuel se presentaron a su llamado, era claro que los dos niños no mentían Ambos estaban realmente impresionados. Pidió a Ramiro los llevara a su casa.

La maestra Margarita viéndole hecho un manojo de nervios le sugirió que llevará un sacerdote, que era necesario bendecir la escuela para que el alma del niño suicida pudiera descansar en paz.

Quedó resuelto. Llevaría un sacerdote el sábado que era día inhábil, hombre asustadizo ante los temas ultra terrenos pensó que era lo mejor que podía hacer.

En su casa, Manuel balbuceaba y decía incoherencias, tenía miedo, mucho miedo, después de todo solo era un crío de doce años, sus padres intentaban tranquilizarlo diciéndole que estaba sugestionado por la forma en la que se habían dado las cosas, que todo iba a estar bien. Pero el chico continuaba igual, se estrujaba las manos y decía que quería que lo dejaran solo. Viéndolo que era un manojo de nervios, Marcia le preparó un té de hierbas para que se tranquilizara. Tuvo el efecto de calmante y Manuel se quedó dormido en su habitación.

Por la tarde, sus padres llevaron a su hermanito a entrenamiento en la escuela local de fútbol. Marcia subió a buscarlo para que los acompañara, pero al verlo tan profundamente dormido decidió dejarlo solo, pensando que para cuando despertará ellos ya estaría de regreso.

- Maaa-nu-eeel. La voz se deslizó en un susurro, suave, como aletear de mariposa y llegó hasta los oídos del niño que dormía pesadamente.

La habitación se encontraba en penumbras, la cortina completamente corrida solo dejaba pasar pequeños puntos de luz que entraban por algunos resquicios y se quedaban suspendidos como si fueran diminutas estrellas que se movían, creando una atmósfera irreal.

Manuel se despertó, tenía la cabeza embotada, una sensación de frío le envolvía, trató de enfocar su mirada.

- ¿Diego, -Haciendo una pausa- eres tú? Por respuesta sintió la frialdad de una mano que se posaba sobre su antebrazo, la sensación le hizo voltear de golpe, una cara que le era perfectamente reconocible estaba a centímetros de la suya, le miraba fijamente. Parecía taladrarle con una mirada venida desde un lugar donde la vida no existe.

Un grito de terror se ahogó en su garganta, intentó levantarse, pero se había quedado inmóvil.

La mano que le aprisionaba el antebrazo lo soltó y subió lentamente hasta su pecho donde encontró acomodo como si se tratara de una pesada lápida, el pobre chico jadeaba como un fuelle, el peso que sentía sobre de él lo obligó a quedarse acostado en su cama, su mirada quedó fija sobre el techo de la habitación, el pánico le aprisionaba el corazón hasta el grado de hacerle daño, los músculos rígidos de todo su cuerpo le ocasionaban punzadas y él no podía proferir palabra alguna. En esa posición, vio a través del cuerpo fantasmal que casi estaba sobre el suyo como se iba formando una frase en el cielo raso, las letras se acomodaban una a una, sin prisa, con una caligrafía propia de un niño, podía leerse ya:

Sentía que el aire no llegaba a los pulmones, las venas de sus ojos desmesurados se llenaron de sangre hasta enrojecerlos, con el más vivo terror recibió la orden con un solo ademán que le indicaba leer lo que decía. Por un momento sintió el alivio del aire que llenaba nuevamente sus pulmones y gritó: - ¡NOOOO!, después, nuevamente la atenazadora angustia de quien no puede respirar, los labios de Manuel comenzaron a ponerse azules, y una lividez se hizo cargo de su cara, estertores violentos estremecieron su cuerpo que parecía seguir atado a la cama.

En la cocina que conservaba la sordidez de los espacios vacíos, las llaves de la estufa giraron por sí solas abriéndose al mismo tiempo, al verse libre, el gas comenzó a inundar con su olor dulzón, deslizándose por cada rincón de la casa como si fueran víboras que buscan a su presa. Los pestillos asegurados de las ventanas impidieron que el gas escapara del recinto. El olor llegó hasta la habitación de Manuel, lo inundaba todo, su nariz lo percibía y le invitaba a abandonarse.

El espectro seguía señalando el mensaje escrito en el techo. Manuel lo deletreó en silencio, su boca se movía por inercia, podía adivinarse cada una de las palabras que repetía; los ojos se tornaron blancos, el cuerpo se arqueó como queriendo librase de su captor, la boca del pequeño villano se abrió desmesuradamente deseando llevar aire, pero el gas que había ocupado cada rincón de la casa recibió gustoso la invitación y se alojó en sus pulmones, Manuel se estremeció una vez más, eran los últimos estertores por aferrarse a la vida, finalmente las fuerzas le abandonaron, la mano sobre su pecho se retiró y todo continuó en silencio.

Con la muerte de Manuel quedaba en evidencia el vínculo que unía cada uno de los eventos suscitados: el martirio de Lauro buscaba ser reivindicado.

Quienes habían intervenido de una u otra forma lo estaban pagando con sus vidas. Los cuadros de sufrimiento de los familiares de los niños muertos se multiplicaban, la negación por lo ocurrido los mantenía en total conmoción.

Enterado ya de la nueva tragedia y aun cuando había puesto en práctica la visita de un sacerdote a la escuela, el director dio la orden de cerrar los baños destinados a los muchachos en forma permanente.

Se desmontaron los sanitarios, excepto uno, el lugar donde todo comenzó se quedó tal cual, el mensaje en la pared permaneció tal y como estaba, habilitaron la bodega donde se guardaban los artículos para gimnasia y deportes como nuevos baños, sin embargo el grupo de segundo año disminuyó notablemente, incluso estuvo a punto de ser cerrado, varios padres de familia retiraron a sus hijos ante el temor de que algo les ocurriera, por otro lado parecía claro que las acciones solo iban dirigidas hacia aquellos que había resultado ser abusadores en una u otra medida.

El nombre de Lauro Arreola quedó proscrito en la escuela, excepto para algunas niñas que lo recordaba con cariño y que no habían podido olvidarlo, estaban seguras que la justicia que no tuvo en vida, ahora Lauro buscaba cobrarla estando muerto, entre ellas: Elvira Mendiola, la mejor amiga del muchacho muerto.

A Elvira se la veía mejor, su cara ya no solía estar demacrada, y es que era común verla con sus profundas manchas violáceas circundando sus ojos, como si se tratara de un mapache. Las chicas le preguntaban insistentemente si estaba en un nuevo tratamiento, el último ataque de epilepsia que Elvira había tenido en la escuela se presentó un mes antes de los exámenes finales.

El cuadro había sido bastante dramático según recordaban, Elvira se convulsionaba en su pupitre. No encontrando otra forma de ayuda, Lauro -El primero en auxiliarla- colocó una cuchara sobre su lengua para evitar que se ahogara con ella, su cuerpo se tornaba helado y sus ojos se ponían en blanco, el descontrol se trasladaba hasta sus esfínteres y las micciones fluían como ríos ante la mortificación y vergüenza de sus amigas.

Lauro solía aplicarle alcohol en la frente y en la nuca y poco a poco, la niña regresaba a la normalidad.

Siempre había pensado que las manos de su amigo eran mágicas. Según decían quienes la conocían de mucho antes, los ataques ocurrían desde que estaban en la primaria, por ello solo quienes no sabían de su padecimiento eran tomados por sorpresa.

Pero habían transcurrido ya muchos meses y no se había presentado ningún nuevo episodio, incluso el director le preguntó si ya le habían controlado definitivamente la enfermedad, a lo que ella respondió que no, que por el momento la enfermedad al parecer estaba en un período de recesión, incluso había dejado los medicamentos de lado.

Aunque Elvira no había tenido un nuevo episodio de epilepsia en la escuela, esto no ocurrió así en su casa, había estado sujeta a un carrusel de emociones, el estrés que le ocasionaban todos los acontecimientos anteriores minaba su salud ya de por si comprometida, no lograba aceptar la muerte de Lauro Arreola.

Durante las vacaciones, Araceli su mejor amiga la visitó, tal vez la emoción, o descargar con alguien más su pena, el caso es que estando juntas en su habitación, sin previo aviso los síntomas de un ataque inminente se presentaron, Araceli corrió para avisar a la madre de Elvira, pero la puerta del cuarto se le cerró de golpe, por más esfuerzos que hizo no pudo abrirla, entró en pánico, nadie acudió a sus gritos, se regresó con su amiga que empezaba a temblar en forma compulsiva, Elvira imposibilitada para moverse, señalaba con sus ojos -antes de que estos se extraviaran- hacia un punto, era un algo indefinible que se movía en el fondo de la habitación y avanzaba lentamente hacia ellas.

Araceli se llevó instintivamente las manos a la boca para evitar un grito de terror, la imagen se fue haciendo nítida, era, sin lugar a dudas su tan querido amigo que estaba frente a ellas, no era tal como lo recordaban, las facciones demacradas y los ojos sin brillo, hundidos en sus cuencas, daban una sensación de tristeza profunda, aun así la belleza de su rostro era innegable, sin saber porque Araceli sentía que la presencia frente a ella le infundía una sensación de bienestar, se quitó las manos de la boca

Ya no tenía miedo. La presencia luminosa se aproximó a Elvira y colocó su mano en la frente de su amiga como antes lo hubiera hecho en vida. La sensación de frío en la habitación era bastante chocante. Elvira se fue tranquilizando al sentir el frío contacto de los dedos etéreos sobre ella. Una sensación de paz la llenó, a su lado Araceli observaba, muda y con una expresión indescifrable en su cara.

Finalmente, Elvira se tranquilizó, intentó tomar la mano que le había aliviado de sus dolencias, pero esta se esfumó entre sus dedos, y suavemente tal como había aparecido, la presencia del impúber muerto desapareció

- ¡No te vayas, por favor Rito, no te vayas…! Más que una súplica era una plegaria hecha por Elvira hacia un lugar vacío en la habitación

Ambas niñas lloraban por la ausencia del amigo perdido. Juraron no contar a nadie lo sucedido, seguras como estaban que esto solo aumentaría la psicosis colectiva.

Elvira estaba agradecida desde ese día por su su nueva salud, sabía que su queridísimo Rito era el causante, ese muchacho triste le había robado el corazón.

En su casa era la salud recobrada el tema de conversación preferido, la felicidad les embargaba a todos, el médico que la atendía de siempre concordaba que la remisión era clara, pero que debía continuar bajo observación, que aún era prematuro para regocijarse, recomendó la no suspensión de los medicamentos y señaló la importancia de no dejar de tomarlos por si acaso, pero Elvira jamás volvió a hacer uso de ellos.

9

En su exilio involuntario Israel no tenía noticias de lo que ocurría con amigos y escuela, sus padres acordaron con su abuela mantenerlo al margen de todo tipo de situaciones que pusieran en riesgo su ya de por sí endeble estado anímico.

Desde la muerte de su hermano, sus sentidos se habían exacerbado, y esto se notaba en su capacidad para percibir cosas que ocurrían a su alrededor. El lazo que existía entre ellos dos había sido muy fuertes, al parecer la falta de uno había hecho que de alguna manera se complementara el otro.

Durante la noche, solo en su habitación, pensaba en lo ocurrido meses antes y la manera trágica en que Rafael perdiera la vida le llegaba con total claridad.

Se apartó de la ventana y la cerró, sentía que el frío era diferente a otros días. Su habitación estaba en el ático. Era pequeña pero confortable. La casa de adobe solía ser cálida aun sin la necesidad de prender el calefactor. Se recostó en su cama, no tenía sueño, pero se sentía sumamente cansado, como si la alegría hubiera huido de su cuerpo, no recordaba la última vez que rio de buena gana, seguramente habría sido con alguna estupidez dicha o hecha por su hermano hacia Lauro y eso le molestaba.

En esas cavilaciones estaba cuando súbitamente la ventana recién cerrada por él, se abrió de golpe con un fuerte estrépito. Su cabeza giró hacia donde se escuchará el ruido. Entonces lo vio, estaba de pie, a contraluz, como si fuera un rayo de luna, se insinuaba como la continuación de la cortina transparente que su abuela había colocado en la ventana y que se movía a capricho del viento suave; Israel percibía que lo miraba fijamente, aunque no alcanzará a ver sus ojos. Por otro lado, el resplandor de la luna le confería un halo cuasi metálico y provocaba claros oscuros que le impedían definir con claridad lo que estaba viendo

El miedo comenzó a subir desde sus pies como si de un ejército de hormigas en formación se tratará, era una sensación de angustia, como si se despojara de algo muy querido, como tristeza y abandono de fuerzas. Su corazón latía con desesperación, a medida que el halo de luz se aproximaba hacia él.

Un balbuceante Israel coordinó algunas palabras.

- ¡P-e-e-r-dón, Perd-o-ón, Lauro! ¡PERDOOOÓN POR LO QUE TE HICIMOS! -

Su sincero arrepentimiento estalló en llanto y se tapó la cara con las manos. El silencio solo era roto por sus sollozos y algunas incoherencias ininteligibles.

Levantó la vista, seguía ahí frente a él, aún estaba alejado de su cama, se le veía irradiar luz propia aumentada por la luna que entraba por el ventanuco que se encontraba en el techo.

Repentinamente la visión que había permanecido estática cobró "vida" y se dirigió hacia Israel, lo vio venir como si fuera una nube de tormenta. La visión lo llenó de espanto, dos espacios vacíos, negros, donde deberían estar los ojos y la boca desmesuradamente abierta como en un grito contenido, los cabellos lacios parecían querer huir de su cabeza elevándose como si fuera una medusa, se acercaba rápidamente con los brazos extendidos como si deseara hacerlo suyo.

Sintió un golpe sordo en el pecho, un dolor agudo como si hubiera impactado contra una pared, ahora sentía sus miembros rígidos, se sabía inerme, su cuerpo albergaba en su interior la forma de luz que viera unos segundos antes, estaba seguro de ello, lo sentía, su conciencia no se había perdido, solo su capacidad motora no era controlada por él. Se vio a si mismo con un lápiz gris de afilada punta en su mano, le aterrorizó, no sabía de donde había salido.

Una fuerza incontrolable le obligaba a sostenerlo como si fuera un buril, su mano armada se dirigió a su antebrazo en contra de su voluntad y su piel recibió el impacto de la punta afilada. Se vio así mismo garabatear letra tras letra hasta formar palabras, sentía el dolor lacerante del infame castigo, sus ojos abiertos como platos parecía que derramarían toda el agua contenida en su cuerpo, mientras, el suplicio seguía y seguía, sus gritos inundaban la habitación y gritaba pidiendo perdón.

Su abuela alertada por los gritos entro en ese momento en la habitación y lo vio, su impresión original fue la de su nieto autocastigándose, causándose un daño por su propia mano.

- ¡Hijo detente, para por favor, detente! Corrió hacia él en el momento que su cuerpo recobraba su movilidad. El cuerpo de su nieto se contrajo en un espasmo hacia adelante como si el alma le hubiera abandonado llevándose consigo sus entrañas.

La anciana vio el halo de luz que abandonaba el cuerpo inerme de su nieto y como el ente incorpóreo se desvaneció, como si no hubiera existido. Israel cayó hacia atrás, sumido en las tinieblas de la inconsciencia mientras su brazo sangraba profusamente, manchando sus ropas y su cama.

Como pudo, la anciana lo bajó casi a rastras desde el ático aun cuando el muchacho había perdido mucho de su peso, excedía las fuerzas de la mujer, lo subió al coche y lo llevó al médico del pueblo.

Israel aun no regresaba de su desmayo, lo veía de soslayo y la luna le devolvía un aspecto cadavérico que le preocupaba.

Le atendieron prontamente la herida, el médico le dijo que su nieto se había escarificado la piel y había escrito en ella: *"Por favor, ya no deseo seguir viviendo"*. Él podía curarle las heridas físicas, pero era necesario la asistencia de un profesional de salud mental. Le confirmó que el daño era severo y había la posibilidad de la perdida de movilidad del brazo.

La abuela juraría después a unos afligidos padres que estaba segura de que su nieto no lo había hecho por sí mismo, la mujer perjuraba haber visto "algo" que salía del cuerpo de su nieto después de haberse lastimado, aunque había sido solo por un instante. Sabía que su nieto no se hubiera hecho algo así.

Después de lo ocurrido Israel se quedó en un estado de postración tal que su cuerpo parecía ajeno de vida, con la mirada vacía, sin hablar. Aun después de lo ocurrido decidieron que nuevamente lo trasladaran a la casa de su abuela. Ahí, el chico era asistido por ella en todas las actividades básicas, como si fuera un muñeco.

10

En la escuela los días transcurrían con cierta normalidad, nadie hablaba en público de los motivos que el director había tenido para cerrar los baños de los niños, aunque por lo bajo se hacían todo tipo de conjeturas.

La clase de gimnasia se condujo con total normalidad, la camarilla antes formada por Manuel, los gemelos, Aldo y Luis se veía dramáticamente reducida.

Desde que Manuel perdiera la vida, Aldo y Luis no se separaban un solo instante, su temor era genuino, si alguien se había ensañado con Lauro, habían sido ellos dos actuando por su cuenta, Aldo deseaba en secreto que Araceli se fijara en él. Le gustaba, no podía evitarlo.

Pero ella, así como otras niñas parecerían solo tener ojos para Lauro, eso realmente le ponía mal; aunque los rasgos de Aldo eran bastante agraciados, solía comportarse como un verdadero patán y eso era algo que lo diferenciaba con Lauro y que las niñas realmente valoraban. Sentía el mordisco de los celos en su estómago y la bilis le dejaba un regusto amargo - Ese debía ser el sabor del odio-

Aldo y Luis imaginaban que, si asustaban de tal forma a Lauro, este rogaría a sus padres para que lo cambiara de escuela, pero ninguno de ellos podía prever las terribles consecuencias que tendrían sus acciones en contra del muchacho, quien era ajeno a los sentimientos de animadversión que despertaba.

Acudieron con Pedro y Simón, poco les importó ensuciar el nombre del niño con bajezas surgidas del odio visceral que le tenían. Ambos juraron al par de brutos, que Lauro se iba con ellos al sembradío de naranjas cercano al salir de clases, y que allí, accedía a cualquier cosa que le pedían, no importando lo sucia que esta fuera, que por ello lo llamaban Laurita, el lujo de detalles con el que aderezaron la plática hizo que la mente retorcida de

Pedro imaginara muchas y muy variadas formas de hacerle daño al menor, claro está con la complicidad de su hermano. Pedro jamás hubiera aceptado que por alguna razón que el desconocía, deseaba la compañía de Lauro desde que lo había conocido. A él le hubiera gustado que el chico fuera su amigo por las buenas, pero eso era algo que no sucedería jamás.

A partir de ese momento, los ataques de Pedro y Simón se hicieron más encarnizados y continuos.

Aldo y Luis veían que su plan funcionaba y pensaban que el chico terminaría hartándose de los malos tratos de todos y se iría, lo cual, si ocurrió, pero no de la forma que ellos esperaban.

Los padres de los chicos ante lo inexplicable de los sucesos recientes y el temor que veían en sus hijos ya les buscaban acomodo en otras escuelas, pero el calendario escolar ya estaba avanzado y no habían encontrado cupo en ninguna, se tuvieron que resignar, el ciclo escolar terminaría pronto y podrían pensar en encontrarles acomodo para el siguiente año.

El timbre tocó anunciando el final de la jornada escolar y de la semana, lo cual fue celebrado con júbilo por la chiquillería.

Ramiro suspiro aliviado, la escuela lo estaba hartando, daba gracias que fuera fin de semana, había hecho planes para él y su familia.

Ayudado por algunos niños guardó los accesorios recién utilizados en la "nueva" bodega, le incomodaba entrar ahí, el espacio era suficiente para pasar libremente. Los antiguos baños dejaban mucho margen para colocar las cosas ordenadamente, de cualquier forma, solo entrar le producía escalofríos, el inodoro cerrado dominaba la escena. Y eso le daba un aspecto siniestro. Sugirió, incluso rogó, que lo demolieran, pero Emilio el director no consintió en ello, no supo explicarle porque, solo le dijo que sentía que no debía hacerlo.

- ¡Apúrense! ¡No se queden ahí parados!, ¡No hay nada que ver! Los chiquillos curiosos intentaban mirar hacia el interior del retrete. ¡Clap, clap! Aplaudiendo con fuerza para imprimirles velocidad. -Salgamos ya de este maldito lugar, pensó para sí mismo.

Salieron de prisa, cerró con llave y respiró con alivio, pasaba por esto cada vez que iba a guardar o sacar cosas, pero siempre se hacía acompañar de un par de niños. Solo por si acaso.

Ya en el estacionamiento, se encontró con Emilio, lo saludó. No eran amigos, pero el tema de Lauro Arreola les hacía sentirse identificados el uno con el otro; quedaron de verse el lunes para discutir nuevos roles de trabajo. Nuevos roles de trabajo, ¿Y ahora que se le habrá ocurrido? Pensó Ramiro para sí. —En fin—

Dio un suspiro y se subió a su *Falcon* color rojo, lo había adquirido apenas un año antes y estaba orgulloso de su logro. Encendió el motor y el sonido que le devolvió el auto le alegró el día.

Tomó rumbo hacia Tihuatlán, el camino era malo y accidentado, una ligera llovizna dio inicio obligándolo a cerrar los vidrios de las ventanillas. Parecía que el frío exterior se hubiera quedado concentrado con singular fuerza en el interior del coche.

Alargó la mano hacia la guantera para tomar un cigarrillo. Era ahora o nunca, su esposa se ponía histérica si cargaba a su bebé oliendo a tabaco.

Su hijo varón había nacido apenas unos meses atrás, justo el día que Lauro había muerto.

Su mano se detuvo de golpe, la gélida sensación sobre su antebrazo le obligó a voltear. Sentado, junto a él, la presencia irreal de un jovencito de unos doce años que le miraba, recordó claramente esa mirada, y su pensamiento le regresó al gimnasio donde el niño echo un ovillo, despojado de su dignidad, con unos pantaloncillos cortos demasiado grandes dados de mala gana le pedían ayuda sin decirlo, solo mirándolo, y él solo atinó a decir estupideces.

Se sintió desfallecer de terror, el auto se acercaba a la entrada del puente sobre el *río Cazones*, intentó frenar, el carro no le respondió, su pie inexplicablemente imprimió mayor fuerza al acelerador sin que pudiera hacer nada para retíralo del pedal. ¡No era una visión!, ¡Veía al chico ahí, claramente, sentado a su lado! Aunque la apariencia frágil de quien iba con él daba la impresión de ser fácilmente expulsado de su coche, no fue así. No podía soltar la mano que le aprisionaba su antebrazo ocasionándole dolor.

- ¿¡Qué quieres de mí!? ¡Déjame en paz! Aterrorizado vio como con la mano libre se hacía de un lápiz gris.

Ramiro lo vio con el lápiz en alto, una mueca que dibujó una sonrisa triste y ausente en el rostro casi infantil, con furia descargó el golpe sobre el dorso de la mano que continuaba aprisionada entre la suya. El dolor fue tal que perdió el control del vehículo, y este, sin gobierno alguno, se desvió hacia el lecho casi seco del río librando apenas, el cabezal del puente. Las piedras desnudas del fondo lo recibieron, el impacto fue terrible, el sonido al chocar espantó a una bandada de grajos que se hallaban posados en las ramas de los árboles, justo en la ribera del río, levantaron el vuelo, sus graznidos pregonaban la desgracia.

Después, el sonido del agua que seguía fluyendo entre las rocas, y el claxon que se había quedado pegado producían un ruido monótono.

En el hospital, la esposa de Ramiro con el bebé en brazos recibía las noticias que el médico le daba, apenas si lo oía, sus palabras le sonaban como salidas de una caja con resonancia y aturdían su cerebro, alcanzó a entender que las heridas de su esposo eran múltiples, no comprometían su vida, había sufrido una lesión de consideración en la columna que le impediría volver a caminar.

El médico se alejó dejándola sola en el corredor con olor a desinfectante barato que ahora le parecía más ancho y más largo que cuando había entrado, las losetas de colores blanco y negro le producían vértigo, lloraba haciendo esfuerzos para no despertar a su bebé al cual apretaba con fuerzas hacia su pecho.

Horas después el mismo doctor le comunicó su actual situación a Ramiro, su esposa sostenía al bebé, en su cara se notaba la tristeza por la suerte de su esposo. El profesor de gimnasia golpeaba sus piernas con sus puños cerrados, el esfuerzo hizo sangrar profusamente su mano lastimada, observó el vendaje que se había coloreado de rojo y tomando conciencia de los momentos por los que había pasado, lloró amargamente.

No sabía si dar gracias por continuar con vida o maldecir a Lauro por no arrebatársela, la situación en la que el quedaría de ahora en adelante sería una vida a medias.

Su dignidad como ser humano se había quedado en el fondo del *Río Cazones*.

Lauro se había asegurado que el resto de su vida fuera miserable.

11

El lunes por la mañana a la luz de los nuevos acontecimientos y a instancias de su esposa, Emilio se presentó ante la supervisión escolar de zona y presentó su renuncia, adujo que su salud estaba comprometida y necesitaba tiempo para resolverlo con su familia.

Ya en la escuela reunió a su grupo de profesores durante el tiempo dedicado a receso, les comunicó su decisión, nadie lo cuestionó por ello. Alguno más hubiera deseado tomar la misma decisión, pero el trabajo no abundaba. Le desearon parabienes y se despidieron

Solo, en la dirección de la escuela que durante tantos años fuera su casa, primero como profesor después como director, y tenía que dejarla ahora, sus ojos se humedecieron un poco, se quitó los lentes, y se limpió con el dorso de la mano, después acarició suavemente el lomo de madera de su escritorio, reunió sus pertenencias, acomodó papeles y comunicados, abrió un cajón, tomó unas hojas en blanco, buscó algo con que escribir.

Sobre la pulida madera encontró un lápiz gris, lo tomó y escribió:

"Buena suerte a todos, hasta pronto"
Emilio.

Guardo el lápiz en su portafolio y se marchó. No comunicó a nadie su nuevo destino, la familia completa compuesta por sus dos hijos adolescentes Emilio y César, su esposa Alina y *Seti* su perro dálmata, subieron equipaje a su camioneta *Ford Bronco* y desaparecieron así, sin más ni más.

La llegada de Simón Olguín fue de llamar la atención, se había presentado repentinamente en la casa propiedad de don Pedro con Rebeca su esposa, mujer de mediana estatura y aspecto anodino que apuraba a sus dos hijos. A los cuales no parecía apurarles mucho llegar a un lugar completamente desconocidos para ellos. Pedrito de Ocho años y Lauro de seis.

El conocimiento de la muerte de su padre le llegó dos años después de que ocurriera. Se había enterado por Aldo, antiguo compañero en la secundaria quien radicaba en Monterrey, Ingeniero en Minerales de profesión, acertó en pasar a una pequeña tienda de artículos para la construcción elegida al azar en busca de palas y zapapicos. Y enorme fue su sorpresa al conocer al dueño.

En efecto era Simón quién se había hecho de una tienda que trabajaba con unos cuantos empleados.

Aun cuando ambos habían dejado la niñez muchos años atrás, los Olguín eran una especie aparte, aun cuando Simón ya no calzaba lentes su aspecto seguía siendo reconocible,

La incomodidad entre ambos era evidente, pero ya estaban ahí, frente el uno del otro. Iniciaron la plática con trivialidades. Aldo le reveló lo ocurrido a su padre.

Simón había sido tomado por sorpresa con la noticia recibida en ese momento, y aún en contra de sí mismo, en su fuero interno le hizo tomar la decisión de regresar al lugar al que juro no volver a ver.

El nerviosismo de ambos era evidente, imaginaban que alguno pudiera hacer alusión a los eventos del pasado, por ello terminaron en un apretón de manos y un hasta luego, prometiendo buscarse en la primera ocasión posible.

Por la tarde comentó con su esposa lo sucedido, acordaron en ir de visita a la casa paterna de Simón, era menester ver en qué condiciones se encontraba su madre, además, era tiempo de que conociera a sus nietos.

Los preparativos necesarios para el viaje fueron rápidos, los niños estaban felices de emprender un viaje a dónde fuera, el entusiasmo de ellos mejoró un poco el ánimo de Simón quien desde el encuentro con Aldo se encontraba taciturno y metido en sus pensamientos, era claro que los recuerdos del pasado se atropellaban en su cabeza y esto le causaba una fuerte angustia.

Como fuera, era necesario visitar a su madre, cogió las maletas las entró en el vehículo y se aprestaron a regresar a la casa de los primeros años de los hermanos Olguín.

Les recibió su madre, bastante envejecida y acabada por la pena de la pérdida del marido y el desconocimiento del paradero de su único hijo, daba la impresión de que su fragilidad terminaría convirtiéndola en añicos en cualquier momento.

La llegada de Simón le significó una alegría a la cual creía ya no tenía derecho. Ver a su hijo frente a ella, con una familia tras de sí, fue un regalo ciertamente inesperado.

Para Simón en cambio estar parado fuera de su casa en la infancia le dejaba una desazón, se sentía un completo extraño, incluso su madre le significaba algo ajeno a él.

Los recuerdos llegaron como potros al galope, siempre se mantuvo fresca en su memoria la dura agonía y posterior muerte de su hermano. Quien por cierto nunca formó parte de las conversaciones que tenía con su esposa, con el tiempo había llegado a considerar que se había hecho justicia a las canalladas cometidas por Pedro y en las que él se había visto envuelto, era consciente de que habían orillado a un inocente a perder la vida en condiciones por demás trágicas, y esto había acarreado una serie de sucesos que había preferido mantener en el anonimato.

Había nombrado Lauro al menor de sus hijos, él mismo, a veces se arrepentía de este arranque, pero terminaba considerando que esto sería la adecuada expiación a sus culpas y esto impediría que olvidara su participación en los hechos que deseaba nunca hubieran ocurrido.

Junto a su madre y con la algazara de sus hijos tras de él recorrió los interiores de la casa, añosa ahora, con aspecto de abandono que le hacía sentir un especial sofoco y le invitaba a dejar el edificio.

Tomó la decisión de que su esposa y él se instalarían en el cuarto que perteneciera a don Pedro mientras que los niños ocuparían la habitación que alguna vez le perteneciera a él y a su hermano.

Estar en el interior de la habitación que fuera cobijo en su niñez le trasladó en el tiempo y lo situó en un ayer que deseaba borrar con todas las fuerzas de su ser.

Las paredes ocres seguían descascaradas en donde la locura de su hermano había quitado la pintura con su navaja. Una ráfaga de imágenes le llegó de golpe, aún le parecía verlo deambulando en pleno paroxismo diciendo incoherencias con el arma en la mano y la cara transida de dolor.

Se comprometió asimismo a remodelarla a partir del día siguiente. Por lo pronto era seguro que no dejaría que sus hijos durmieran ahí.

Simón había dejado de utilizar los lentes hacía ya mucho tiempo, no era el único cambio en su persona, si bien su aspecto casi cavernícola le seguía distinguiendo y su piel ahora era más renegrida por el trabajo de sol a sol, su trato ahora era mucho más cordial y era capaz de sentir amor por su familia.

A pesar de que Simón cortó todo tipo de comunicación con sus padres, don Pedro nunca perdió la esperanza que un día regresaría, la tienda quedó a su nombre lo mismo que la casa y otras propiedades. Estas serían suyas al morir su madre, según lo estipulado por don Pedro.

Huyendo más de los remordimientos que de los recuerdos, tras la muerte de su hermano llegó hasta el norte y se asentó en Sonora, lugar donde conoció a su mujer en una fábrica maquiladora de textiles, aunque su inteligencia era un tema con muchas páginas para discutir, Simón era talentoso para los trabajos que demandaban fuerza bruta y esto le había llevado a hacerse del capital suficiente para dar prosperidad a una pequeña tienda de construcción que atendía junto con Rebeca. Fue ella finalmente quien determinó a quien dejarían como administrador a cargo mientras estuvieran ausentes.

Esa noche en el comedor de la descuidada casa, las risas de los niños llenaron el corazón de su madre, se la veía feliz como nunca en los recuerdos de Simón.

12

El "accidente" del profesor Ramiro y la renuncia del director de la escuela aumentaron la psicosis en los padres de Aldo Padilla y Luis Avendaño, no hubo un solo día hasta terminar el período escolar en que ellos no se presentaran en la escuela a buscarlos, aunque esto les ocasionara la burla de sus compañeros.

Habiendo concluido sus estudios del nivel intermedio y una vez con el certificado en la mano, Felipe, el padre de Luis Avendaño se mudó con su familia hasta Monterrey.

La insistencia de Luis sobre la seguridad de Aldo terminó por convencerlos acerca del peligro en el cual se encontraba el muchacho. Los padres de Aldo terminaron accediendo a la invitación para que su hijo también se trasladara a la ciudad norteña para continuar con sus estudios. Ambas parejas acordaron que los jóvenes no debían regresar nunca a un lugar tan lleno de desgracias.

Los muchachos crecieron prácticamente como hermanos. Después de terminada la escuela preparatoria emigraron a San Luis Potosí donde inició su vida profesional hasta graduarse como Ingenieros en diferentes áreas; Aldo, Ingeniero en Minerales, mientras que Luis eligió convertirse en Ingeniero Civil, el lazo entre ellos se reforzó grandemente con el correr de los años.

Aldo se encontraba próximo a casarse se veía a sí mismo como un hombre completo, mientras que Luis de naturaleza volátil solía decir que se casaría cuando conociera a la primera virgen americana, y ambos festejaban con sonoras carcajadas como era su costumbre.

Los eventos del pasado quedaron relegados por Aldo y Luis, jamás hubo necesidad, ni entre ellos dos, de traer a colación recuerdos que aún les ocasionaban pesadillas, aunque ninguno hiciera comentario al respecto.

Los padres de Aldo, viendo que el porvenir de los muchachos se perfilaba cada vez más sólido se sentían ahora como intrusos en la vida de sus hijos. Después de todo Luis terminó siendo un hijo más, por lo cual decidieron regresar al terruño natal.

Simón entró a la habitación que remodelaría para los niños. En efecto hay mucho por hacer pensó para sí mismo. Lauro su hijo no se le separaba ni un solo momento. De talante alegre y curioso, el niño no se parecía físicamente al padre, sus facciones casi femeninas se acercaban más a las de Rebeca, dándole un especial atractivo físico, que hacía difícil que pasara desapercibido, era como si no perteneciera a esa familia, en contraparte con su hermano Pedro que conservaba los rasgos característicos de los Olguín.

El mayor de los hijos prefería pasar los días libres de escuela en el negocio familiar, disfrutaba deambular entre los pasillos donde estaban colocadas las herramientas, pero su fascinación era desparramar la arena almacenada para su venta, lo que le ocasionaba constantes regaños de los empleados que en lugar de surtir efecto le daban mayor ánimo para burlarles en cuanto podía.

Simón dio la orden de limpiar hasta sus últimas consecuencias la habitación en la que su hijo y él se encontraban en ese momento. Todas las pertenencias que alguna vez fueran de él y su hermano Pedro debían terminar en la basura, la renovación debía ser total; por otro lado, no quería ninguna vinculación con el pasado. Su voz clara y enérgica no dejaba margen para discutir.

Mientras, Lauro su hijo exploraba el lugar sin que le atrajera algo particularmente.

En ese cuarto no había nada interesante pensó. Agachado, casi a ras de suelo revisaba todos los rincones, y nada. Repentinamente los trajines de los empleados moviendo cosas empujaron un lápiz gris de afilada punta hasta los pies del niño, el objeto le llamó la atención y lo tomó.

- Lauro, es hora de que te bañes, si tu madre te ve lleno de polvo se enojará con los dos.

- Voy. Dijo con desgano, guardándose el lápiz en el bolsillo frontal de su overol azul marino.

México era nuevamente escenario del Campeonato Mundial de Fútbol, en el país no se hablaba de otra cosa que no estuviera relacionada con este deporte, la difusión del mundial revestía una mayor importancia tanto que se trataba de dar a conocer al mundo que la tragedia del 19 se septiembre del año anterior no era suficiente para terminar con la alegría propia de los mexicanos.

Incluso Pedro el mayor de los hijos de Simón se sentía invadido por la histeria colectiva, se hablaba de los jugadores como si fueran dioses descendidos del Olimpo.

Los medios de comunicación se deshacían en elogios hacia *Pablo Larios, Quirarte*, el *Niño de Oro* como le llamaban a *Hugo Sánchez*[5], *El chícharo* Javier Hernández y por supuesto Manuel Negrete[6] entre otros, este clima eufórico privaba en todos los rincones del país.

Las vacaciones de verano ya habían dado inicio y a diferencia de su padre los niños resultaron ser bastante aplicados para los estudios.

El certamen había dado inicio con logros importantes para la Selección Mexicana, había vuelto a ganar a Bélgica como ocurriera en 1970, y después del empate ante Paraguay los ánimos eran de alegría generalizada, no había lugar a duda, México se impondría sobre un desconocido equipo de Irak el día 11 de junio de 1986.

---

[5] Hugo Sánchez. [En Línea] (México, 1958) Jugador de fútbol mexicano, sin duda uno de los mejores del deporte rey de los 80. sobresalió por su extraordinaria agilidad, sus desmarques, su gran capacidad para el remate (especialmente con la pierna izquierda) y su estilo acrobático, tanto en los remates (llegó a ejecutar la chilena con una maestría excepcional) como en la celebración de los goles. Polémico en el campo, tuvo siempre una corrección impecable fuera del mismo. Ha sido, sin duda, el futbolista mexicano con mayor fama internacional. [Citado el 20-02-20], Tomado de internet:
https://www.biografiasyvidas.com/biografia/s/sanchez_hugo.htm

[6] Manuel negrete Arias [En línea] (Ciudad Altamirano, Guerrero, México, 11 de marzo de 1959) Negrete es recordado por el gol anotado en el partido de octavos de final entre México y Bulgaria disputado el 15 de junio en el estadio Azteca donde, a pase de Javier Aguirre, realizó una media tijera desde fuera del área que acabó en gol en el minuto 34. Junto con el gol de Diego Armando Maradona contra Inglaterra en el mismo Mundial, recibió un reconocimiento a los mejores goles del campeonato, colocando una placa conmemorativa en el estadio Azteca. El gol de Manuel Negrete está considerado en el DVD de los 100 años de la FIFA como el quinto gol más hermoso en la historia de los mundiales. México cayó en cuartos frente a Alemania Federal en la tanda de penaltis. Negrete fue el único que anotó su lanzamiento. [Citado: 09-nov-2019]. Disponible en internet:
https://es.wikipedia.org/wiki/Manuel_Negrete

Se esperaba el pase a octavos de Final, lo cual efectivamente sucedió. La nación entera celebraba la victoria mexicana 1-0 sobre su contrincante y *Fernando Quirarte* anotador del solitario gol era el héroe nacional.

Parecía ser que la suerte del equipo mexicano sería distinta esta vez, Bulgaria fue un escalón más que salvaron por marcador de 2-0, la anotación de *Manuel Negrete* fue celebrada en el mundo entero como el gol más bello en las copas del mundo hasta ese momento.

Después de esa exhibición el ánimo general era que Alemania caería bajo los botines de nuestra Selección en el *Estadio Universitario* en Monterrey.

La alegría de Simón por las buenas notas de sus hijos y lo bien que se daban las ventas a raíz de que su esposa administraba el negocio familiar, le hicieron tomar una decisión que tenía como fin premiar el esfuerzo de todos. ¡Se irían a Monterrey para ser testigos de la derrota de Alemania!

Durante la cena les dio la noticia, había conseguido boletos en forma por demás fortuita, aunque para ello hubiera pagado más de cuatro veces el valor de cada uno para el partido más importante que tendría la selección en su historia, eso no importaba ¡Toda la familia se trasladaría a la capital norteña!

Pedro celebró gritando de emoción, no así Lauro, quien en los últimos días se le notaba un tanto ausente.

- ¡Lauro tu no estas contento de ver a la selección y de conocer a *Hugo Sánchez*!

- Sí, contesto el niño sin mucho entusiasmo. Entonces ¿Qué te pasa?, no me pareces muy feliz que digamos.

El niño garabateaba su nombre sobre una servilleta con el lápiz gris que había encontrado en la habitación que fuera de su Tío Pedro y de su papá. Es que mi amigo no podrá venir con nosotros. Contestó un tanto serio

- Bueno mi vida, pero podrás traerle un regalo cuando regresemos, intentó alegrarle su mamá. El niño iba a decir algo, pero en ese momento la abuela les dijo que se iría a dormir, que se sentía cansada.

Al día siguiente Rebeca llevó las cubetas con pintura azul para la habitación de los niños enfrentándose a la negativa de su esposo para utilizar ese color, pero como no encontró una explicación plausible el cuarto terminó pintándose de ese color.

El lunes por la mañana, Simón se hacía cargo de dejar instrucciones para los días en los cuales estuvieran fuera, Rebeca mientras tanto se encargaba de ultimar detalles para el viaje, era suficiente con preparar el equipaje de todos cuando oyó el grito de su hijo Pedro, salió corriendo a buscarle y lo encontró en el pasillo, el niño venía corriendo se apretaba la mano y lloraba fuertemente.

- ¡¿Que te pasó?! Le preguntó la angustiada mujer

- ¡Laurooo, ahhhh, buaahh, fue Laurooo! Entre hipos y lágrimas no acertaba a decir con claridad lo que había ocurrido. Le mostró la mano y le dijo que lo había lastimado con un lápiz.

- ¡Pero por que fue!

Sollozando le narró en forma entrecortada lo ocurrido.

- Lauro estaba escribiendo sobre la pared recién pintada, y le dije que no lo hiciera, quise quitarle el lápiz y se volteó muy enojado y me dijo: ¡Fuera de aquí, marica! Y me enterró el lápiz en la mano. Rebeca se llevó la mano a la boca en señal de desaprobación y sobresalto y acto seguido salió en busca de su otro hijo, su cara roja y su rictus contraído no dejaba lugar a dudas. Iba realmente furiosa.

Entró de golpe en la habitación y vio al niño en cuclillas afanado borrando lo que había escrito en la pared, lo jaló con violencia, pero el miedo reflejado en su carita impidió que le diera una zurra. Solo lo reprendió fuertemente y fue a revisar lo escrito en la pared, lo que quedaba de cualquier cosa que el niño hubiera escrito era ilegible, solo unas pocas letras se habían salvado de ser borradas del todo: *P......guir ...... do*. Le preguntó que había escrito, pero el niño en una actitud hosca, solo decía, no fui yo, fue mi amigo...

Cuando Simón se enteró; lo sucedido no resultó ser algo sin importancia para él, manoteaba al aire y decía arrepentirse de no ocuparse más estrechamente de ellos dijo que era necesario darle unas buenas nalgadas a ese chamaco. Rebeca consideró que estaba exagerando, que había sido una pelea entre hermanos y que ella ya había reprendido al niño. Ya más sereno, dejo a su esposa y salió con dirección a la habitación de sus hijos, dormían profundamente, una lámpara giratoria posada sobre la mesita de noche entre las dos camas inundaba de estrellas de colores dando un tono irreal, encendió la luz y se agachó para revisar las letras que quedaban en la pared, aquello que para otros no tuviera sentido, para él fue como si una mano helada le oprimiera el corazón.

- Agghhf. Un grito quedó ahogado en su garganta. Sus ojos se abrieron de espanto, la impresión lo catapultó de espaldas cayendo de nalgas a los pies de su esposa que lo había seguido.

- ¿Qué te pasa? ¿Qué tienes? ¡Simón háblame! Simón la apartó con cierta brusquedad y salió de la habitación a toda prisa, necesitaba aire, o sus pulmones colapsarían.

- ¡No es cierto! ¡No puede ser cierto! Y las lágrimas llegaron a sus ojos.

El estado de conmoción de su esposo realmente alertó a Rebeca, no imaginaba que algo pudiera causar mella en un hombre como su marido.

Ante la insistencia de su esposa que lo veía espantada por no entender lo que pasaba, esa noche Simón dio vida nuevamente a las historias ocurridas siendo ellos adolescentes.

Simón narró con lujo de detalles el asedio brutal que habían mantenido sobre Lauro Arreola hasta el día de su muerte, omitió por supuesto el hecho de que él y su hermano fueran los directamente responsables de su muerte y mucho menos que estaban con él y las pretensiones que Pedro su hermano tenía hacia su víctima.

Su esposa no daba crédito, le parecía horrible que su esposo le hubiera ocultado algo tan importante, además…

- ¿Porqué, porqué le diste a mi hijo el mismo nombre de ese pobre niño?...

- ¡No entiendo! Simón estás enfermo, ¡enfermo!…

Simón le dijo que le habían hecho tanto daño a Lauro Arreola que era su forma permanente de pedirle perdón de decirle cuanto lo sentía.

- ¡No tenías derecho Simón, mis hijos no debían formar parte de sus vilezas!

Ahora más que nunca deseaba salir de esa casa, comprendía que había sido un error regresar. Después del viaje a Monterrey se regresarían a Hermosillo así se lo prometió a su esposa. Harían lo posible para que su madre se fuera a vivir con ellos, pero si no lo deseaba de todas formas se irían.

Por la mañana del día siguiente todos se apresuraron a subir en la *Wagoneer* americana que Simón manejaría hasta Monterrey, nadie hizo mayores comentarios sobre lo ocurrido.

- Adiós Ma´ nos vemos pronto, se dirigió Simón con respeto a su madre que había salido a despedirlos.

- ¿Y tu hermano? ¿Dónde está? Preguntó Rebeca a su hijo Pedro que ya se había subido a la camioneta. No sé, fue la lacónica respuesta del menor, quién aún traía un gesto de dolor en su carita y se apretaba su mano vendada.

Iba a regresar a buscarlo, cuando lo vio venir hacia ellos con una sonrisa dibujada en el rostro.

En su bolsillo llevaba el lápiz que había escondido la noche anterior bajo su almohada.

Se acomodó al lado de su hermano que lo veía con cierto resentimiento y partieron rumbo a Monterrey.

Durante el trayecto la tensión entre los hermanos era más que evidente, sentados en ambos extremos del asiento trasero pretendían no verse y la comunicación entre ellos era casi inexistente.

- Por favor niños, dejen de pelear…, ustedes se quieren mucho, intenten acercarse el uno al otro. Pero los niños continuaron con la misma actitud

- Simón diles algo, le solicitó en voz baja a su marido que iba concentrado al volante. Su mente volaba, manejaba como por inercia, porque sus pensamientos estaban enfocados en otro tiempo y otro lugar, donde él y su hermano habían sido los protagonistas.

La voz de su mujer lo sacó de su marasmo y lo trajo nuevamente a la realidad.

- Simón miró por el retrovisor para decirles algo a sus hijos, lo que vio reflejado lo llenó de espanto helándole la sangre, y poco falto para que perdiera el control del vehículo.

- Se orilló hacia la cuneta, bajo con tal velocidad, que diera la impresión que se hubiera tirado del vehículo. Revisó el asiento en el cual venían sus hijos, pero ya no vio nada.

- ¿Qué pasó?, ¿Te distraje? discúlpame.

- No, no es nada, no te preocupes le contestó aun conmocionado…

- En su cabeza seguía fija la imagen de un tercer niño, pero mayor que sus hijos, éste le observaba fijamente y le sonreía en forma un tanto provocadora, iba ocupando un lugar entre los niños…Y eso sin duda le llenó de terror. Se guardó su impresión no deseaba alarmar a su esposa…

El resto del viaje continúo sin contratiempos, pero en Simón quedó una honda preocupación y el deseo de que sus temores fueran infundados.

Llegaron a Monterrey cerca de las tres de la tarde, los niños estaban hambrientos, Simón planeaba quedarse con su familia en el *Hotel Monterrey*[7]

---

[7] Hotel Monterrey Macroplaza es un hotel de 4 estrellas ubicado en las cercanías de Parque España. Un edificio de estilo impresionante ha sido completamente renovado en 1999.

sobre la calle *Zaragoza y Morelos* y llevarlos a conocer la *Macroplaza*[8] que había sido inaugurada apenas dos años antes.

- Se toparon con la desagradable sorpresa de llenos totales en todos los hoteles visitados, las calles estaban abarrotadas por turistas de todas las nacionalidades, y por doquier se veía publicidad alusiva al Mundial México 86. Un tanto mortificada Rebeca reclamó a Simón no hacer las reservaciones, sobre todo a sabiendas de que estaría lleno de gente.

- Miren vamos a comer y después buscaremos donde alojarnos ¿Les parece?,

- ¡Siiiiii!, los niños gritaron como si fueran uno.

Llegaron al *Rey del Cabrito*[9].

- No pueden irse de Monterrey sin haber probado el cabrito le dijo a su familia buscando su aprobación. Deseaba recomponer su ánimo y pasarlo bien con ellos.

El ambiente en el restaurante y una *Carta Blanca*[10] bien fría ayudó bastante a que Simón se sintiera con menos preocupación.

- Oye… Su esposa Rebeca interrumpió abruptamente la degustación de la cerveza.

- Hay una pareja que no nos quita los ojos de encima desde hace un buen rato.

Simón volteó sin disimulo hacia la dirección que le señalara su esposa. Un hombre más o menos de su edad se levantó de la mesa señalada y se dirigió hacia ellos.

- Disculpe. Dijo viéndoles con curiosidad

- ¿Es usted Simón Olguín? Aun sin lentes y con muchos años de por medio, las características físicas de los Olguín eran reconocibles a kilómetros

---

[8] La Macroplaza o Gran Plaza es una plaza de la ciudad de Monterrey en México. Se denomina así a la parte central de Monterrey que ocupa 40 hectáreas y la convierten en la 5ª plaza más grande del mundo.

[9] El Rey del Cabrito. Jesús Alberto Martínez, propietario de esta cadena, recibió el apodo de este restaurante por su manera única de preparar el cabrito que ha trascendido durante muchos años con una gran experiencia que lo abalan como el restaurante más tradicional de Monterrey conforme a lo bien que se puede comer ahí.

[10] Carta Blanca. Es una cerveza tipo lager que tiene un sabor equilibrad y refrescante gracias a su proceso de elaboración e ingredientes de primera calidad, tiene su origen en Monterrey, N.L. México en el año 1890

- Si ¿Qué pasa? Disculpe nuestra impertinencia, Soy Israel Jara y mi esposa en la mesa, Araceli...

De momento la luz no se hacía en el cerebro de Simón hasta que el desconocido le dijo: -En la escuela éramos Gemelos… mi hermano Rafael y yo.

- ¡Si, ya les recuerdo! ¿Tu hermano está con ustedes?

- Falleció, le contestó un tanto consternado.

- ¡Hombre! disculpa.

- Invítales a sentarse con nosotros

- Mi esposa Rebeca, ¡Y si! ¡Tráete a tu esposa, acérquense pues!

Los jóvenes ocuparon un lugar a la mesa junto con ellos, Simón hizo las presentaciones nuevamente: -Mi esposa Rebeca, y nuestros dos hijos: Pedro el mayor de ocho y este latoso es Lauro, tiene seis, bueno el lunes que viene cumplirá siete

- La cara de ambos invitados se demudó y los colores parecieron írsele, por sus mentes les pasó el pensamiento que tal vez no era buena idea haberse acercado.

- Araceli apretó fuertemente la mano de su esposo, acción que no pasó desapercibida para la pareja Olguín. Rápidamente volvieron a la realidad

- ¿Viven aquí? Preguntó Araceli interesada.

- No, traje a mi familia para el partido de México contra Alemania el día de mañana, nosotros vivimos en Hermosillo.

- Sí, pero Simón no hizo reservación y ahora vamos a buscar hotel. Ambos rieron por la torpeza de Simón.

- Bueno nosotros hemos venido por lo mismo, y nos acomodamos en una casa que nos rentaron, vimos el anuncio pegado en un poste y fuimos. Es bastante espaciosa, está relativamente cerca del estadio, cuando salimos aun había una casa disponible.

Eso daba solución a sus tribulaciones, con esto el ambiente se tornó de franca camaradería. Hablaron de fruslerías, sin hacer por supuesto una retrospectiva alusiva a su niñez, solo los enteraron que tenían un año de haberse casado y que se habían mudado a vivir a Tihuatlán.

Simón les ofreció que se fueran todos en su *Wagoneer*, que había lugar suficiente, la pareja aceptó de buen grado puesto que de no ser así intentarían tomar un taxi, lo que se había convertido en Monterrey en una tarea similar a una peregrinación a *La Meca*[11].

Tomaron por la *Avenida Garza Sada* y doblaron sobre *Luis Elizondo* para ver el estadio Tecnológico.

- ¡Esta súper! Dijo Pedrito sumamente emocionado, hasta el pequeño Lauro participó de la alegría de su hermano olvidando ambos sus mutuas rencillas

- Nuestra Selección no jugará aquí, les observó Simón. Se detuvieron un momento y sobre *Covarrubias* entraron a la privada, se veía nueva, los nombres de las calles les llamaron la atención, tenían nombres de clubes deportivos de fútbol. Llegaron hasta la *calle Cruz Azul*

- Oye. Esto no es una casa de huéspedes, ¿verdad? Preguntó Rebeca,

- No precisamente, el dueño tiene varias casas que están desocupadas y decidió rentarlas durante el mundial de fútbol.

Los recibió un hombre joven de más o menos su misma edad. Dijo llamarse César, les confirmó que recién habían llegado dos ingenieros y habían ocupado la única casa que les quedaba, pero esta tenía aun disponible dos habitaciones, si no les importaba compartir la casa, pues entonces tenían un trato.

Pidieron verla antes de tomar una decisión. Las habitaciones eran amplias y tenían su propio baño, no lo pensaron dos veces y se quedaron ahí, Israel y Araceli ocupaban la casa contigua junto a otra pareja según les informaron.

---

[11] La Meca, ubicada en el valle desértico en el oeste de Arabia Saudita, es la ciudad más sagrada del islam, ya que es el lugar de nacimiento del profeta Mahoma y de la religión. Solo los musulmanes pueden entrar a la ciudad y millones llegan a visitarla durante el Hajj anual (peregrinaje). La central Masjid al-Haram (Mezquita Sagrada), del siglo VII, rodea la Kaaba, la estructura cúbica con telas que es el altar más sagrado del islam.

13

En su habitación, Israel se quitaba lentamente la camisa roja de manga larga, lo hacía despacio, la inutilidad de su brazo derecho le dificultaba un poco la tarea, Araceli intento ayudarlo, pero él se negó gentilmente besando la mano de su mujer.

A pesar de los muchos años trascurridos, aún se podía leer nítidamente en su brazo semiparalizado: *Por Favor ya no deseo seguir viviendo*, se quedó observando la vieja cicatriz por un momento. Sus padres intentaron convencerlo de recurrir a la cirugía. Si no era posible corregirla, cuando menos atenuarla le sugirieron, pero él se negó siempre en redondo.

Había sufrido mucho para poder superar lo ocurrido, solo la entereza de su mamá Evelia y posteriormente de Araceli, lo habían hecho ser nuevamente un hombre.

Encontrar a Araceli fue como una recompensa por los duros años de soledad a las que él mismo se había condenado. Ella conocía la historia detrás de la cicatriz por su propia boca, le confesó que no sabía porque había sido perdonado, durante mucho tiempo pensó que no lo merecía, pero después se enteró que el profesor de gimnasia Ramiro, había corrido con una suerte adversa como la suya y había quedado vivo para contarlo, esto había ocurrido por las mismas fechas en las cuales él fuera víctima de un ataque tan despiadado.

Además, Araceli le había puesto en antecedentes sobre la historia vivida con Elvira su mejor amiga. Quien por cierto ahora residía en Phoenix, Arizona, donde estaba terminando su maestría en Psicología infantil.

Con ello, Israel se juzgaba en forma menos severa. Sabían ya, que los ataques que habían recibido iban en proporción al daño hecho a Lauro Arreola.

Cuantos años evitando hablar del asunto, como si con ello se pudiera borrar las hojas de un cuaderno tan cargadas de infamia y dolor. Y ahora, a tan solo unos pasos Simón Olguín, uno de los principales protagonistas de los sucesos del pasado dormía plácidamente con su esposa e hijos.

Se preguntaba porque Simón no había sufrido ningún percance, siendo desde su punto de vista alguien tan decisivamente importante en la trágica historia que los unía. Y por añadidura había llamado a su pequeño hijo: Lauro, y el otro, Pedro. Solo las mentes retorcidas de los Olguín podían lidiar con ese tipo de cosas.

Temprano por la mañana, Simón y Rebeca conocieron a los dos inquilinos que se habían hospedado antes que ellos, fue Rebeca quien se topó con uno de los ingenieros en la cocina.

- Buenos días, le saludó el hombre cortésmente, - Soy Luis estoy preparando el desayuno ¿Usted gusta?

- Gracias, pero mi esposo y mis hijos no tardan en bajar.

- Buenos días, la voz de otro desconocido detrás de ella llamó su atención.

- Con permiso ¿Señora?

- Rebeca, contestó un tanto cohibida

- Mucho gusto señora Rebeca soy Aldo y ese…

- Ya, ya me presenté, señaló Luis.

Los niños bajaron corriendo por las escaleras vestidos con camisetas verdes, matracas tricolores y gritando ¡México, México! Grito en cuello se dirigieron hacia la cocina, Pedro y Lauro se pararon en seco por la impresión de ver a su mamá platicando con dos desconocidos.

- Vengan saluden, disculpen la gritería, son mis dos hijos: Pedro el mayor y Lauro el más chico, mi esposo Simón no tardará en bajar. El sartén con los huevos recién cocinados huyó de las manos de Luis y una mueca de incredulidad se quedó labrada en su cara de piedra.

- Aldo fue el primero en reaccionar…

- ¿Simón Olguín está aquí? ¿En esta casa? Apremió Aldo en demanda de pronta respuesta.

- ¿Lo conoce usted? Preguntó Rebeca intrigada.

- ¡Becky! ¿¡No viste mi camiseta verde!? Se oyó la característica voz de Simón desde la planta alta. Si era Simón, no había duda, pensó Aldo, que miró a Luis como diciendo "Mierda, que chiquito es el mundo" y suspiró.

- El encuentro entre los tres los dejó por un momento en estado de completa estupefacción. Cierto, faltaba Pedro. Pero al parecer, por un momento pasó por sus mentes una situación similar siendo niños en la cual decidían el futuro de un inocente, los unos contando arteras mentiras, los otros escuchándolas y creyéndolas.

- Esto tiene que ser más que una casualidad dijo Luis a Simón, viendo de soslayo a su amigo en espera de su aprobación. Pero no hubo eco a sus pensamientos dichos en voz alta.

- ¿Quiénes son ellos Simón?

- Tranquila mujer son antiguos compañeros de la escuela, igual que Israel y Araceli, parece que la pasión por el fútbol nos ha reunido a todos. Rio con estrépito por su salida.

Lo oportuno de este comentario distendió la incomodidad del momento

- ¡Luis, mi hermano y yo éramos unos brutos! Dijo casi en un grito.

- ¡Pero hoy de solo verme se te han caído los huevos! Era el Simón de otros tiempos, su risa inundó la cocina, sus hijos lo veían como si de otra persona se tratará.

- Ya conocieron a mi familia, dejen eso y vamos a desayunar todos para celebrar que nos hemos encontrado.

- Becky ¿Podrías invitar a los tórtolos?

- ¿Cuáles tórtolos?, preguntó intrigado Aldo

- Araceli y Rafael, solo nos falta que hasta el intendente de la escuela llegará a Monterrey, dijo en forma sarcástica un Simón de otros tiempos, más cercano al que ellos conocían.

Aldo y Luis se dejaron conducir como si fueran borregos.

- Vamos hijos, vamos todos a desayunar. Se dirigieron todos hacia la puerta, quedando Lauro de último parado en el corredor hacia la salida, su mano en el bolsillo apretaba con fuerza el lápiz mientras sus ojos ardían. Nadie pudo percatarse de la mirada del niño cargada de profundos y funestos presagios.

Durante el desayuno en una fonda cercana Aldo trajo a colación la forma en la cual Rafael, el hermano de Israel había perdido la vida, esto tensó el ambiente como las cuerdas de un violín, pero la oportuna intervención de Araceli con otros temas regresó la conversación a terrenos más amistosos.

Aldo y Luis les comentaron que ellos también asistirían al encuentro de fútbol, que más adelante tendrían oportunidad de verse nuevamente, dicho esto se despidieron.

Nadie se percató del interés del pequeño Lauro en los dos jóvenes.

Por la tarde ya en el estadio, el partido transcurrió con un calor sofocante de 39°C, entre emociones contenidas y la rabia contra el silbante que había anulado un gol hecho por el *abuelo Cruz*[12], lo cierto es que el muy poderoso equipo alemán no pudo contra el coraje de los mexicanos en tiempos regulares, esto llevó el partido hasta la definición por tiros penales, la desilusión se repitió igual que en 1970, México se quedó a un paso de los cuartos de finales.

El mar de gente que se apresuraba hacia la salida descontroló a Simón, el pequeño Lauro no pudo seguir el paso de su padre y se perdió entre la gente, angustiados Simón y Rebeca lo buscaron por todos lados sin resultado alguno.

A lo lejos distinguieron a Israel y Araceli que buscaban la salida, les pusieron en antecedentes y entre todos buscaron al niño sin éxito alguno. Rebeca le dijo a Simón que regresaría a la casa por si veía al niño en el trayecto.

El pequeño había salido, empujado por los ríos de gente, sobre *Pedro Alba* hasta llegar a la *Avenida Universidad,* se alejaba del estadio en forma decidida, no se le veía asustado, daba la impresión de conversar con alguien y su rostro se veía animado.

Se detuvo en el entronque tratando de ubicarse hacia dónde ir, los vehículos avanzaban con pasmosa lentitud entre claxonazos de desesperación, un tanto por la imposibilidad de avanzar y otro poco por el intenso calor, por si fuera poco, el ánimo general era de furia contenida, estaba fresco el resultado de la Selección y esto añadía un tinte extra a la animosidad de la gente.

César había quedado atrapado en el tráfico luego de llevar a su padre a revisión médica, le ponía de mal humor que su padre sufriera este tipo de

---

[12] Francisco Javier Cruz Jiménez [En línea] Más conocido como "El Abuelo" Cruz, es un futbolista mexicano retirado que jugaba en la posición de delantero. Recordado por haber anotado el gol con el que México venció a Canadá y clasificó para el Mundial de Estados Unidos en 1994. Anotó muchos goles para los dos equipos de Monterrey con los cuales jugó: Rayados (La Pandilla) y Tigres de la Universidad Autónoma de Nuevo León, en el Clásico Regiomontano, donde es un ídolo en la ciudad. [Citado: 09-nov-2019]. Disponible en internet: https://es.wikipedia.org/wiki/Francisco_Javier_Cruz

contingencias. Los vehículos que salían del estadio y se incorporaban a la Avenida principal le obligaron a detener su camioneta: una *Toyota Samurái* color vino, viendo hacía donde los vehículos salían le pareció distinguir la imagen conocida del hijo menor de sus inquilinos, lo observó con mayor detenimiento, estaba convencido que era él, lo llamó a gritos tratando de romper con su voz la cacofonía existente. Lauro levantó la vista hacia donde lo llamaban, César acercó un poco su camioneta, se orilló con algo de dificultad y le preguntó porque estaba solo, enterado de la situación del niño, le dijo que él lo llevaría a casa, y luego buscarían a sus papás.

En el interior de la camioneta estaba un hombre ya mayor, ligeramente encorvado, sentado sobre una silla de ruedas, convenientemente fija al piso del vehículo.

- Es mi papá, se llama Emilio, el hombre levantó la vista al escuchar al niño sentarse a su lado, su cara se demudó, no pudo emitir ningún sonido inteligible, solo gorgoteos y espasmos de su cuerpo.

Emilio el antiguo director de la escuela, era el dueño de las casas que rentaban, y César su hijo los había recibido.

El antiguo director de escuela había invertido sus ahorros y se establecieron en Monterrey. Hacía ya un par de años que un infarto cerebral le postrara en esa silla, no tenía control sobre su cuerpo y su habla era muy limitada, su familia se afanaba en prodigarle atenciones, pero él si hubiera podido actuar por su propia mano le habría dado solución de una forma muy distinta.

Emilio estaba demudado, la figura de Lauro Arreola perfectamente reconocible para él estaba ahí a su lado, hasta quedar a unos centímetros de distancia. El hombre deseaba gritar, pero solo alcanzaba a abrir desmesuradamente los ojos.

- ¡T-u-uuu-u-ú, ahhhhh! Sintió que una mano infantil se posaba sobre la suya, el contacto frío lo aterró aún más. Emilio lo sabía, después de tantos años finalmente había llegado por él.

En este estado de terror transcurrió el regreso hasta la casa, César le dijo al niño que podría esperar en el interior de la casa mientras llegaban sus padres, que si tenía hambre buscara algo en el refrigerador y le señaló la cocina. No advirtió el extraño estado en que se encontraba su padre.

- Te dejo un momento papá, me urge llegar al baño. Le dijo César al anciano.

Emilio se quedó solo en el medio de la estancia, inútil, sobre su silla de ruedas, sintiendo que la habitación giraba a su alrededor.

Emilio veía claramente la imagen de su antiguo alumno parado frente a él que le miraba con el apremio de quienes se reencuentran después de mucho tiempo de no verse.

Estaban irremediablemente solos en una sala que pareciera mucho más grande de lo que en realidad era. Sobre su mano sintió la gélida sensación del agua helada cuando toca la piel, con delicadeza Lauro Arreola la tomaba entre la suya.

Nadie más se presentó en la escena, como si el tiempo se hubiera detenido solo para ellos dos. Los ojos de Emilio derramaron lágrimas que se perdían entre los pliegues de su cara.

- La-a-uu-r-oo, e-ees… pero la mano que aprisionaba la suya, se posó suavemente sobre su boca. Los ojos marrones del niño que tantos dolores de cabeza le había ocasionado en el pasado a causa de terceros lo observaban en forma triste, el rostro afilado del niño era pálido como si la luna se proyectara en él.

Lo rodeó y se situó detrás de su silla, extendió un objeto sobre las manos del enfermo, el lápiz estaba ahí a su disposición, junto con una hoja blanca, Emilio la palpó con suavidad, sus lágrimas cayeron una a otra sobre el blanco papel.

Tomó el lápiz con dificultad, en ese momento le llegaban los recuerdos de un lápiz similar que debía estar en el fondo de su portafolio, y se vio a sí mismo garabatear lentamente, llevado por otra mano, una a una las letras que formaron la frase que tanto miedo ocasionó en su momento al personal docente y a los alumnos:

"Por favor, ya no deseo seguir viviendo"

La leyenda se instaló en su cerebro como marca de fuego, recordaba el terror que esta ocasionó tras la muerte de Rafael al aparecer inexplicablemente en la pared del baño escolar. El miedo cerval le provocaba escalofríos en todo el cuerpo, deseaba hablar, gritar, pero su cuerpo desmadejado por la enfermedad no respondía a los llamados de su instinto. Sentía el terror fluir por sus venas como si fuera nueva sangre, no le atemorizaba morir, le aterraba el desconocimiento de lo que podría venir después.

Sintió que su silla cobraba movimiento y se dirigía hacia la puerta abierta, se deslizó a través de la habitación, se vio a sí mismo en su silla reflejado en un gran espejo que se encontraba en la sala, pero la imagen de él siendo empujado en su silla revelaban la identidad de alguien diferente a su antiguo alumno, golpeó con su cabeza el respaldo de la silla y se resignó; salieron a la oscuridad de la noche que llenaba ya todos los rincones, atravesaron el andador y se dirigieron hacia la calle en dirección al parque, la oscuridad era total, ninguna lámpara iluminaba aún, estaban casi sobre la calle principal.

Emilio observó el parque frente a ellos en penumbras, mientras a lo lejos, un coche con las luces encendidas se acercaba a gran velocidad, el conductor del vehículo no los había visto, un seto los escondía parcialmente, ante la proximidad, la silla recibió un violento empujón que la proyectó hacia el medio del arroyo, fue imposible que el auto la esquivara, el impacto rompió el silencio de la noche y el hombre salió despedido como si de una catapulta se tratara, en su caída la cabeza del desdichado profesor se impactó sobre las guarniciones recién pintadas de amarillo, solo se escuchó el sonido sordo de los huesos del cráneo que se rompían, su cuerpo quedo desmadejado y la sangre escapaba a borbotones de las heridas abiertas, sus ojos abiertos dieran la impresión de buscar algo antes de perder su luz para siempre.

La hoja de papel se escapó de su regazo y se elevó como si tuviera vida propia introduciéndose por la ventanilla trasera del coche que lo había golpeado hasta quedar sobre el asiento trasero sin que fuera notado por ninguno de los ocupantes en el interior.

El auto se detuvo un momento, en la ventanilla se asomaba el rostro impresionado de Aldo que regresaba a casa, el muchacho no daba crédito a lo que había ocurrido hasta que Luis le sacó de su marasmo,

- ¡¿Qué haces, idiota vámonos de aquí!? Aldo giró la cara hacia su amigo y el auto siguió su marcha.

Cuando el auto hubo abandonado la calle principal, una figura pequeña se acercó hasta donde yacía el hombre y se agachó, en las penumbras tomó el lápiz que estaba cerca del cuerpo, limpió un poco de sangre fresca sobre él y lo guardó en su bolsillo, quien acababa de morir no le significaba nada en particular.

Se quedó de pie por un momento al lado de su víctima, por un segundo los ojos de Aldo se cruzaron con los del pequeño que estaba frente a él, fue solo un instante, pero esa mirada y ese rostro se anidaron en su cerebro causándole una profunda desazón.

Se retiró del lugar y buscó acomodo en una banca del parque, la luna llena se abrió paso entre las nubes iluminando la cara del niño que esperaba la llegada de sus padres.

Cuando Rebeca llegó, la conmoción aun no desaparecía del todo. La entrada hacia la calle estaba invadida por vecinos curiosos, vio un par de policías interrogando al afligido hijo del extinto director y a los paramédicos que cerraban las puertas traseras de una ambulancia de *la Cruz Verde* que trasportaría el cadáver.

- ¡Entienda, él no podía moverse! Les decía a los policías casi en un grito… Se derrumbó en una acera, ocultando su cara entre las manos para que no lo vieran llorar. Uno de los paramédicos se acercó al joven señalándole la ambulancia para que los acompañara.

- ¡Mamá! -Le gritó el niño al reconocerla a su llegada a la privada,

- ¡¿Hijo?! ¡¿Cómo pudiste llegar solo, si no conoces el camino?!...

- No vine solo nos trajo el señor que está llorando, y señaló en una dirección frente a él. Además, me acompañó mi amigo…

- ¿Tú amigo? ¿Dónde está?...

- No sé, me dejó solo aquí desde que llegamos…

- ¿Cómo se llama tu amigo?...

- No sé, nunca me ha dicho su nombre

La perplejidad en la cara del niño ante las preguntas que le hacía su madre, y su imposibilidad para responderlas, la obligó a no cuestionarlo más.

Rebeca observó manchas de sangre en la pernera del pantalón del menor y se alarmó.

- ¡¿Estás herido?! ¡¿Qué te pasó?! El niño no acertó a contestar, ante la exhaustiva búsqueda de su madre de algún daño.

Cruzaron la calle en espera de Simón.

Una hora más tarde, todos reunidos en la sala de la casa, aún se encontraban intranquilos y no tanto por la tragedia ocurrida hacía apenas unos minutos.

Haber encontrado al niño sano y salvo les llenaba de alegría, pero se abrían muchas interrogantes con respecto al "amigo" de Lauro, interrogantes a las cuales nadie se aventuraba o no querían hacer suposiciones.

La muerte del dueño de las casas no fue asociada con ellos, quedaba claro que había sido un infortunado accidente y no supieron que se trataba del antiguo director escolar.

Despidieron a Israel y Araceli, agradeciendo la gentileza de ayudarles en la localización de su hijo.

- No he vuelto a ver a tus dos amigos, le dijo Rebeca a su esposo en su recámara…

- ¿Aldo y Luis? Seguramente se fueron a tristear la derrota de la selección y aún están en algún bar. Dijo en un tono que quiso restar importancia a la extraña situación con su hijo.

- ¿Qué te parece si mañana domingo vamos a las *Grutas de García* o *la Cola de Caballo*, invitamos a Israel y Araceli y festejamos el cumpleaños del niño? Es necesario distraer a nuestros hijos de todas estas cosas terribles que han pasado y evitar que piensen en ello. Araceli no lo dudó dos veces, era necesario dar un giro a todas estas cosas de las cuales ella no podía entender el alcance.

- Me parece bien, este maldito calor y las cosas que han ocurrido hacen el ambiente insoportable, el lunes nos regresamos a Hermosillo y decidimos que hacer con la tienda que te dejó tu papá, trataremos de convencer a tu mamá para que venga con nosotros.

- Sí, contestó Simón con la mano sobando su barbilla esperando tomar la mejor decisión para todos. En su fuero interno tenía la certidumbre de que faltaba algo más, y presentía que la seguridad de su familia se encontraba comprometida. Por la mañana abordaría el tema con Araceli e Israel, necesitaba saber absolutamente todo con respecto a la parte de la historia de Lauro Arreola que aún le era desconocida.

Con esta idea a cuestas, se retiró a su recamara intentando conciliar el sueño sin poder conseguirlo.

14

Aldo no lograba controlar su nerviosismo había convencido a Luis de quedarse en Hermosillo esa noche y posteriormente dirigirse hasta San Luis donde se encontraría con su novia, ambos consideraron que era lo más conveniente.

Ninguno de los dos deseaba hacer alusión al infortunado accidente ocurrido apenas unos momentos antes, pero estaban conscientes de los problemas que se les avecinaban. Por otro lado, hasta ese momento externó su preocupación a su amigo.

- Luis ¿Pudiste ver al niño que estaba junto a la persona que atropellé?

- No, no vi a nadie

- Dirás que estoy loco, pero ¡Te juro que era Lauro Arreola!

La sola mención del nombre, tuvo el efecto de una víbora de cascabel moviéndose entre los dos.

- ¡Deja de decir tonterías! Céntrate en la realidad, ¡Lauro está muerto, ¿Lo oyes? muerto! Y los muertos no regresan de la tumba, deja de decir estupideces y concéntrate en el camino. Después de esto, los dos se quedaron en silencio. Era mejor no seguir con un tema que los ponía en un estado de trastorno.

Habían recorrido una hora y media, estaban próximos a llegar a Ramos Arizpe, la carretera se iluminaba con tonos índigos, la noche limpia ofrecía una panorámica constelada de puntos blancos.

Sumido en sus pensamientos, Aldo se sentía cansado, con una especie de pesadez general pero no había querido que Luis manejara cuando este se lo propuso. Se dejaba guiar por la raya amarilla que se habría a su paso y los faros de los vehículos de frente que ocasionalmente le deslumbraban.

- Son casi las diez, le comentó en tono más para sí que para su amigo. No obtuvo respuesta…

Al salir de Monterrey cerraron las ventanillas y encendieron el aire acondicionado dándoles una travesía más confortable, pero a estas alturas un repentino frío le caló a Luis hasta los huesos.

- Oye ¿Le subo un poco? al clima, se siente muy frío.

- El aire frío me relaja, toma mi chamarra está en el asiento trasero, le contestó Aldo.

Una lechuza cruzó ululando por encima del coche y se perdió en la oscuridad reinante.

Luis no discutió, giró su cuerpo y alargó el brazo para tomar la prenda, una sensación de terror lo invadió, la oleada de adrenalina casi paralizó su corazón, la mano de un niño se había posado sobre la suya y en la penumbra podía distinguir unos ojos brillantes que lo miraban fijamente, era una mirada lejana en el tiempo, mirada cargada de reproches que conocía muy bien, la recordaba igual, interrogándole, preguntándole por qué. Y ahora estaba nuevamente ahí fija en él. Un sonido casi primitivo, ininteligible, escapó por su boca al mismo tiempo que quiso apartar su mano lo cual no fue posible, su mano parecía atrapada en una trampa para osos.

El grito de su amigo tuvo el efecto de descolocar a Aldo, verle con ese rictus de espanto en la cara como si sus facciones se hubieran quedado congeladas.

Giró la vista para ver el objeto que provocara tanto miedo en su amigo, la presencia de alguien más en el coche no era irreal, se veía tan sólida como ellos dos, y les extendía una hoja de papel con la mano libre. Luis no pensaba, sus ojos desmesurados y su cuerpo petrificado por el miedo apuntaban hacia una sola dirección, pero Aldo pudo leer las letras garabateadas a lápiz que unas horas antes Emilio escribiera.

Por favor, ya no deseo seguir viviendo

El cerebro de Aldo intentaba procesar la información que estaba recibiendo, pero había variables que no eran suficientes para dictar ordenes coherentes y tomar decisiones acertadas, giró el volante a la derecha con fuerza, era un esfuerzo tenaz en su cabeza que le decía estaciona el coche y huye, pero su mano no era guiada por los sentidos de la razón, su pie seguía pegado en el acelerador, el violento giró, aunado a la velocidad, proyectaron el coche sobre las vallas de protección y salió despedido hacia una hondonada en sucesivas volteretas hasta detener su viaje en el fondo, sobre una roca que les golpeó de costado, el polvo se levantó en el desértico paisaje como si fueran cortinas de gasa, la conciencia de ambos se vio interrumpida un momento por lo violento de las sacudidas.

El olor a gasolina se filtró en el interior, el aturdimiento cedió al terror, ambos se daban cuenta de lo difícil de su situación mirando hacia todos lados la jaula que los aprisionaba, intentaron abrir ambas puertas al mismo tiempo, pero estas dieran la impresión de haber quedado selladas, solo se escuchaba el ruido mecánico de las manijas que realizaban la acción que se les pedía

Aldo y Luis veían con evidente pánico a la figura de aspecto delicado que estaba parada en el exterior, observándolos.

Eran segundos interminables y el olor penetrante a gasolina les causaba nauseas.

Un ruido con notas distintas a las producidas por las manijas y los esfuerzos que ellos mismos hacían en el interior del carro les llegó a sus oídos. El peso del vehículo hizo ceder a la inestable roca que había servido de cuña, el vehículo dio una voltereta más y finalmente se asentó sobre sus cuatro llantas en el fondo de la hondonada, la intensa fricción del metal con las rocas provocó una chispa que fue el perfecto maridaje con la gasolina, el fuego se extendió con prisa, como si deseara terminar ya un trabajo que le disgustaba, en su desesperación los dos intentaban romper las ventanilla a patadas, era un auténtico frenesí que se había apoderado de los dos, pero estas no cedían, en sus pupilas se reflejaba el resplandor de las llamas que habían alcanzado al coche e iluminaban la imagen de la figura casi infantil que seguía inamovible, como si la muerte le hubiera dado el permiso expreso de disfrutar de los últimos momentos en los que una vida se pierde.

La piedad pareció apoderarse en el último momento de Luis, se obnubilaron sus sentidos y la inconsciencia lo abrazó.

Para Aldo la situación fue distinta, Lauro los contemplaba con singular indiferencia, esa fue la última imagen que se quedó grabada en sus ojos, su cuerpo se contrajo en un espasmo y gritó con todas sus fuerzas mientras el fuego lo abrazaba.

- ¡¡¡Maldito seas, Lauro Arreola!!!

El auto estalló con un sonido estremecedor, rompiendo la tranquilidad de la noche, después, solo el crepitar del fuego consumiendo todo, purificando con su calor dos almas que en el pasado se solazaban con el sufrimiento de un inocente.

La lechuza planeó nuevamente sobre el siniestro, ululó con una tonalidad triste y se retiró del lugar.

La quietud regresaba al páramo, y en el aire quedaba flotando un olor a carne quemada, un olor a muerte…

15

A los niños les encantó la idea e ir al *Parque Cola de Caballo*[13], la idea de nadar en las aguas transparentes que bajaban de la montaña y alejarse del calor fue bien recibida por todos, incluso Araceli e Israel que planeaban ir a la Ciudad de México ese mismo día. Prefirieron postergarlo y decidieron acompañarlos, incluso se ofrecieron a pagar la comida en restaurante en el pueblo Santiago y festejar ahí el cumpleaños de Lauro.

Los casi 50 km hasta la entrada del parque sirvieron para afianzar lazos entre las dos parejas, Rebeca confesó a Araceli que creía estar embarazada, pero que Simón aun no lo sabía, que en cuanto estuviera en Hermosillo lo confirmaría. Ambas mujeres rieron en complicidad.

Después de haber padecido el calor del día anterior todos estaban felices de ver tantos árboles, tan pronto Simón aparcó el vehículo en el estacionamiento Pedro y Lauro bajaron corriendo.

- Niños no se alejen

- Déjalos mujer enseguida voy con ellos, le sonrío Simón.

El parque se encontraba un tanto concurrido, siendo domingo, las familias regias consideraban una buena idea escapar del agobiante calor, y después de la derrota del equipo mexicano, nadie quería saber nada de fútbol.

La cascada era realmente hermosa, los niños consideraban más atractiva la idea de refrescarse, se dirigieron a un riachuelo que corría entre

---

[13] El Parque Eco turístico Cola de Caballo [En línea]. Se encuentra en Villa de Santiago, 40 km al sur de Monterrey. El parque recibe su nombre gracias a la cascada Cola de Caballo de 25 m de altura y que asemeja una cola de caballo. La misma se forma con aguas que bajan de la Sierra Madre Oriental. El lugar es parte del Parque Nacional Cumbres de Monterrey y cuenta con diversos servicios, entre ellos: estacionamiento, restaurantes y áreas verdes. [Citado: 09-nov.2019]. Disponible en internet:
https://www.viajeros.com/producto/parque-cola-de-caballo

las piedras, el agua transparente y de poca profundidad resultó ideal para que los adultos no se preocuparan por la integridad física de los menores.

Las parejas ocuparon lugar donde un asador se presentaba a modo y las bancas les ofrecían la comodidad de poder platicar a gusto.

Después de estar un rato en el agua Lauro salió y se dirigió hacia la zona arbolada al otro lado del arroyuelo, al verlo, su hermano lo llamó sin obtener respuesta, volvió la cabeza para avisar a sus padres, pero estaban tan entretenidos que decidió seguirlo y traerlo de regreso, seguramente se llevaría una reprimenda por dejarlo solo.

Lo siguió de cerca hasta que lo perdió de vista tras un árbol, lo llamó a gritos, pero Lauro ni siquiera se inmutó, pensaba regresar y dar aviso, a lo lejos, pudo distinguir a su hermano, le pareció extraño no haberse dado cuenta antes, caminaba con otro niño; se le veía mucho mayor que él, era alto y delgado, le pareció que cuidaba de su hermanito. Los vio perderse rápidamente entre el bosque, desesperado, corrió tras ellos, gritó nuevamente para que su hermano lo escuchara, el camino anfractuoso le lastimaba los pies, no entendía como su hermanito caminaba tan de prisa con los pies descalzos.

Al fin les pudo dar alcance, el camino terminaba en lo alto de una peña, vio a su hermano en cuclillas pinchando algo que se movía entre los matorrales.

Aun con la fatiga impidiéndole hablar con soltura le preguntó - ¿Qué haces? ¿Por qué te alejaste tanto? Papá se pondrá furioso, le dijo Pedro al niño

- Mira, le señaló Lauro con una larga vara que tenía en la mano.

- ¿Qué es? Una enorme víbora de cascabel se retorcía enrollándose sobre sí misma, siseando y moviendo en forma frenética su cascabel, se la veía realmente furiosa por la intromisión de los niños. Pedro retrocedió asustado tropezando con una piedra y cayendo hacia atrás. Un tronco seco frenó su caída, pero una rama quebrada del mismo penetró en su costado, hiriéndole.

- ¡Lauro! Chilló el niño - ¡Ayúdame!

Entonces los vio nuevamente a los dos cerca de él, su hermano tenía una mueca en su cara que daba la impresión de ser una sonrisa retorcida, el chico que estaba con él se acercaba lentamente, extendiéndole la mano, en su cara no podía leerse ninguna emoción, la sangre era abundante, el niño perdería la noción de un momento a otro, alargó su manita para tomar aquella que le ofrecían

- ¡Aléjate de mi hijo! Gritó una voz en forma imperiosa

Simón e Israel habían llegado justo en el momento en el cual su hijo malherido aceptaría ayuda del desconocido.

Israel se había dado cuenta cuando se adentraban en el bosque, de inmediato se lo hizo saber a Simón y salieron tras ellos.

Simón se dirigió donde yacía su hijo. Verlo en esas condiciones le partía el corazón, imaginaba que los pecados del pasado por más graves que fueran era injusto los pagaran sus hijos.

- ¡Ya estoy aquí hijo! ¡Por favor aguanta hijo, aguanta!

- ¡Simón! Era Israel que le apremiaba señalándole con la mano

Con el terror acérrimo se dio cuenta que su otro hijo era literalmente arrastrado hacia el borde del peñasco, aunque este no parecía ofrecer resistencia alguna, era como si no fuera él.

Se levantó de un salto y corrió tras ellos tan rápido como sus piernas cortas se lo permitieron

- ¡Por favor detente! ¡Por piedad deja a mi hijo! Rogaba y lloraba al mismo tiempo, sentía que la vida de su hijo pendía de él. Simón tropezó en su desesperación por alcanzarlos, perdiendo la vertical y precipitándose al vacío.

- ¡Por favor, no le hagas daño! ¡Déjalo ir! Gritó Israel con todas sus fuerzas tratando de evitar que el niño pudiera ser arrastrado tras su padre.

En su caída Simón vio en lo alto a su hijo Lauro al borde, era sostenido de la mano por aquel a quien en situación similar había visto caer tantos años atrás, ahora su vida en pocos segundos se habría disipado.

Aun tuvo tiempo de ver como la figura alta y delgada que sostenía a su hijo se precipitó sola al vacío. Simón lo vio venir tras él y en su pensamiento se formuló la palabra gracias.

Era una visión diferente, no la cara angélica de Lauro Arreola, el espectro tenía los ojos desmesuradamente abiertos y la boca desencajada en un grito que nunca llegó a expresarse, lo sintió atravesar su cuerpo, pudo sentir en su corazón el pánico y el dolor que embargaban a Lauro Arreola el día de su muerte. Después el impacto con un sonido hueco sobre las rocas y, por último, nada, en sus ojos abiertos se quedó fija la última imagen de su hijo y en su corazón el remordimiento de haber sido causante del dolor de un inocente.

Israel se hizo cargo de la situación sin perder tiempo, con un solo brazo como pudo se hizo del niño herido, tras él, Lauro su hermano lloraba desconsolado, era imposible saber cuál de todos los acontecimientos lo tenía así.

La camioneta conducida por Araceli, llevando a toda la familia en crisis se trasladó a toda velocidad hasta Santiago, su fe estaba puesta en que el niño lograría resistir.

Lauro se había quedado dormido, su rostro reflejaba una actitud serena, nada parecía perturbar su sueño, era como se si una losa sobre su cuerpo hubiera sido removida.

En ese preciso momento, la tumba de Lauro Arreola recibía la visita de sus padres, el dolor no había cedido en los muchos años desde el momento que lo perdieron, siempre asistían al cementerio en la fecha de su cumpleaños.

Un adolescente de unos catorce años de aspecto un tanto infantil y facciones agradables, alto para su edad, los acompañaba, se sentía incómodo frente a la tumba del hermano que nunca conoció -Deseaba alejarse del lugar- se acercó cuando los vio depositar un ramo de rosas blancas sobre la lápida donde se veía el nombre esculpido en el frío granito.

Una rosa blanca se había escapado de las manos de su madre, solícito se apresuró a cogerla y depositarla con las demás, al agacharse distinguió un lápiz gris con la punta un tanto desgastada, sin pensarlo siquiera lo tomó y lo llevó a su bolsillo.

Abrazó a su madre, el dolor de ella le calaba hondo, verla así le ocasionaba una furia sorda, saber que alguien había sido el causante de haberla lastimado en forma tan cruel era algo que realmente le molestaba.

Su padre se unió a ellos y se dirigieron a la salida del cementerio. El chico volvió la cara hacia la tumba donde yacían los restos de su hermano, sus ojos de color marrón fulguraban, su mano en el bolsillo apretó con tanta fuerza el lápiz que la punta roma le ocasionó daño haciéndolo sangrar y mancharlo con la misma.

Beltz[14]

(El perro negro)

---

[14] Beltz. Traducción del Euskera (vasco). Negro

1

A menudo la gente se inventa historias, y estas, a fuerza de ser repetidas se convierten en sólidas verdades, son tan increíbles como alucinantes.

Esta historia me lleva hasta recuerdos que debieron ser del todo felices: mi primera infancia, donde la ficción resulta ser verdad, y las verdades desearíamos que fueran amargas mentiras.

Tito fue sin lugar a dudas el mejor amigo en mi niñez, tendría en ese tiempo doce años, ambos éramos de la misma edad, incluso la fecha de nuestro nacimiento coincidía, muchas veces dijimos que éramos gemelos con distinta madre.

Era bajo para su edad, de una delgadez extrema, a menudo se me figuraba la llama de una vela que se movía con el viento y diera la impresión que se apagaría así, sin más ni más.

Los pómulos de su cara se acentuaban por el color blanco de su piel, algunas pecas distraídas se habían quedado a vivir ahí y otras más emigraron hasta la planicie de su frente, sus ojos azules parecían siempre tristes y eran enmarcadas por leves ojeras. Si el color de su cabello no hubiera sido como la paja, tal vez le hubieran dado una apariencia menos monocromática.

Tito nunca fue un niño medroso -cohabitaba con el miedo- el terror estaba en su casa cada que el padre llegaba borracho, entonces el infierno se hacía presente, que le iban a asustar las historias descritas con especial énfasis por el cura del pueblo que obligaba a refugiarse en el temor a Dios a los parroquianos.

En cuestiones de terror su padre se las sabía de todas, todas, su creatividad no tenía límite para los castigos, compaginaba: azotes, cocotazos dados con los nudillos —que dejaban singulares chichones con forma de pequeños volcanes-, castigos corporales, y cuanto se le venía a su cabeza pérdida entre los vapores del alcohol. Creo que la creatividad y diversidad de las penas impuestas a Tito, radicaban en la falta de temor del padre para lastimarlo.

Su sola figura ya inspiraba miedo, hombrón de amplia hechura, daba la impresión de ser un leñador fugado de un bosque encantado, en contraste con la mirada lánguida de Tito, la del padre parecía taladrar a quien lo miraba —Su mirada era como la mosca prieta, donde caía, pudría-, su cara cuadrada siempre con ese ceño adusto que infundía más miedo que respeto, no recuerdo haberle visto nunca una sonrisa dibujada en su rostro —Además no fue diseñado para ello- El color negro de su cabello remarcaba la dureza de sus facciones. A su lado, Tito era una especie de marioneta desmañada y proclive a romperse.

Solo eran ellos dos, la madre de Tito había muerto siendo él aún muy pequeño, ese parecía ser el motivo principal por el cual su padre siempre estaba enojado y tomaba, en lo más álgido de su borrachera gritaba con singular dolor en su voz- ¡Amaliaaaa! -, y no decía nada más.

Su abuelo Ferrán murió cuando Tito tenía ocho años, ocurrió en forma tan repentina que la gente no asimilaba que un hombre como Ferrán pudiera sucumbir a los embates del tiempo. Los comentarios se polarizaban, pero dominaban aquellos que aseguraban que la tristeza por ver a su único hijo consumirse en el alcohol y el amor que este le negaba a su nieto eran las causas principales.

- ¡Abuelo mi papá no me quiere! si no fuera por ti él ya me habría molido a golpes, siempre está regañándome y me dice que mi mamá podría estar viva a no ser por mí. ¡No me quiere abuelo! Y el niño se refugiaba entre los brazos del abuelo que sentía las penas de su nieto llegar hasta los últimos confines de su corazón y anidarse con tal firmeza que dolían en forma permanente.

- Mira él es un hombre enfermo, antes era muy diferente, pero la muerte se llevó a tu madre y de paso, se llevó el alma de tu padre, dejándolo como si estuviera muerto en vida, solía decirle don Ferrán.

Es verdad la complexión física de don Ferrán distaba mucho de aparejársele a su hijo, pero sin lugar a duda su figura no pasaba inadvertida, en su juventud debió tener un cuerpo atlético, ciertas reminiscencias se apreciaban aun en el robusto viejo, su carácter fuerte mantenía a raya el temperamento volátil de Hartz, su hijo.

De hablar fácil, su marcado acento, reminiscencias del euskera que ya no solía utilizar muy a menudo y sus ademanes un tanto teatrales le ganaban siempre, adeptos.

La gente le respetaba y le temía, no sabían cuánto de cierto había en las historias que de él se contaban, y el perro negro siempre a su lado contribuía a darle un aura un tanto mística.

Lo cierto es que Ferrán y su perro parecían formar una historia conjunta, los más viejos que lo conocían señalaban que ambos habían llegado juntos procedentes de España cuando Ferrán era un joven en plenitud de vigor y fuerza física. Viendo al padre y al abuelo, seguramente Tito habría heredado el cuerpo de suspiro, de su mamá.

- No estés triste hijo, mientras yo viva, ni él ni nadie te hará daño; y cuando yo me haya ido, *Beltz* velará por ti. ¿Verdad que sí *Beltz*? Y el perro negro movía la cola y ladraba alegremente.

Beltz, como lo llamaba el viejo, era un mastín con mayor alzada de lo normal, Tito y yo en ocasiones subíamos en él y patrullábamos las calles del pueblo sin que el animal pareciera resentirlo, en cierta ocasión el perro nos llevó hasta las mismas puertas de mi casa, mi padre al vernos montados sobre el lomo negro del imponente animal se precipitó al interior, salió armado de una polaroid que se utilizaba para las ocasiones especiales, apuntó hacia nosotros y nos tomó dos fotografías, nuestra risa había quedado capturada en el pedazo de papel para siempre, como recuerdo de los días felices de nuestra infancia.

Beltz a pesar de los muchos años que debía tener conservaba la gallardía de sus mejores días y su bravura se mantenía intacta, nadie sabía a ciencia cierta qué edad tenía, lo que si era seguro era que había superado con creces las expectativas de vida para un perro, su aire era realmente fiero, su hocico achatado y las orejas ligeramente caídas, señalaban un legado genético de clase, su característico ladrido resonaba en su pecho como si tuviera una caja de resonancia. ¡Era un perro con una estampa épica!

Beltz, bien conocido en el pueblo por ser la sombra permanente de don Ferrán infundía real temor, el viejo hizo correr la voz que el perro era un regalo de la muerte, por favores hechos en el pasado, no añadía más a esta historia. Cuando paseaban por la noche, no faltaba quienes se santiguaran al verles.

Cuando salimos de la primaria, pensaba con regocijo, iremos a presentar el examen en la Escuela federal, ahí estarán todos nuestros amigos, pero *el gozo se fue al pozo,* su papá ya había decidido por él, -fiel a su costumbre- y eligió una escuela que distaba unos tres kilómetros desde su casa, y para mejorar las cosas en el turno vespertino -De un plumazo se aseguraba que Tito no anduviera con "esa bola de vagos" que lo echaban a perder-, de ahí que su hora de entrada fuera a las dos de la tarde y la salida hasta las ocho de la noche

Mis otros amigos y yo por supuesto iríamos al turno matutino y a escuelas más cercanas, no podíamos creer la canallada que había sufrido Tito.

- Tu padre sí que está loco. Le dijo un asombradísimo Marcelo.

- Pues así se librará de ti por las tardes —dije con cierta perfidia-. Me miró con esa forma triste que tenía de ver a la gente, haciéndome sentir miserable. Los ojos de Tito tenían la particularidad de dejarte en una situación de magnificar culpas.

- Lo siento. Me excusé algo perturbado.

- Después de todo tienes razón, pero para él será un alivio no verme por las tardes, y cuando llegue de la escuela es muy probable que ya se encuentre dormido, como ves no esta tan mal la cosa -Tito sonrió con cierta pena-.

Marcelo se despidió y se fue corriendo por el camino viejo para llegar más pronto hasta su casa.

- ¿En qué piensas Tito? Le pregunté al verle abrumado como si sus pensamientos se hubieran ido muy lejos dejando olvidado su cuerpo.

- Pensaba en mi abuelo, desde que el murió, mi padre toma cada vez más, mi abuelo Ferrán era quien me cuidaba, desde que ya no está siento como si una bola se me hubiera quedado atorada por dentro y ¡Siento mucha rabia y ganas de llorar! Por un momento imaginé que los ojos de Tito se derretían y se convertían en agua, verlo así me causo gran pesar, sin pensarlo dos veces pasé mi brazo por encima de sus hombros, no era necesario decir nada ¡Tito no era mi amigo, era mi hermano!

2

Los días parecían tener prisa en terminar con las hojas del calendario, nuestra niñez, así como las vacaciones de verano llegaban a su fin.

Algunos de nosotros tuvimos la fortuna de quedar en la misma escuela, esto significaba seguir frecuentándonos.

No fue hasta entrado el mes de octubre que volví a ver a Tito, no había sabido de él desde nuestro ingreso a la secundaria, nuestros horarios ya no coincidían, por otro lado, Tito estaba trabajando los fines de semana en el taller de motocicletas de su padre, el cual estaba muy bien equipado, no se podía decir que les faltara dinero. Cuando me enteré que pasaba bastante tiempo con su papá me preocupó bastante. Sin embargo, lo vi bien, con el mismo semblante "feliz" de siempre…

Cuando lo vi venir hacia mí con su sonrisa franca me hizo desechar la idea de que pudiera estar molesto conmigo por no haberlo buscado durante tantos días.

- ¿Oye y que tal te va en la escuela? ¿Tienes nuevos amigos? ¿Y las niñas que tal eh? Le di un codazo cómplice en las costillas. Las niñas eran un territorio aun inexplorado para nosotros. Se sonrió apenas…

- Todo bien, aún no he tenido tiempo para hacer nuevas amistades, creo que quiénes van a esa escuela son muchachos que no soportan en sus casas, por eso los mandan por la tarde, casi todos son mayores que yo, y algunos parece que solo van a buscar problemas. No hay muchas niñas, pero me adapto a lo que hay. Me sentí un poco culpable por él, a mi estaba yendo de maravilla.

- ¿Y qué con tu papá?, ¿Sigue igual de pesado que siempre? Si tienes problemas puedes venir a casa, ya sabes que mi mamá te quiere un buen y a mi hermana le gusta tu carita de yo no fui. –Le dije en broma-

Se rio de buena gana

- ¿Y me tendrás en tu casa cuñado? ¡Y siguió riendo el muy descarado! Me fui encima de él como si fuera a darle una tunda.

- ¡Estás muerto Fausto!

- ¡Ya, párale, es broma!, ¡Es broma! Dijo riéndose con estrépito.

- ¿De verdad me permitirías ir a tu casa si las cosas se pudieran muy feas? Preguntó.

- ¡Por supuesto!

- ¡Gracias Toby!

- ¡Si! Tobías es el "simpático" nombre que mi madre eligió para mí. ¡Ay abuelo! ¿Por qué tenías que llamarte así?

- Pero no te preocupes, todo está bien, él no se atreverá a hacerme daño. Señaló muy confiado.

- ¡Tu padre está bien loco! Disculpa que te lo diga…

- No te disculpes, el sigue con sus cosas es verdad, pero no me pone una mano encima.

- ¿Sabes? Hay algo que nunca te he contado, dirás que soy un mentiroso o que estoy loco como mi papá… Parecía decirlo para sí mismo.

Prosiguió. - ¿Te acuerdas cuando mi abuelo murió? *Beltz* aullaba en forma terrible, nadie pudo hacerlo callar, la gente que asistió al funeral lo miraba como si se tratara del mismo diablo, mi papá quiso sacarlo de la casa, no pudo, *Beltz* siguió firme a los pies de la caja donde estaba mi abuelo.

- Uhmm… si, recuerdo que no dejaba que los hombres se llevaran la caja, pero tú te acercaste te sentaste a su lado y lo tomaste del cuello, solo así lo lograron, *Beltz* se fue tras ellos, y así llegaron al cementerio. Le respondí, recordando lo sucedido años atrás.

- ¿Pero eso que tiene que ver? Le pregunté intrigado.

- Después del sepelio *Beltz* se quedó en el cementerio, recordarás que nadie pudo separarlo de la tumba de mi abuelo, ni siquiera yo, durante las noches ladraba y aullaba que erizaba la piel, no permitía que nadie se acercara a su tumba, siguió así durante muchos días hasta, fue perdiendo peso y quedar en los huesos, yo quise llevarlo a casa pero mi padre se opuso terminantemente, yo le llevaba comida y agua, pero el perro se fue dejando morir de a poco, soportó más tiempo del que nadie pudiera imaginar hasta que finalmente se murió.

Su muerte me dolió casi tanto como la de mi abuelo, porque sabía lo mucho que significaba para él. Cuando se murió, el sepulturero lo subió en una carretilla de madera y lo llevó ante la presencia de mi papá, le preguntó qué hacer con él, porque en el cementerio no se podía quedar; mi padre muy enojado le dijo que se fuera al demonio, que lo tirara lejos. Yo le imploré a mí papá que me dejara enterrarlo en el traspatio, pero no me dejó y hasta amenazó con golpearme si lo seguía molestando; me fui con el sepulturero, el viejo se deshizo del perro tirándolo al río. Sentí horrible cuando la corriente se lo llevó.

No pasaron muchos días desde su muerte los aullidos que semejaban lamentos se seguían escuchando en el cementerio, por la mañana cuando alguien se acercaba a la tumba, la tierra se veía recién removida, como si hubieran rascado.

Gente en el pueblo solicitó al cura que fuera a bendecir el lugar, este se negó no le apetecía este tipo de tareas.

El párroco tuvo que ser llevado casi a rastras por algunas señoras y curiosos hasta la tumba para que nuevamente rociará agua bendita; al parecer funcionó, porque durante un tiempo, ni ladridos, ni ruidos extraños...

Ya medio impaciente le dije: -Pues sigo sin entender...

- Espera deja terminar...

- Unos meses después, mi papá me llevó al taller para que lo ayudará haciendo mandados. Así estuve con mi papá, cuando bebía ahora se quedaba en el taller y yo, pues me iba para la casa.

El día que mi abuelo cumplió seis meses de haber muerto, mi padre me pidió que le comprara aguardiente, que pasara a buscarlo donde don Melquíades, cuando regresaba al taller me tropecé por venir bobeando y se me cayó la bolsa donde llevaba la botella

- ¡Y la de malas!... se rompió. Cuando le dije lo que había pasado, se puso bravísimo, estaba rojo, y parecía que echaba humo, tomó la correa y me persiguió para darme un buen escarmiento para que fuera más cuidadoso - Ya estaba por caer la noche-, Tiraba cintarazos por todos lados y maldecía, corrió tras de mí para alcanzarme ¡Daba la impresión que tenía alas en los pies! ya lo traía muy cerca y yo le gritaba que me perdonara que yo tenía dinero y le compraría otra. De repente dejé de escuchar que me perseguía, giré la cabeza...

- ¡Y por poco me caigo muerto de la impresión!

- ¡Te juro Toby, que era *Beltz*, salido de quien sabe dónde, estaba parado entre mi padre y yo! gruñía en forma decidida a mi padre que se quedó como de piedra,

- ¡Su cara estaba desencajada!... ¡Y su mirada! Parecía que los ojos se le saldrían, no dijo nada absolutamente.

Se regresó a casa corriendo, y yo me quedé ahí, como menso, viendo que *Beltz* se me acercaba, estuvo así de cerquita cómo estás tú ahora, me miró con detenimiento.

- ¡De verdad Toby, me parecía que era mi abuelo el que me miraba! Quise acercar la mano para tocarlo, dio media vuelta y corrió hacia río, y yo a todo lo que daban mis piernas detrás de él, al llegar al río: *Beltz* ya no estaba.

Yo miraba a mi amigo, con la incredulidad pintada en mi cara, pero la vehemencia en las palabras de Tito no dejaba lugar a dudas sobre aquello que me contaba había ocurrido, además, Tito no era del tipo mentiroso para llamar la atención.

- ¡Chanclas! Exclamé poniendo cara de tonto.

- Esto se ha repetido cada que mi padre intenta maltratarme, siempre la misma historia, Beltz se interpone para evitar que haga daño, le gruñe ferozmente y evita que se me acerque, después cuando se da cuenta que ya no estoy en peligro se lanza hecho la cochinilla hacia el río, y yo por más que corro nunca he podido alcanzarlo. No solo me resguarda del daño que pudiera hacerme mi padre.

Yo estaba con los nervios de punta, la historia de mi amigo era más extraña que los dientes de un pollo.

- ¿¡Porqué rayos no me habías contado nada de esto!? Lo reté un tanto molesto.

- Pues, pues…

- Estaba seguro que no me creerías. Y siguió contándome…

- ¿Te acuerdas de Lupe Treviño?

Lupe era el matasiete del pueblo, a diferencia nuestra, tendría unos quince años, siempre andaba acompañado de sus amigos, todos de la misma edad.

Al terminar la secundaria decidió no asistir más a la escuela, ayudaba a su padre en la tienda, y eso era suficiente para que le perdonará todas sus tropelías, cuando le llegaban con alguna queja, siempre salía con la misma -¡Son travesuras de muchachos, que va usted hacer caso de eso, mire llévese unas sardinitas que me acaban de llegar, están muy buenas!

Y Lupe molestaba a medio mundo, la traía especialmente con Tito, parecía tenerle coraje en forma gratuita.

- ¡Claro! el hijo de don Melquíades, desgraciado… ¡Siempre nos quitaba las canicas! Dije con un coraje mal amarrado.

- O nos correteaba con sus amigos. Secundó Tito y continuó con su relato…

- Hace como un mes, cobré un trabajo que mi papá le hizo a Bonifacio el hijo de don Tomás el dueño de la panadería…

- Ajá…

- Pues bien, Lupe se dio cuenta, y me siguió, en esa ocasión estaba él solo, y cuando ya estaba cerca del campo donde está la bomba de PEMEX, se me fue encima, me tiró y me quiso quitar el dinero, yo forcejeaba con él y me agarraba la bolsa del pantalón para que no se me saliera el dinero, estábamos en plena disputa cuando escuchamos un ladrido que se acercaba.

- ¡Era *Beltz*, te lo aseguro! ¡Lo atacó!… Gritaba de terror y manoteaba para evitar que le hiciera daño, del susto se orinó en los pantalones. Como pudo se levantó y salió corriendo con el perro detrás de él…

- ¡Gritaba con desesperación pidiéndome que se lo quitara, pero el perro aferrado continuaba persiguiéndolo!

- ¡Te las voy a cobrar Fausto!... ¡Te juro que te las voy a cobrar! Gritaba mientras continuaba su carrera.

- ¡*Chanclísimas*! Yo estaba verdaderamente emocionado con lo que acaba de oír.

- Oye y si te ataco yo, ¿También a mí me perseguiría?

- ¡Mejor que me ataque tu hermana, ja ja ja! Se agarraba la barriga de la risa…

- ¡Ahora si te mueres Fausto, si Lupe no lo hizo lo hago yo, con perro o sin perro! Y nos fuimos corriendo hacia el centro del pueblo.

3

Lo cierto es que, en efecto, nadie en el pueblo se acercaba a la casa de Tito y su padre, y en lo posible evitaban llegar hasta la ribera del río ya caída la tarde. Aunque era un afluente menor del río Cazones, nunca se quedaba sin agua, y siempre fue un destino obligado para toda la chiquillería del pueblo en los meses de más calor.

Las mamás de mis amigos les prohibieron acercarse hasta el río, los rumores de que por ahí se paseaba el perro negro se hacían cada vez más fuertes, no faltaba quien asegurara haberlo visto, y aunque nunca se reportó que hubiera atacado a alguien sin motivo alguno preferían evitar el lugar donde se decía aparecía al caer la tarde y después se iba caminando, bordeando el río y aullando lastimeramente.

Después de lo que Tito me contó, me acercaba al taller los fines de semana y esperaba hasta que salía, quedaba con él y me lo llevaba a casa para que comiera con nosotros; mi familia lo aceptaba como si fuera un miembro más de la familia.

De último su papá lo reñía menos y dejaba que fuera conmigo, incluso hasta le recomendaba no llegar muy tarde. Tito disfrutaba estar en nuestra casa, aunque supongo que también por las atenciones que le prodigaba Regina, mi hermana menor.

De esta forma no perdimos contacto y yo me sentía menos culpable de tener nuevos amigos.

Supongo que mi amigo ya se había acostumbrado a regresar en medio de la oscuridad a su casa, durante la semana el salía a las ocho de la noche de la secundaria.

Un día de noviembre, tuve una tarea en grupo en la casa de un amigo nuevo. Esta quedaba cerca de la escuela donde Tito asistía, después de terminar mi trabajo escolar llamé a casa para decirle a mi mamá que no fueran por mí, que los padres de mi amigo me llevarían al terminar, lo cual era mentira.

Decidí esperar a Tito y regresar con él. Nuestras casas estaban a pocas cuadras de diferencia la una de la otra.

- ¿Qué haces aquí? Dijo sorprendido, pero con gusto al verme en la entrada de la escuela…

Le expliqué el motivo, y nos regresamos caminando. En ese tiempo no había un transporte que nos acercara.

Así que nos dispusimos a caminar, la primera parte del trayecto no fue ningún problema, porque las calles por las cuales pasábamos estaban bien iluminadas y transitaban muchos vehículos, Tito se mostró como conversador animado, parecía su abuelo hablando a través de él, soñaba con el día en el cual su padre entendiera que solo quedaban ellos dos y que aun cuando su trato fuera duro, Tito lo quería.

Cuando llegamos a la última etapa del camino hacia casa, teníamos que atravesar el campo petrolero abandonado por PEMEX[15], solo se oía el monótono ruido que producía el equipo de bombeo amarillo salpicado de aceite oscuro, al subir y bajar.

Realmente imponía la soledad del lugar, pero era la forma más rápida de llegar.

- ¡Diablos Fausto no entiendo cómo puedes venirte solo todas las noches! Si mi madre se enteraba, le da un patatús, me dije a mi mismo un tanto preocupado.

Tito volteó a verme y se rio de buena gana, él sabía algo que yo no. Nos adentramos en el predio, y no habíamos llegado a la mitad, cuando sentí que algo se movía entre los arbustos, eso me asustó pensando que era alguno de los pandilleros del lugar, pero no pude ahogar un grito cuando vi que era *¡Beltz!* estoy seguro que era ese perro. Jamás he visto otro igual, ni antes, ni ahora. Gruñó, pero era más en forma amistosa solo como para decir que estaba ahí, con nosotros, lo sentía caminar detrás con algunos metros de distancia, pero al voltear para ubicarlo, solo podía ver dos puntos amarillos que parecía revolotear como si fueran luciérnagas, el color del animal se confundía plenamente con la noche, me preguntaba desde cuanto tiempo atrás el perro y Tito caminaban en compañía.

---

[15] PEMEX. (Petróleos Mexicanos). Es una empresa estatal productora, transportista, refinadora y comercializadora de petróleo y gas natural de México. Fue creada por el entonces presidente Lázaro Cárdenas del Río el 7 de junio de 1938.

Saber que caminaba tras nosotros era una experiencia un tanto inquietante, sabía sin embargo que no recibiría ataque alguno mientras Tito caminará conmigo.

En ese momento lo vi a él, ya no me parecía tan desvalido, su caminar era seguro, aún en medio de ese lugar, que incluso los adultos se pensaban dos veces para cruzar en la noche.

Cuando por fin hicimos todo el trayecto a través del predio solitario lo primero que hice al llegar a la calle fue buscar con la mirada al ahora fiel compañero de mi amigo, pero no había nada.

Al estar nuevamente bajo la luz, le repliqué seriamente.

- ¡Era *Beltz!*, tú lo sabías condenado chaparro y no me habías dicho nada.

- El me cuida, me dijo escuetamente.

4

A partir de ese ese día busque la compañía de Tito y el perro, argumentando a mi madre que haría tareas por las tardes con mis amigos de la secundaria, para ella, su hijo era llevado a casa por los padres de alguno de ellos.

A partir de entonces era común que se quedara a cenar con nosotros, yo solía decir a mi madre que nos habíamos encontrado en el camino, eso la complacía, pues pensaba que era más seguro venir en coche conmigo y quienes me llevaban a casa. -Pobre mamá-

No todos los días podía poner la misma excusa, pero intentaba que ocurriera las más de las veces posibles.

De esta forma, la solidez de nuestra amistad se reforzó, por otro lado, no me parecía injusto que el único amigo que Tito tenía fuera yo. Mientras que, en mi caso, no me faltaba compañía.

Llegaron las vacaciones del mes de diciembre, extrañamente Hartz el padre de Tito había suavizado su trato hacia él, que es muy diferente a que le naciera algún tipo de afecto hacia su hijo, incluso hasta el tono de su voz era diferente hacia su hijo, en cuanto a mí, pues, creo que el saber que existía era más que suficiente, y ocasionalmente incluso me saludaba y me pedía que agradeciera a mi mamá por las molestias que podía ocasionar su hijo.

De esta forma pudimos reanudar la relación interrumpida con los demás amigos. Marcelo se reunía también con nosotros y de esta forma pasábamos juntos las tardes.

Durante la cena de Navidad, mi madre se cercioró de que hubiera un asiento en nuestra mesa para mi amigo. El muy ladino se sentó al lado de mi hermana, yo le hacía señas con el dedo en la garganta a modo de cuchillo, dándole a entender que le rebanaría el pescuezo, mientras que él, al verme se atacaba de la risa por lo bajito.

Fue una cena en familia, donde la abundancia de risas se peleaba encarnizadamente con la comida, creo que nunca vi a Tito más feliz en la vida que esa noche. Su padre fue invitado, pero fue imposible que el conservara la sobriedad hasta la hora de la cena, Tito aseguraba que ese día en particular le sentaba peor que el resto del año; los regalos bajo el árbol eran una tentación demasiado grande para mi hermana y para mí como para poder evadirla, después de rondar como tiburones, mi padre se apiadó de nosotros ante el "disgusto" de mamá y nos permitió abrirlos, después de todo, ya era Navidad, dijo él.

Tito estaba *feliz como cola de perro* con su regalo, recibió un suéter de punto, color azul marino, con el cuello rojo y una enorme T color blanca en el pecho, sin pensarlo dos veces, se lo colocó en forma inmediata ante la risa de los demás, porque aseguró que sentía un poco de frío. Le quedó un poco grande para mi gusto, con un gesto espontáneo, se prendió de la cintura de mamá y con lágrimas en los ojos le dio las gracias.

- ¡Gracias por ser tan buena conmigo! A todos se nos atoró la cena, pero mi madre lo tomó de la cara y le dio un cálido beso y él la abrazó con más fuerza.

- ¡Fuera de aquí mocosos! *A jalarle la cola al gato a otra parte*, dijo con un tono cariñoso intentado que no viéramos lo emocionada que estaba.

Salimos a los patios traseros de la casa con las manos llenas de cuetes, palomas y zumbadores, Tito venía un poco atrás, se alisaba el suéter y miraba la enorme T blanca con viva emoción.

- Apúrate hombre, vas a quedarte ahí toda la noche.

- Regina, mi hermana, corrió a buscarlo, lo tomó de la mano y llegó con él hasta donde nosotros ya lanzábamos los primeros cuetes a la oscuridad de la noche, inundándose el aire con el olor a pólvora que tanto nos gustaba.

Después de eso estuvimos un rato largo contemplando las estrellas. Bueno, yo al menos, Tito veía embelesado a mi hermana hasta que el frío comenzó a calar un poco y regresamos al interior de la casa.

Tito, se despidió de todos, me dijo que quería ver como se encontraba su padre, que si continuaba durmiendo regresaría. Eso fue suficiente para mi madre: preparó un enorme altero de comida y postres para que llevará y lo comieran al día siguiente.

Ya en la puerta, mi hermana le dio un beso en la mejilla. El muy bandido me miró y deletreó sin sonido: cu-ña-do"

Salió corriendo, y yo detrás de él.

- ¡Toby, regresa! Gritó mi madre

- ¡Ahora vuelvo! Solo tengo que aplastar una cucaracha. Le contesté.

- Déjalo mujer. Alcance a oír que le contestó mi padre.

Alcancé a Tito al doblar la calle, ya lejos de la vista de mis padres le salté por detrás y le rodeé el cuello con mi brazo.

- ¡Que te crees, mugre chaparro! El seguía riendo. No podía defenderse por llevar las manos ocupadas con la comida que mamá le había preparado.

- ¡Hey niñas! ¿Para dónde tan solas?... La voz a nuestras espaldas nos heló la sangre.

- ¡Es Lupe Treviño! Fue el grito de los dos.

En efecto, lo oímos gritarnos desde el fondo de la calle por donde recién habíamos pasado, sin pensarlo dos veces corrimos en dirección a la casa de Tito. Era la más cercana. Escuchamos claramente cuando Lupe y sus compinches emprendieron la carrera y nos perseguían.

- ¡Corre Tito, corre!...

Nuestra huida era más una estampida que una carrera, sin embargo, por más que lo intentamos, la distancia se fue acortando, sentí un brusco jaloneo en el hombro. Julio, uno de sus amigos me dio alcance.

- ¡Corre Tito! Un puñetazo en la sien, me hizo tambalear y ver puntos luminosos, mientras caía de rodillas.

- ¡Cállate!, alcance a oír que me decía Julio con su voz tipluda…

Lupe no se detuvo, siguió corriendo hasta dar alcance a Tito, llegó hasta él, alcance a ver que lo tomaba por la nuca y lo zarandeaba como si fuera un muñeco y los confites que mi madre la había dado rodaron por el suelo.

- ¡Te dije que me la iba cobrar en cuanto pudiera, maldito gachupín!...

- ¡Suéltalo! Le gritaba desde el suelo, aprisionado por la rodilla de Julio, que se clavaba en mi espalda ocasionándome un enorme dolor.

- ¡Ahora si les vamos a enseñar quienes son sus padres! Me gritó al oído Sergio, el otro amigo de Lupe. Se había tirado al suelo y su cara enrojecida estaba casi pegada a la mía, sentí su aliento, olía a alcohol.

- ¡Auxilioooooo! grité con todas mis fuerzas, pero un nuevo golpe en las costillas obsequio de Sergio me hizo callar. Alcancé a ver a Lupe que tenía a mi amigo tirado en la calle, lo vi cuando descargó con todas sus fuerzas un puntapié a un indefenso Tito que se arqueó de dolor poniendo su cara de costado sobre la calle pavimentada.

- ¡NOOOO!

- ¡Llora marica! se burlaba Sergio…

- ¡Suéltenlos hijos de puta! Era el padre de Fausto, que se aproximaba algo tambaleante, pero a gran prisa, aún estaba lejos, quise creer que me había escuchado. A Tito le hubiera gustado imagina que se había preocupado por él y había salido en su búsqueda. No lo sé.

No pude ver en qué momento una figura negra salida de la nada, llegó corriendo hasta donde Tito se encontraba tirado, con rabia sorda, sin gruñir ni emitir sonido alguno se abalanzó sobre quien tenía sometido a su amo.

Los gritos de Lupe eran terribles.

- ¡Quítenmelo!, ¡Ayyy!, ¡Quítenmelo por favoooor!...

- ¡AYYYYY! ¡NOOOO!, ¡Suéltaameee!...

- ¡¿Qué le pasa a Lupe?! Preguntó un asombrado Julio a su amigo, al levantarse quitó la presión de su cuerpo sobre el mío y como pude me levanté.

Ellos dos solo veía que Lupe manoteaba en el aire y pegaba de gritos de forma desesperada, como intentando evitar que "algo" le hiciera daño.

Todo sucedió muy rápido, Lupe cayó al suelo, entre estertores apagados y gorgoteos animales…

Vi la figura pequeña de Tito correr hacia donde yo estaba, le oí gritar:

- ¡Es *Beltz*, es *Beltz*!...

Mientras continuaba su carrera hacia mí...

Yo lo miraba con la angustia pintada en los ojos. En su carrera Tito no se dio cuenta del coche que venía de la calle lateral a gran velocidad en dirección hacia él.

El impacto fue brutal sobre el cuerpo de mi amigo que salió despedido hasta golpear con la pared de una casa, su cuerpo desmadejado quedó inerte sobre la banqueta en una posición un tanto grotesca.

- ¡Titooooo! Salí despedido como una catapulta para llegar a su lado, su padre llegó al mismo tiempo que yo, arrodillándose a su lado con lágrimas de desesperación y dolor

- ¡Hijooooo, hijito! ¡Por favor Fausto!

-Pa...pá, auhgggf, un sonido casi gutural hecho con un esfuerzo enorme...

- ¡Aquí estoy hijito, perdóname hijo, mírame, vas a estar bien! nadie podría imaginar que un hombre como ese tuviera la capacidad de llorar en la forma en la que lo hacía...

Como pude me acerqué a Tito, la gente iba llegando al escuchar el escándalo, el coche había detenido su descontrolada carrera contra la barda de una casa y parte de esta había caído sobre el cofre, algunos hombres bajaron por la fuerza a un tipo completamente alcoholizado y semi-inconsciente...

-Tooo-bby-y, le escuché murmurar, cuuui-da de mi 'pa...

- ¡No te mueras! Yo le gritaba, mientras las lágrimas me oscurecían la imagen de mi amigo...

Su cuerpo roto fue levantado en vilo por su padre, los brazos colgaban desguanzados, su mirada se dirigió hacia mí que corría tras las dos figuras, vi en su cara, algo parecido a una sonrisa, después pareciendo tomar conciencia de lo irreal de la situación, el cargado por su padre, Tito abandonó su cuerpo y su cabeza se refugió en la tibieza del pecho de su padre...

Llegué con ellos hasta la clínica que estaba cerca el lugar del accidente, mi madre había sido alertada de lo sucedido y ya estaba tras de mí, lloraba descontroladamente como si se tratara de su propio hijo, me tenía abrazado mientras mi padre preguntaba, nadie le daba razón alguna...

Los minutos se extendieron con dolorosa lentitud hasta que salió Hartz, extrañamente me pareció empequeñecido y frágil, se derrumbó en una silla, llevaba consigo el suéter de Tito, la blanca T que tanto emocionara momentos antes a mi querido amigo, estaba ahora cubierta por una gran mancha roja, Hartz lo apretaba con furia y lo llevó hasta su cara. El hombre lloraba desconsoladamente, parecían los aullidos de una fiera. Dentro, su hijo yacía muerto…

Mi padre se acercó, se paró de golpe, y con un gruñido de rabia sorda salió a la calle, buscando al victimario de su hijo.

Mamá intentó detenerme, pero de un empellón me zafé como pude, y me fui en pos de la fiera herida.

Lo que siguió, aún da vueltas a mi cabeza…

La gente estaba arremolinada en torno al cadáver de Lupe Treviño que aún no había sido levantado del lugar, sus amigos eran sometidos por dos guardias que ya se habían presentado e interrogaban a los dos mozalbetes.

- ¡De verdad, créanos, no sabemos que pasó! ¡Solo lo vimos cuando gritaba, y después cayó al suelo! Decía Julio exaltado, su piel de una palidez excesiva hacía pensar que toda la sangre había huido de su cuerpo.

- ¡Es verdad lo que dice Julio, señor! Terciaba Sergio, con una expresión de susto que le distorsionaba aún más su fea cara

- ¡Santo Dios, que le paso a esta criatura! Con una mano y los dedos sobre la boca en señal de cruz, murmuraba asustada una mujer.

- ¡Tiene el cuello destrozado! ¡Y los brazos! Casi le fueron arrancados, decía espantado un señor gordito de bigote extraño que se asomaba para ver la escena.

Hartz, intentaba desesperado hacerse del hombre que le había arrebatado la vida a su hijo, entre guardias y vecinos pudieron contenerlo a duras penas, gritaba con rabia, y pedía acabar con la vida del conductor ebrio.

- Este, ya era retirado del lugar, antes de que otra tragedia ocurriera.

Justo en ese momento don Melquíades llegó corriendo hasta donde su hijo se encontraba tirado. Unos vecinos le habían avisado de la tragedia recién ocurrida, gritaba a voz en cuello mientras corría.

- ¡ASESINOS, ME LO HAN MATADO! ¿¡QUIÉN FUE!? ¿¡QUIEN FUE!?

En cuanto llegó, cayó literalmente sobre el cadáver de Lupe, mientas lloraba y veía las condiciones en las que estaba su retoño.

- ¡Señor de la misericordia! ¿Qué le pasó, quien le hizo esto?...

Mi padre me retiró del lugar, yo estaba en una especie de shock, oía a la gente, sus voces eran cada vez más lejanas, como dentro de un teatro, y me eran devueltas con un sonido extraño, diría que zumbaban como abejas, mi papá me cargó, las rodillas se negaron a seguir soportando mi peso, sentía que la noche se iba haciendo más oscura y que se extendía frente a mí, después no supe más…

La jornada siguiente fue harto dolorosa para todos los que queríamos a Tito

Al sepelio fue casi todo el pueblo, la tragedia ocurrida durante la Navidad impactó a todos, la tarde que lo sepultaron junto a la tumba de su abuelo era desconsideradamente fría y oscuros nubarrones impedían la luz del sol.

De un momento a otro llovería, el dolor en mi pecho me agobiaba, me impedía respirar adecuadamente y no podía hablar.

Por más que intentaron que dijera algo fue imposible que obtuvieran de mí una sola palabra durante los siguientes días.

El padre de Fausto ya no lloraba, tenía una mirada tristísima, parecía haber envejecido de pronto, seguro estoy que ni siquiera escuchaba a la gente que le decía cuanto lo sentían.

Hartz colocó el suéter de Fausto sobre la cruz, semejaba una bandera pirata, se movía de vez en vez, cuando la alcanzaba el viento.

Esa imagen mantuvo en depresión a mi mamá durante mucho tiempo. Toda mi familia le lloró como a un hijo. Aún hoy, el hecho ocurrido hace tanto tiempo parecieran estar tan frescos como en el momento de haber sucedido y me siguen doliendo de la misma manera.

Durante las siguientes noches se repitió el mismo fenómeno ocurrido tras la muerte de don Ferrán, se escuchaba el aullido lastimero de un perro que deambulaba dentro del cementerio, y continuaban hasta el amanecer.

Para la gente quedó claro que la muerte de Lupe era obra del perro negro. Nadie sintió piedad por él. Sus amigos juraron que nunca vieron que algo atacara al victimario de Tito.

Pero yo sí, sabía que *Beltz* era el culpable, tiempo después se lo conté a mis padres, me escucharon, y con el temor que esto les ocasionó, me rogaron que no lo contará a nadie.

Un año después mis padres me llevaron al cementerio, dejamos unas lindas flores sobre la lápida recién colocada, se había comprado con donaciones de los vecinos, a falta de la atención del padre, más bien fue por temor, y evitar ver la tierra de la tumba del niño como si hubiera sido rascada por un animal.

- ¿*Beltz*?

Entre los árboles vi claramente la imponente figura del perro negro, me miraba fijamente como esperando el momento en el cual yo estuviera solo...

Su historia quedó ligada con la mía, sé que Tito era participe de ello, *Beltz* estaría conmigo en el futuro en situaciones difíciles, para contarlo, habrá otro tiempo y otro lugar...

Don Práxedes y su hijo

- ¿Vas para San Juan?

La pregunta a boca de jarro tuvo el efecto necesario de volver a este mundo al chófer que había recargado su cabeza sobre el volante.

El clima era frío y lluvioso y el reloj aún no marcaba las seis de la mañana. La penumbra de la terminal de transporte rural estaba completamente desierta, solo era yo frente a la ventana abierta que formuló por segunda vez la pregunta:

- ¿Vas para San Juan?

Me vio por un momento y contesto con un vago sí.

- ¿Puedo subirme adelante?

Otro sí lacónico fue la respuesta.

Intente abrir la puerta, pero se encontraba atascada.

-Todo hacia arriba y jale. Me volteó a ver con cara de aburrimiento, claramente se veía que había sido desterrado de la cama en contra de su voluntad en un día como ese.

Como por arte de magia la puerta cedió y me coloqué en el asiento del copiloto.

Hasta ese momento puse atención al vehículo, era una *Ford* vieja, posiblemente de inicios de los años ´70, poseía un desvaído color rojo, que más parecía un emplasto que pintura sobre el metal; los interiores seguramente habían visto mejores tiempos hace muchos años ya.

Yo era el único pasajero en su destartalada unidad y la tensión a causa del silencio era un tanto incómoda, el tipo no era especialmente parlanchín, más bien diría que era bastante mezquino con las palabras.

- ¿Esperaremos mucho?

-Hasta que se llene. Sin decir más volvió a su posición inicial sobre el volante.

-Mira ningún taxi quiso llevarme hasta la Secundaria donde tendré una reunión a las ocho de la mañana, me dijeron que el camino está muy mal a causa de las lluvias y no deseaban exponer sus unidades.

- ¿Es verdad?

- ¿El camino está tan mal cómo dicen?

-Sí. Me preguntaba si su cerebro no se había atrofiado por la falta de actividad, porque sus respuestas, se notaba eran realmente producto de un esfuerzo superior, no lograba ubicar en él una mínima chispa de inteligencia.

-Te pago el viaje. Repuse, esperando que no se notara mucho mi impaciencia.

- ¿Cuánto me cobras por llevarme hasta la Secundaria de San Juan?

Por primera vez desde que me acerque a su camioneta pareció interesarse en algo.

-Serían trescientos pesos.

-Uhmm, es mucho, te pago doscientos cincuenta y nos vamos ya.

-El camino está muy malo… Dijo un tanto reacio, se mesó los cabellos como decidiendo si me llevaba o no.

Después de cavilar entre la indecisión de llevarme o seguir esperando finalmente dijo, sin voltear a verme: En fin, vámonos.

Creo que el principal convencimiento fue el clima frío y ver que no llegaba ni un solo viajero aparte de mí.

Era un tipo rechoncho, de carácter agrio —igual que su olor- de unos cuarenta años, llevaba el cabello desaliñado y no sé si el interior de la camioneta o él desprendía un tufo a queso rancio.

Abrió el switch de encendido y la camioneta tosió un poco, pero respondió en forma inmediata —Por lo menos esto marcha- pensé para mis adentros.

Tomó la carretera Tantoyuca-Tampico, desdeñando el camino más corto, pero enteramente de terracería que iniciaba a un costado de Aurrera.

La llovizna era ligera casi como un rocío azotaba el parabrisas que tenía una fractura a lo largo que semejaba la cicatriz de *Harry Potter*[16] -Pensé- y eso me causo algo de gracia.

---

[16] Harry Potter. Wikipedia la enciclopedia libre [En línea] Harry James Potter es el protagonista de la serie *Harry Potter* de J. K. Rowling. La mayoría de la trama de los libros cubre siete años en la vida del huérfano Potter, quien, en su undécimo cumpleaños, se entera de que es un mago. Así, asiste al Colegio Hogwarts de Magia y Hechicería para practicar la magia bajo la guía del amable director Albus Dumbledore y otros profesores. Harry también descubre que ya es famoso a lo largo de la comunidad mágica de la novela, y que su destino está atado al de Lord Voldemort, el mago tenebroso mundialmente temido y asesino de su madre y su padre. [Citado: 07-nov-2019]. Disponible en internet: https://es.wikipedia.org/wiki/Harry_Potter_(personaje)

No había trazas de que el cielo se despejara, estaba totalmente oscuro, intenté cerrar la ventanilla, pero no hubo mucho éxito.

-No funciona. Interrumpió mi esfuerzo con una de sus esporádicas frases.

Me resigné a soportar el viento frío y húmedo en la cara que por momentos tomaba la consistencia de un cartón.

No suelo quedarme callado por espacios largos de tiempo, pero la verdad es que me encontraba ante uno de esos raros especímenes de ser humano que de solo verles te da pereza mental.

Así en silencio llegamos hasta el entronque con un camino vecinal, las luces perfilaron un paisaje casi lunar, solo se apreciaban pequeñas lagunitas que ocupan casi en su totalidad la vista. Además, las luces amarillas de la camioneta contribuían a que su aspecto las hiciera parecer más profundas de lo que eran.

Iniciamos el trayecto con el ruido monótono del vehículo que parecía quejarse por el descuido de su chófer al tomar los baches.

Me imaginé a *Mario Bros* avanzando sin dejar un solo hueco por ser tocado y me parecía incluso que por cada hoyo salían las cifras que iban marcando nuestro récord.

Habríamos avanzado unos tres kilómetros desde donde dejamos la carretera pavimentada -misma que ahora echaba de menos- y recién habíamos pasado un Centro de Salud que ostentaba el nombre *"Centro de Salud Mata del Tigre"* -Vaya nombre curioso-.

-Oye, me pareció ver un señor con un niño en brazos, recién los pasamos y nos hizo señal de parar.

- ¿Y?

- Pobre señor, mira cómo está el tiempo, podemos llevarlo, al fin y al cabo, el viaje ya está pagado.

-Pobre chavito se está mojando, se puede enfermar, ¿No te parece?…

Sin decir absolutamente nada, ni siquiera pude notar si mi comentario le había molestado, dio reversa unos veinte metros y se paró.

Medio asomó la cabeza y preguntó sin atender a mirar.

- ¿Hasta dónde? Preguntó casi en un grito el chófer, con un sonido casi gutural.

- Santa Rosa, le oímos responder claramente.

El señor y el niño se subieron y en cuanto se hubieron acomodado en la batea de la camioneta golpeó con su zapato indicándonos que ya podíamos seguir nuestro camino.

Sentía algo de remordimiento, porque la parte trasera solo estaba protegida de la lluvia por una raída loneta azul que no alcanzaba a cubrir la estructura tubular que evitaba que la gente saliera despedida con tantos botes.

Pero en la cabina no cabríamos. Ni hablar, ya había sido suficiente con llevarles, me dije como para calmar mi conciencia.

-Oye, no vayas a cobrarles su pasaje, yo te pago el de los dos si no son suficientes los doscientos cincuenta pesos.

-Yo voy hasta Santa Rosa, no se preocupe ahí los dejo nomás.

Seguimos avanzando entre tumbos y sobresaltos y el mismo paisaje a los lados. La sierra se ve muy diferente en la noche y si añadimos que durante el viaje no nos habíamos topado más que con el señor y el niño, pues es lo que podríamos decir una verdadera boca de lobos. – ¿Cómo rayo puede vivir aquí la gente? -

-Ya vamos a llegar ¿verdad?

-Sí, ya falta poco.

El resto del camino, me distraje acomodando la visera en su lugar, a cada salto amenazaba con golpearme la cabeza. Estaba floja y se movía como un péndulo.

Saqué mi celular de la chamarra, -las seis cuarenta, y por supuesto sin señal-

Lo sostuve unos momentos entre las manos dándole vueltas como si fueran naipes y decidí regresarlo a su lugar. Un nuevo tumbo en un hoyanco más profundo hizo que escapara de mis manos y cayera entre mis pies. Lo busqué a tientas, me llené las manos de barro, pero finalmente lo encontré. Lo limpié lo mejor que pude y lo guardé. El tipo no dijo ni pío.

Por fin se empezaron a vislumbrar unas cuantas luces escuálidas, insuficientes para romper la negrura del amanecer que ya se acercaba.

- ¿Dónde lo dejo?

- Pues en el crucero —mis botas van a quedar como corral de puercos- pensé.

Llegamos al crucero y fue deteniendo de a poco su camioneta desvencijada.

-Ahora le pago, deje que baje.

Baje y busque el dinero en la cartera. Le largué los doscientos cincuenta pesos y le pregunté:

- ¿Cuánto será del señor y el niño?

-No es nada, ya le dije que voy hasta Santa Rosa.

-Déjeme le digo al señor.

Me asomo a la batea, pero esta se encontraba desierta.

-Oye, el señor y el niño no están

- ¡¿Qué?!

- ¿En qué momento se bajaron? Si no hemos parado para nada, además dijeron que iban hasta santa Rosa, señalé dirigiéndome al chófer.

-No puede ser, ¡No puede ser!, decía con voz temblorosa, sin llegar al grito.

Más bien cargado de miedo.

Se bajó de un brinco de la cabina con una agilidad que no pensé pudiera poseer y se asomó a la batea para corroborar lo que yo le había dicho. Buscaba con la mirada hacia los lados esperando que el viento helado le trajera respuestas.

-Oiga amigo ¿Qué le pasa?

- ¡Era don *Prájedes*!, ¡era don *Prájedes*!, ¡ya me jodí doncito, ya me jodí!...

Se veía visiblemente alterado, las palabras entrecortadas salían de su boca cubierta por un bigote saltarín que haría temblar de envidia a Zapata.

- ¿Quién es don "*Prájedes*"?

Las calles solitarias que daban forma al crucero solo eran molestadas por las balbuceantes palabras del chófer y el jadeo del radiador que parecía en ebullición.

- ¡Don *Prájedes* está muerto igual que su hijo! ¿Que no sabe?

A pesar de que llevaba la chamarra cerrada hasta el cuello, sentí como un frío desagradable corría desde el cuello hasta la espalda.

- ¿Qué dice?

- Si doncito, don *Prájedes* salió con su hijo en brazos a la orilla del camino, el niño estaba enfermo, y el tiempo estaba como ahora, no pasaba ningún vehículo y don *Prájedes* gritaba pidiendo ayuda, pero nadie pasó. El niño estaba muy mal y se le murió en los brazos. Él no se dio cuenta, cuando por fin pasó una camioneta de pasaje ya era tarde.

- Igual qué yo el chófer no lo vio y lo pasó de largo, pero los pasajeros que viajaban en la parte de atrás le gritaron.

- El chófer se echó en reversa, pero con la oscuridad no lo vio, no lo vio doncito, ¡no lo vio! ¡Fue una tragedia horrible! ¡Le pasó la camioneta encima al pobre hombre!...

A estas alturas el hombre estaba realmente asustado, sus ojos parecían dos huevos duros.

- El pobre de don *Prájedes* se murió ahí lueguito, entre el agua y el lodo, sin soltar a su niño.

- ¿Cuándo ocurrió eso? Le pregunté asombrado por su relato.

Se me quedo viendo y me dijo:

- Hace como diez años.

Otra vez la sensación de frío recorriéndome la espalda y los vellos de los brazos se me erizaron.

- ¿Estás seguro?

-Cómo no voy a estarlo, si fue una verdadera desgracia, el pueblo quería linchar al pobre chófer, pero el no tuvo la culpa, fue el maldito mal tiempo, no se veía nada.

- ¡Ya me jodí doncito, ya me jodí!

El otrora mezquino hablante, ahora le brotaban palabras y susurros ininteligibles.

- ¿Por qué dices eso?

- Don *Prájedes* nomás se aparece cuando anuncia una desgracia. Y se para ahí, merito donde le pusieron una cruz para el descanso de su alma y de su hijito.

-Y pide que lo lleven hasta Santa Rosa…

- Cómo no me di cuenta. ¡Y usted tiene la culpa que me dijo que lo llevara! Casi gritaba el hombre.

- La gente que lo ha llevado siempre ha tenido una desgracia en su familia.

Sentí lastima por el pobre tipo, pero me negaba a creer lo que decía, sin embargo, las calles desprolijas de viviendas a los costados, cubiertas de lodo que hacían más difícil caminar por ellas, me decían que nadie había bajado.

Realmente no sabía que creer, pero la angustia del chófer era real. Su historia encajaba con la ausencia de Don Práxedes y el niño.

No dijo más, se subió a su camioneta y sin decirme nada se fue, dejando una estela de humo que salía del escape que sonaba como ladrido de perro viejo.

Me quedé parado en el medio del crucero con un amanecer que estaba tardando más de lo acostumbrado y una sensación de frío que se queda en los huesos.

La niña de Jáltipan

1

Era la segunda ocasión durante esta semana que se repetía la misma sensación al estar acostado, había apagado las luces hacia un buen rato ya y me estaba disponiendo a dormir, repentinamente un vientecillo ligero y frío me recorrió el brazo, las ventanas estaban cerradas y el ruido blanco de fondo me decía que el aire acondicionado estaba funcionando, no había forma de que el extraño viento se colara por ningún lado; además, esto venía ocurriendo a una hora similar a las veces anteriores —alrededor de las once y media de la noche- y, retomando el hilo de la sensación, no era propiamente un vientecillo, era más bien como si delicadamente unos dedos me acariciaran con ternura, muy apenas por encima de la piel, haciendo que los vellos en mi brazo se erizaran, la sensación era la misma que se produce por la estática al meter la mano en una bolsa de plástico.

Recorrí con la mirada mi habitación en penumbras, pero no percibí nada en absoluto, excepto la sensación ya descrita -Ya había cumplido un mes de estar ahí-, Podría decirse que era cómoda, disponía para mí de un amplio espacio pintado con un desagradable tono de rosa pastel deslucido y unas baldosas manchadas con un color marrón un tanto desvaído por el tiempo, las manchas en forma irregular estaban en el centro de la habitación.

Por lo demás podría decirse que resultaba agradable, con un amplio ventanal de vidrios claros —ocupaba la pared completa- que daba hacia un balcón y desde ahí apenas si se veía la calle principal, el arbotante frente a nuestra casa tenía una lámpara inservible haciendo que ese tramo en particular quedará en penumbras; por las noches, cuando el calor era sofocante, sobre todo en esta región de Veracruz, resultaba una delicia quedarse ahí, simplemente parado, detenido del barandal, viendo la noche tachonada de puntos brillantes, sin identificar cuáles eran estrellas y cuales luciérnagas.

Un mes apenas, el proyecto recién comenzaba, y yo ya echaba de menos a mi familia. Me pasé la mano por el brazo y me di cuenta que aún estaban erizados los vellos y mi piel se sentía fría. No di importancia al hecho.

Entre cavilaciones y planes para el día siguiente, cerré los ojos y me fui quedando dormido, a lo lejos me pareció escuchar la risa suave y alegra de un infante, entre sueños imaginé: es la risa de mi hijo que llega para darme las buenas noches y de a poco el sueño me fue venciendo hasta quedarme dormido.

2

Resulta difícil retomar la historia dónde el protagonista principal eres tú, sobre todo cuando los eventos a fuerza de suceder una y otra vez se hicieron tan comunes que me fui acostumbrando a ellos.

Y es que, durante las siguientes noches me habitué a la soledad de mi cuarto –aunque para ser soledad, diría que era bastante bulliciosa y concurrida- era ya cosa natural esperar que el reloj marcará las once y media de la noche y el carrusel volvía a girar, los murmullos, las risitas soterradas y los estímulos en forma de viento suave sobre mí ocurrían una y otra vez. Eran tan comunes, que en lugar de sentir miedo los esperaba con verdadera ansiedad, ahora estaba seguro que ese "algo" intentaba comunicarse, y su único recurso hasta el momento, era obteniendo mi atención de esa forma.

En más de una ocasión esperé despierto con la luz encendida haciendo tiempo, distrayéndome un poco con un libro mientras llegaba la cita de las once treinta.

Y por respuesta, nada. En efecto, cuando quería hacerme de respuestas en forma "científica", esperando "hacer luz" sobre las noches precedentes, no ocurría nada, frustrado, terminaba apagando la luz, y me quedaba un buen rato viendo la nocturnidad desde mi balcón, escuchando los ruidos de los grillos y los requiebros amorosos de los gatos como telón de fondo.

Al día siguiente, o mejor dicho a la noche siguiente, las cosas se pusieron más interesantes. Había sido un día difícil. Problemas en la obra, un trabajador accidentado casi pierde un dedo en una mala maniobra, y los reportes hacia la gerencia para notificar lo sucedido hacían desear que el día se terminara.

Esto no sucedió, después de haber cenado con algunos de mis colaboradores con quienes compartía el campamento, me despedí y subí a mí habitación; tomé un baño con agua caliente tratando de relajar los músculos que se encontraban tensos como las cuerdas de un violín.

Con el cabello aún algo húmedo, me recosté, y tomé con desgano el libro que había estado leyendo: *La casa verde*[17], leí unos párrafos, el sueño comenzó a ganar terreno, alargué el brazo y apagué la luz.

-Ji, ji, ji

La risa era claramente audible, aunque se escuchaba ligeramente apagada, lejana, como si tuviera eco, la sentía rebotar en las paredes que daban la impresión por momentos, de cobrar vida.

Un fuerte estruendo en la puerta de mi habitación fue lo primero, después una silla "saltó" despedida con fuerza hacia un lado como si hubiera estorbado algo a su paso, un viento frío, cuasi helado como ráfaga estival me impactó, esta vez no se trataba de un vientecillo suave como alas angélicas, esta vez era una presencia que reclamaba atención.

El viento "corrió" a través de la habitación hasta llegar al ventanal que daba al balcón, el golpe contra la pared de vidrio fue descomunal, el sonido ocasionado hacía creer que los vidrios se habían hecho añicos, como si estos hubieran explotado. Después, nada, silencio total. Ni grillos, ni árboles susurrando con el viento. Nada.

Unos nuevos golpes en la puerta – pero esta vez, suaves y tímidos- me sobresaltaron haciendo que regresará a la realidad.

- Inge, ¿Está usted bien? Se escuchó la voz tras la puerta

- ¡Voy! Espera un momento. Me paré de golpe, aún en bóxer y descalzo. Me dirigí a abrir la puerta.

- ¿Está usted bien ingeniero? Escuchamos un *ruidajal*, pensamos que se había caído.

Esto me lo decía Fidel, mientras intentaba ver hacia adentro, entre curioso y preocupado.

- No es nada, no se preocupen, he dejado mal colocada una silla y al parecer se cayó sola, ve a dormir, mañana platicamos.

- 'Ta bueno Inge, pero por el ruido debe haber sido una sillota -Dijo, intentando ser cordial-

-Si algo se le ofrece, háblenos.

---

[17] Vargas, Llosa Mario. La casa verde (1966), México, 2012. Ed. Alfaguara

3

Durante el día noté que Fidel andaba tras de mí, como buscando el momento propicio para acercarse; pero no le di oportunidad. Aun no podía apartar lo sucedido durante la noche, me preocupaba el hecho de que las cosas hubieran cambiado de manera tan drástica con respecto a la forma en que se sucedían los eventos "normalmente". Pensaba para mí si esto podría convertirse en agresiones hacia mi persona.

Por la noche de ese mismo día, la cena trascurría en silencio, los muchachos se miraban entre sí en forma subrepticia y nadie se atrevía a comenzar una conversación, hasta que por fin Fidel decidió tomar la palabra.

- Inge, usted habrá de disculpar, pero los muchachos y yo estamos preocupados. -Yo le oía mientras jugaba con el tenedor-. —Ayer que me dijo que se había caído una silla y se los dije a los muchachos, pensamos que debía ser una silla enorme —risas nerviosas de todos-

- Mira Fidel, lo atajé, no les voy a negar que han sucedido cosas extrañas en mi habitación…

- ¡YO LO SABÍA!... Fidel no se pudo contener.

- Tranquilo, déjame continuar, durante las noches, se escuchan ruidos y me he imaginado risas de niños, hemos trabajado mucho y….

- No ingeniero, no es por cansancio, todos hemos tenido la impresión de que alguien nos está tanteando y, por si fuera poco, no se ha dado cuenta que de repente se siente mucho frío, hasta hemos apagado nuestros ventiladores.

- Es cierto ingeniero —terció Horacio- ayer que dijo que se cayó la silla, yo iba subiendo las escaleras, cuando sentí claramente que alguien me empujó por un costado, como si le estorbara en su carrera, miré pa'trás, pero no había nadie, después escuche el ruido de una puerta que se azotaba —no sabía que era la suya- y después, *claritito* escuche que se rompían vidrios. Todo eso sucedió muy rápido.

- Si patrón —otra vez Fidel- todos hemos escuchado cosas, incluso aquí abajo y la verdad, todos andamos rete escamados.

Veía sus caras expectantes, se contenían apenas esperando por lo que iba a contestar. Todos eran hombres curtidos en el trabajo, recios, acostumbrados a hacerse respetar entre los demás porque así lo exigía su puesto. Fidel, hombre bajo y un tanto renegrido por el sol, de bigote recortado hasta la exageración, de hablar rápido y mirada penetrante, se mostraba especialmente nervioso.

- ¡INGENIERO! -El grito de Nacho se impuso sobre la conversación. - ¡LE JURO QUE VI POR LA VENTANA A UNA NIÑA QUE SE ASOMABA Y NOS SONREÍA! -al decirlo se le notaba lívido.

- ¿! CUÁNDO¡? Inquirí.

- ¡*Ahoritita*!, mientras estábamos platicando.... ¡Le juro por mis hijos que es cierto!

Todos miraban con espanto a Nacho, incluso yo sentí un escalofrío recorrer mi espalda.

Me paré dirigiéndome hacia el exterior, - ¿¡A DÓNDE CHINGAOS VA INGE!? Preguntó alarmado Manuel, quien hasta entonces había estado callado.

Me volví hacia ellos y les dije con voz fuerte para sacarlos del estado de terror que se veía reflejado en sus caras.

- ¿¡SE VAN A QUEDAR AHÍ SENTADOS SIN HACER NADA!? El grito los sacó de su marasmo.

Sin pensarlo dos veces todos se pararon y salieron conmigo. En el exterior la oscuridad parecía haber caído sobre nosotros como una mancha, solo alcanzaba a ver el color naranja y los anti reflejantes de los overoles de trabajo de los muchachos.

La luz de mi celular no era suficiente para iluminar la oscuridad reinante, otros me imitaron y encendieron las luces de sus propios móviles. Rodeamos la casa, buscamos hasta llegar al aljibe, pero no encontramos nada.

La casa, bardeada en casi todo su perímetro, excepto en la parte de atrás dónde se encontraba el aljibe; ahí la barda tenía malla ciclón y se podían ver las casas vecinas.

Sin decir palabra alguna nos dirigimos al interior de la casa, se diría que una mano invisible rodeaba la garganta de cada uno impidiéndoles hablar.

-Bueno, habremos de buscar una explicación con la claridad del día, por lo pronto, nos vamos a dormir.

No convencidos del todo cada cual se dirigió a dormir, creo que el hecho de que compartieran habitaciones les regresó el valor perdido los minutos anteriores.

4

Decidido a no dejarme influenciar por los acontecimientos ocurridos en la casa, le dije a mi administrador de obra que saldría a Jáltipan para comer con el Residente de Obras de la empresa *SOLAR*. Que regresaría más tarde.

Me subí a mi camioneta y me dirigí al pueblo, ni la mala terracería o el haberme detenido en la cuneta para esperar a que pasara el tren lograron distraerme de mis pensamientos. Llegué a Jáltipan y mi primera parada fue la casa que nos servía de campamento, todo estaba en silencio, a la luz del día el patio de la casa no se veía tan tenebroso como la noche anterior, no esperaba encontrar nada, pero de todas formas revisé en forma concienzuda el exterior, tenía la impresión de que alguien hubiera podido meterse y nos estuviera jugando una mala pasada.

No habiendo encontrado nada fuera de lugar salí de la casa y me dirigí al estanquillo que se encontraba en la esquina, desde ahí me quedé viéndola: las paredes estaban pintadas de blanco, el piso superior se alcanzaba a ver por sobre la barda, desde ahí dominaba mi balcón.

\- ¿Oiga? Me dirigí al tendero, un hombre ya bastante viejo, de piel morena y aspecto cansado

\- ¿Sabe por qué rentaron esa casa?

\- Esa casa no debieron rentarla, -me contestó con voz cansina- ¿Usted es el ingeniero de la obra? Su mirada caía sobre mi camisa blanca con el logo de la empresa y mi nombre en la bolsa.

\- Mejor busquen otra casa, ahí sucedieron cosas muy malas, no vayan a tener ustedes una desgracia.

\- ¿Puede decirme los motivos? Se movió nervioso detrás del mostrador y se me quedó viendo fijamente.

\- Mire ingeniero, hay cosas que es mejor no moverle, porque todavía nos pueden traer problemas. Pero le diré esto: ¡Váyase usted y su gente! Acto seguido se dio la vuelta y desapareció tras una cortina igual de vieja que él, lucía como un estandarte hecho con cuadros de colores de retazos de telas. Me quedé solo en la tienda.

Resuelto a tener referencias más exactas me fui a la delegación municipal de Tránsito del pueblo, ahí el delegado con el cual teníamos un acuerdo para que circularan nuestros vehículos sin que tuviéramos "problemas" con las autoridades –pagando una prima mensual claro está- me recibió.

- Tanto bueno ingeniero - Me reconoció de inmediato- ¿Se le ofrece algo? aun no es fin de mes, además, no es necesario que venga usted en persona, mande como de costumbre a su licenciado.

- Vengo por otro motivo. Me molestaba su aspecto untuoso y condescendiente.

- Hábleme sobre la casa que estamos habitando. Su rostro se contrajo en una mueca como si le hubiera dado un cólico.

- ¿Qué quiere saber?

- Su historia. Respondí con parquedad.

Viéndolo titubear, le dije: Le haré llegar pintura para su delegación y una buena silla para su escritorio, esa que tiene le dejará la columna hecha polvo. Viendo su silla bastante deteriorada su rostro se suavizo y suspirando meneó la cabeza. - A que usté ingeniero.

- Siéntese nomás. Me ofreció la silla en cuestión.

- ¡GUMARO, TRAEME UNA SILLA HECHO LA COCHINILLA!

Un muchacho como de quince años se presentó con una silla negra de plástico.

- ¡Ve como de rayo por dos cocas bien heladas! El chico se quedó de pie sin moverse como si no lo hubiera oído.

- ¿Qué esperas pazguato? Entendí el motivo, saqué un billete de la cartera y el chamaco se fue.

- Ah, gracias Inge. Después de esto comenzó diciendo:

- Hace tiempo… Entorno los ojos como queriendo ver en el pasado; un grupo de gente bastante mala llegó al pueblo. Volteó para todos lados como si pudieran oírlo. Llegaron haciendo matazón de gente y reclamando la plaza como suya, desde entonces se quedaron aquí, secuestraban gente de las localidades vecinas y la traían pa'cá y aquí se escondían. Un día estaba un grupo de ellos en la fonda donde ustedes comen: *La Parrilla Gourmet*[18], esa; la que está en Miguel Hidalgo, en eso llegó don Fermín, el dueño de la casa que rentan ahorita; Don Fermín era hombre muy conocido y además muy querido por la gente, tendría unos cincuenta años, aún tenía buen tipo y era de trato fácil; -médico-, dijo para sus adentros. Se sentó a comer sin darse cuenta que su coche blanco había llamado la atención de esta gente.

---

[18] La Parrilla Gourmet. [En línea]. Restaurante familiar en Jáltipan, Veracruz [Citado 16-feb-20]. Disponible en internet:

https://www.facebook.com/PARRILLAGOURMETJALTIPAN

Cuando salió de la fonda lo siguieron hasta su casa; Justamente la de 16 de septiembre, donde ahora viven ustedes. El delegado reafirmaba su historia como para ambientarme en los lugares que yo conocía muy bien.

- Ahí vivía con su esposa: doña Ana, muy guapa la mujer, era, como diez años menor que don Fermín, Tomás, su hijo de 16 años; alto y flaco, muy simpático el chamaco, la niña María de unos 9, chula y platicadora, siempre riendo la escuincla, la mamá de don Fermín; doña Conchita; que se estaba quedando una temporada, ya grande la señora, ¿sabe?   y dos muchachas que eran de *Oteapan* y trabajaban en la casa.

- La familia de don Fermín es de dinero, de abolengo pues, son cañeros ¿Sabe? Como le iba diciendo, siguieron a la familia durante días sin que ellos lo notaran. Un lunes que hubo puente, sabiendo que todos estaban en casa, se presentaron los muy ladinos vestidos como trabajadores de la CFE diciendo que tenían que revisar las instalaciones porque iban a repararlas, Dionisia, una de las muchas de servicio, les permitió la entrada a tres *pelaos*.

Ya en el interior de la casa; uno de ellos sujetó a Dionisia, como esta intentó gritar la mataron con un cuchillo, a Ofelia la otra muchacha la agarraron en la cocina. Lo demás fue muy rápido buscaron uno a uno y los juntaron en la sala.

- Amarraron a toda la familia, *despuesito* desde allí mismo, llamaron a don Zósimo el padre de don Fermín, le pidieron recate por toda la familia – nunca se supo cuánto pidieron- le dijeron que en cuanto diera el dinero, liberarían a todos. Le dieron tres días de plazo para entregarles lo que pedían. Mientras, ellos muy conchudos se quedaron en la casa.

- Ninguna autoridad, ni los familiares se presentaron en la casa mientras estuvieron secuestrados, el jefe de la policía en ese tiempo estaba de acuerdo con los secuestradores.

- Don Zósimo les dio el dinero que pidieron, pero los muy desgraciados no cumplieron con lo prometido. Asesinaron a todos, violaron a la señora, a Ofelia una de las muchachas y al joven Tomás, después de eso los mataron con una crueldad que no se ve ni en las películas; a doña Conchita le fue mejor, solo le cortaron la garganta. A don Fermín lo torturan en forma horrible, tenía todo el cuerpo lleno de quemaduras de cigarro y cortes con cuchillo, le faltaban las orejas, los dedos y la nariz.

- Dicen que querían saber dónde tenía su dinero. Tuvieron la desfachatez de avisar a don Zósimo en cuanto tuvieron el dinero en su poder, le dijeron que su hijo y familia ya estaban en su casa.

- Cuando llegó don Zósimo y sus otros hijos, la situación era terrible, los cuerpos estaban por toda la casa. Recuperaron casi todos los cadáveres, menos uno: el de la niña María, lo buscaron por toda la casa, nunca lo encontraron.

- Se presume que también la mataron, porque en el cuarto rosa encontraron sangre en abundancia y dijeron que era de la niña. - Acusé de inmediato el efecto de esta declaración. Saber que la niña podría haber sido asesinada en la habitación que yo ocupaba me hacía sentir enfermo -.

- Toda la familia de don Zósimo quedo muy afectada, se fueron de aquí, nadie sabe para dónde, y la casa quedó años y años al garete, nadie se quería acercar a ella, hasta que el licenciado de la familia recibió orden de rentarla o venderla, claro que aquí en Jáltipan nadie la quiso. -Para esto don Zósimo, a quien la pena consumió, ya había muerto- la casa ya tenía años en total abandono, hasta que la rentaron ustedes. Continuó con su relato, pero mi atención ya no estaba con él…

-Salí de la delegación sintiéndome realmente mal, avisé a la gerencia en Villahermosa que necesitaba tomar el día por indisposición estomacal y manejé hasta Minatitlán donde me quedé esa noche.

Después de haber deambulado por las calles de Minatitlán, tratando de encontrar coherencia en los hechos recientes, decidí regresar a Jáltipan al día siguiente.

5

- *María… María…* Susurré en mi habitación, ya era entrada la noche.

Veía como hipnotizado la mancha en el piso que ahora sabía era de sangre. La noche estaba especialmente en silencio, ni el ruido habitual de los tráileres que transitaban a esa hora se escuchaba.

- Me senté en el borde de la cama, la luz estaba apagada y solo entraba la claridad de la luna a través del ventanal. Tenía la cara hundida entre mis manos, me sentía apesadumbrado y lleno de una tristeza que me apretaba el corazón. No sé cuánto tiempo duré en la misma posición hasta que sentí la presencia de alguien frente a mí.

Levanté la vista y como una mala jugada de la claridad de la luna. Frente a mí veía difuminada, quieta, la imagen de una niña me miraba con sus ojos vacíos. Hasta ese momento la sensación de miedo no se había hecho presente, pero en ese momento sentí un dardo punzante en las entrañas… era un miedo cerval, mi lengua era un ser sin movimiento, exangüe, que intentaba articular palabras, pero no podía.

- Extendió sus brazos, y sus manitas se acercaron a las mías. Sentí un frío que calaba y un temblor incontrolable hizo presa de mi cuerpo.

- Era ella: María… que había respondido a mi llamado.

Durante unos breves segundos -Que a mí me parecieron eternos- estuvo frente a mí y después su figura pequeña se desvaneció.

Ahora estaba completamente seguro que su presencia ante mí no era casual, me había escogido para trasmitirme su mensaje sea cual fuere.

Durante dos semanas posteriores al último evento espere en forma inútil, ella no parecía animada a regresar. Por lo demás, mis compañeros no sabían la terrible historia de la casa que habitábamos.

No estaba seguro si perdonarían el haberles ocultado algo tan terrible.

Todos ellos se sentían mejor, incluso el ánimo general había mejorado considerablemente. Nadie hablaba ya de la niña.

Sin embargo, las cosas cambiaron radicalmente llegado el mes de noviembre.

Después de haber estado en la sala platicando con los muchachos me despedí y subí a mi habitación, prendí la luz y me dirigí hacia el balcón, al llegar a la mitad de la habitación me detuve un momento y me agaché para ver la mancha en el medio de la habitación, estaba de un marcado color marrón y parecía formar parte de las mismas baldosas; acerqué la mano y toqué lo que sabía era la sangre de la niña. En ese preciso momento la luz se apagó para mí.

El ambiente en la habitación se tornó frío repentinamente, la ventana abierta dejaba entrar un ligero viento que movía la cortina trasparente dándole una apariencia irreal, entre las ondas de la cortina pude distinguir la silueta inconfundible de la niña.

Nuevamente ella estaba aquí…

Con un ligero temblor de voz murmuré: ¿Maaríaa, eres tú?, ¿Qué quieres de mí?

Yo aún no recuperaba la vertical y seguía a nivel de piso. La risa infantil que yo había escuchado con anterioridad no era la misma que inundaba la habitación en ese momento, esta vez era fría, desgarradora, como producida por un dolor profundo y un sentimiento de soledad, la risa, más bien un lamento, retumbaba poderosa en la habitación y parecía golpear las paredes y multiplicarse. El eco se reproducía con tal fuerza en mi cabeza que me producía vértigo…

La silueta se movió rápidamente hacia mí, cruzó la habitación a una velocidad vertiginosa, su risa era lo único que se escuchaba en mi cabeza, sentí claramente cuando su cuerpo inmaterial chocó conmigo que aún estaba en cuclillas, sentí un agudo dolor en el cuello como si hubiera sido atravesado por un cuchillo, provocando que mi cuerpo se arqueara.

Sentí la falta de aire aprisionar mi garganta, como si el oxígeno hubiera huido de mis pulmones. Me llevé las manos al pecho, un frío que entumecía mis músculos me impedía mover, la oscuridad reinante se filtró en mi cerebro y recuerdo haber caído al piso y quedar ahí inerme, con el cuerpo rígido, viéndola desparecer, y, después, la oscuridad total… antes de perder el conocimiento escuché en la lejanía la voz de Fidel gritando a los demás.

- ¡Suban rápido el ingeniero! ….

6

Sentía mi cuerpo cubierto por una pesada lápida, me era imposible moverme, pero podía percibir claramente lo que ocurría a mí alrededor, la habitación seguía en penumbras, pero no estaba solo… María estaba ahí… junto a mí, ahora podía verla, aun con la débil luz existente. Llevaba un vestido blanco con puntos diminutos y bolsas de color verde, dos trenzas apretadas le sujetaban su cabello claro, su cara se veía radiante. Sus ojos color aceituna eran el marco perfecto para el tono de su piel.

Repentinamente una ráfaga de luz iluminó la habitación, el color rosa de las paredes se antojaba más vivo, como recién pintadas, yo estaba en la habitación, de pie, claramente vi correr a María rumbo a la puerta, se escuchaban voces en la escalera y ella se asomó para ver a quien le pertenecían, vio a un hombre desconocido con uniforme gris dirigirse hacia su cuarto, llevaba un cuchillo ensangrentado en la mano derecha, podía ver claramente su carita llena de terror, con desesperación intentó cerrar la puerta, pero un puntapié brutal la proyectó al centro de la habitación, el hombre que entró intentó hacerse de ella, María retrocedió a gatas, su esfuerzo resultó estéril, el brazo de su captor la rodeó con fuerza por la cintura levantándola en vilo, con el terror pintado en su cara mordió con todas sus fuerzas la mano en la cual llevaba el cuchillo su agresor que intentaba taparle la boca, por un instante se vio liberada y corrió rumbo al ventanal tropezando con una silla que se encontraba a su paso.

Como pudo se paró y corrió nuevamente hacia la claridad del día, el terror más absoluto se había apoderado de ella, no pensaba, solo el instinto de supervivencia actuaba a través de su cuerpo, no vio la ventana cerrada y chocó contra ella, los vidrios saltaron en todas direcciones, María sangraba y estaba aturdida por el brutal golpe, nuevamente fue hecha prisionera y arrastrada al centro de la habitación, fue obligada a sentarse en la silla que hacía un momento ella había tirado en su afán de huir.

Después, todo ocurrió en forma vertiginosa, María gritó al ver frente a ella al desconocido que la amenazaba con un cuchillo

- ¡Mamaaaá!, gritó yéndole en ello el alma, su grito fue ahogado por su propia sangre. Sin piedad el cuchillo del desconocido cortó su garganta, y ahí, en medio de la habitación, presa del miedo y de la incredulidad, llevándose las manos hacia la mortal herida, María perdió la vida.

Sus ojos muy abiertos quedaron fijos viendo en dirección hacia el lugar donde hoy está mi cama.

Nuevos gritos en las otras habitaciones, silencio sepulcral en la habitación rosa, varios rostros se asomaron al interior y la vieron tirada, -No regresaron en todo el día-, ni siquiera se tomaron la molestia de cerrar la puerta.

Oscuridad otra vez, alguien llega, levanta el cuerpo de María, la sangre coagulada se niega a dejarla ir del piso frío, es una unión extraña entre la niña sin vida y la que fuera su habitación, el coagulo semeja un cordón umbilical que se niega a ser cortado.

Las estanterías llenas de juguetes, las cortinas con estampados infantiles que se movían suavemente parecían darle el último adiós.

Al pasar por el corredor, en la pared un reloj en forma de timón señala las once y media de la noche.

Los hombres se dirigen a la parte posterior de la casa, revisan a conciencia el lugar, la soledad es absoluta y noche oscura se convierte en cómplice; llegan con su preciosa carga hasta el aljibe, levantan la pesada tapa; sin miramiento alguno como si se tratara de un fardo arrojan a la niña al interior, se puede escuchar un golpe sordo y no el que caracteriza a un cuerpo cayendo en el agua, el deposito se encuentra casi seco, lo suficiente apenas para medio cubrir el cuerpo; se miran entre si profiriendo maldiciones y se alejan.

Yo sigo ahí, congelado en el tiempo hasta que regresan, traen bultos de cemento, los abren y vierten su contenido en el interior. Se les nota satisfechos. El cuerpo queda ahora cubierto por el aglutinante y se convierte en la tumba de María: el aljibe es su nuevo hogar. En la soledad de la noche solo se escuchan las notas discordantes de la tapa de concreto que se desliza y se cierra. —Y después todo queda nuevamente en silencio.

- ¡INGE!

- ¡Despierte ingeniero! Era la voz de Fidel, abrí los ojos y le vi a él y a los demás en mi habitación, se les notaba preocupados. Yo estaba en mi cama, supongo que ellos me habían recostado.

- ¿Ingeniero que le pasó? Oímos ruidos y gritos, y lo encontramos en el piso.

- ¿Quiere que le hablemos a Freddy, el médico?

- ¡No! no lo hagan, dije casi en un grito. Aún estaba medio aturdido, sin entender bien a bien lo vivido unos segundos antes, no coordinaba si había sido una ilusión o realidad.

Me incorporé ayudado por Fidel, los vi asustados, con las caras expectantes y entendí que merecían saber lo que me había ocurrido.

Les referí -prolijo en detalles- los hechos que se habían suscitado en esa casa tiempo atrás según el delegado de tránsito. Sin excepción, la alarma era generalizada.

- ¡Ingeniero, por su madrecita, tenemos que irnos de aquí! Era la voz de Nacho, un tanto alterada por el miedo.

- ¡GUARDEN SILENCIO!, necesito pensar con claridad. Me levanté y caminé hacia el ventanal todavía con pasos vacilantes, en ese momento me llegaban a la memoria los ruidos de la silla al caer, los vidrios rotos. Todo se tornaba claro al asomo de una nueva luz. Sabía ahora lo que tenía que hacer.

- ¡Vengan conmigo! Les pedí,

- Y traigan luces.

Nos dirigimos a la parte trasera de la casa y llegamos al pie del aljibe - Lugar seleccionado por más de uno de los muchachos para fumar un cigarro-

¡Abran la tapa!, me miraron incrédulos, y no sin temor acataron mis órdenes. El sonido característico de la tapa al descorrerse rompió la noche. Con el celular intenté iluminar el   fondo, no alcanzaba a vislumbrar nada. - ¡Acerquen la lámpara! Y todos corrieron hacia el brocal para iluminar, en el fondo solo se alcanzaba a ver un espejo de agua y un ligero promontorio pétreo.

- La policía llegó una media hora después acudiendo a nuestro llamado, fue muy difícil explicar nuestros temores con respecto al aljibe, dijimos que escuchamos ruidos y por eso lo habíamos abierto, pero que nos parecía ver en el fondo rastros de tela. No muy convencidos, aceptaron ver que ocurría.

El aljibe de unos nueve metros cuadrados y unos tres metros de profundidad había hecho imposible que alguien diera con el paradero de María.

- ¡Creo que aquí hay algo enterrado! Gritó uno de los guardias que había bajado.

- Busquen unos picos, ¡rápido!

- El cuerpo de María se encontraba como detenido en el tiempo, su tumba pétrea, había preservando -con pocas perdidas- más o menos intacta a la niña, su mortaja sílica la envolvía como una crisálida.

Todos guardaban un respetuoso silencio, y la congoja se veía en sus caras, Nacho derramaba lágrimas en silencio, el impacto general al ver el cuerpecito sin vida, había resultado demasiado. Verla en su vestido blanco me causó una profunda pena.

La noticia se hizo viral en el pueblo, sus restos se depositaron junto a los de su familia, la profusión de flores y llantos, incluso de gente que no la conoció en vida, la acompañaron hasta el sitio de su descanso final.

Un par de días después, nuestras pertenencias estaban dispuestas en los vehículos para mudarnos a otra casa en el mismo poblado. El ánimo generalizo era abandonar el lugar, pero el proyecto aún era joven.

En la calle, yo miraba el ventanal mientras subían sus pertenencias en los vehículos, me pareció ver la silueta de una niña que me sonreía y levantaba su mano.

- ¡Vio eso ingeniero! ¡En la ventana! Grito Fidel que no se había movido de mi lado.

Levanté nuevamente la vista hacia la ventana y dije: No Fidel, no he visto nada.

El túnel de los tíntales

1

Ana se quedó de pie, inmóvil, viendo cómo se adentraba en el túnel de los tíntales el *Chevelle* rojo de su novio, se alejaba de ella con un ruido que le pareció el prolongado rechinar de una cripta abriéndose.

La lluvia que hasta ese momento era suave, se dejó sentir con fuerza, las gotas semejaban transparentes cuajarones que se reventaban al contacto con su piel, su imagen agresivamente patética distaba de la chica de veintitrés años que solía ser objeto de pasiones encontradas. La belleza cuando no es propia resulta un insulto hasta para la naturaleza.

La falta de un zapato y un tirante roto contribuían a empeorar su imagen actual, los colores de su vestido semejaban un regalo de psicodelia húmedo.

Caminó cojeando sobre la carretera buscando cobijo del agua. *El túnel de los tíntales* formado por árboles del mismo nombre, de madera extremadamente dura y muy resistentes a estar sumergidos bajo el agua por tiempo prolongado, forman un dosel que cubre la carretera *Villahermosa-Jalapa* en una longitud de 600 m, se encuentra solo un poco después de haber cruzado el *Poblado Astapa*.

En la parte más abigarrada de la arboleda, el descenso de la temperatura es notable, dado que los rayos del Sol no alcanzan a llegar al suelo, por las noches la oscuridad solo es rota por las luces de los coches y los puntos luminosos de cocuyos y luciérnagas que parecieran formar una constelación viva en miniatura.

Ana, buscando la complicidad de la enramada esperaba detener un poco el golpe de la lluvia.

Se descalzó, tomó la zapatilla en sus manos y se adentró en espera de que alguien acertara a pasar pronto y pudiera socorrerla llevándola con bien hasta su casa. Aún sumida en sus cavilaciones vio a lo lejos las luces de un auto procedente de Jalapa que se aproximaba rápidamente hacia ella, levantó el brazo con la zapatilla en la mano en ademán desesperado pidiéndole que parará. Estaba segura que la había visto…

2

Ana suspiró satisfecha, estaba completamente complacida con la imagen que el espejo le devolvía, sin lugar a dudas era atractiva, muy atractiva –ella lo sabía-, la naturaleza le había sido prodiga, sus encantos tenían la particularidad de ofender la vista de las beatas del pueblo y enardecer los sentidos de los hombres –En un clima ya de por sí caliente- que la miraban con codicia.

Una sonrisa un tanto retorcida se dibujó en sus labios, le encantaba recordar las miradas cargadas de veneno que le lanzaban las damas del Club Rotario jalapense, sentía los cuchicheos a sus espaldas, y su andar se tornaba más voluptuoso. – Hablen viejas horribles, pensaba para sí misma.

No era fácil señalar una cualidad en particular en Ana, su cabello largo, -solía llevarlo suelto- de un color castaño antinatural eran el marco perfecto para sus ojos, por alguna extraña razón eran verdes, palpitantemente verdes, cuando en su familia nadie era poseedor de unos ojos similares.

Son herencia de la abuela Romina, solía decir su mamá a un no muy convencido padre, que terminaba la grase de su mujer, levantando la vista al cielo y se quedaba callado. Hacían juego con su boca, uno podría imaginar sentir los labios húmedos, suaves, como la pulpa de las pitahayas abundantes en la región.

Era imposible no volver la mirada y contemplarla con el deseo de ser el dueño de la cintura breve de la muchacha, imaginar por un momento que la mano pudiera estar ahí, reclamando una propiedad que solo pertenecía a Manuel: su novio.

Se le hacía tarde, Manuel había quedado con ella para ir a la ciudad de Villahermosa, él debería estar al llegar. Joven instruido y glorificado por la familia de Ana como un muchacho modelo, recién había regresado al pueblo, su instrucción en la Cd. De México había terminado y le había dejado en sus manos la recompensa del título de Licenciado en Derecho.

Recién llegado fue la sensación, un poco tal vez por la promoción hecha por sus tías quienes lo catapultaron como el mejor partido de Jalapa. Aunque en realidad no estaban del todo equivocadas, la herencia dejada por sus padres, profesionista y buen mozo, le hacía un apetecible objeto de colección entre las familias tradicionalistas del municipio. Más de una le deseaba como esposo de alguna hija casadera.

Pero había sido Ana quien tuviera en sus manos el corazón y los sentimientos de Manuel.

Siendo niños formaban un trío dispuesto a las fechorías, el tercero: Lino, eternamente enamorado de Ana, y a quién el romance entre sus mejores amigos le había sentado muy mal, esta situación le había hecho tomar la decisión de vivir en *Tacotalpa* y alejarse de la tentación permanente de Ana y del amargo sabor que quedaba en su boca cada vez que hablaba con Manuel.

El sonido impertinente de un claxon se confundió con el pregonar de una vendedora de tamales a lo lejos: *¡Tamaaaale de chipilíííín[19] y caminito, calienteeee!*

- ¡Mamá regreso al rato, ya está aquí Manuel!

- ¡No regreses tarde *mija*! - ¡Cuídala Señor de Tila!

- ¡Manuel! Lanzándose a sus brazos se fundieron en un prolongado beso - Que nada tenía de romántico- seguramente serían la comidilla cuando las mujeres que los habían visto al pasar, se reunieran por la tarde en Parroquia de San Pedro y San Pablo en el centro del pueblo.

El joven diligentemente abrió las puertas de un *Chevelle* rojo '68, - seguramente el único en su tipo en el municipio y probablemente en el estado - y la chica lo abordó. Manuel pisó el acelerador haciendo –literalmente- gritar el motor, y salió con destino a la capital del estado.

---

[19]Chipilín. Wikipedia la enciclopedia libre. Chipilín (nombre científico: *Crotalaria longirostrata*) [En línea] Es una planta originaria de Centroamérica perteneciente a la familia de las fabáceas. La planta es alta en hierro, calcio y beta caroteno. El chipilín también se conoce en el sur de México y ha llegado hasta la isla de Maui en Hawái, en donde está considerada como una especie invasora. El chipilín es muy usado en Chiapas vendiéndose en las calles de muchas ciudades del mismo. Tradicionalmente en Tabasco se preparan también con masa de maíz y envueltos en hojas de plátano, muy populares sobre todo en la subregión de la Chontalpa. [Citado: 13-nov-2019]. Disponible en internet:
https://es.wikipedia.org/wiki/Crotalaria_longirostrata

Pasearon por las pocas avenidas pavimentadas de la ciudad, reían por cualquier cosa, ella estaba radiante y su cabello bailaba con el viento. Manuel, volteaba de vez en vez y la observaba. Su felicidad estaba sentada junto a él.

-Quieres ir al cine. Preguntó Manuel

- ¿Y veremos la película? Sonrío Ana con picardía.

-Si tú quieres…

El cine *Sheba*[20] seguía siendo el centro de reunión de la sociedad villahermosina, exhibían *Al calor de la Noche*[21] con Sidney Poitier.

- Dos por favor, pidió las entradas al taquillero.

- La película transcurrió entre los besos y la creciente pasión de ambos, salieron inflamados de deseo mal contenido con dirección a la casa de Manuel. Estaba situada en la zona centro de la ciudad, por el momento, sola, sus tías se encontraban convenientemente de viaje.

Tomaron por portales y detenidos en un semáforo, Ana exclamó. – ¡Mira Manuel, es Lino! Está ahí enfrente, creo que se quedó viéndonos.

En efecto Lino caminaba con dirección a la avenida Madero y se detuvo en seco, largó la mano en señal de saludo –acaso un tanto por compromiso-. Manuel dirigió su coche hacia la acera y aparcó. Se bajó del coche y lo saludó efusivamente con un abrazo y fuertes palmadas en la espalda

- ¡Lino! Que sorpresa inesperada verte –exclamó Manuel con verdadera alegría

---

[20] Sobrevivió Cine Sheba al fuego... pero no al olvido. Tabasco hoy. Cine Sheba. [En línea] Nacido en el año de 1960 para marcar el inicio de la modernidad en Villahermosa, se niega a desaparecer, a lo largo de sus más de 57 años de existencia, ha pasado por dos incendios, severas inundaciones, dos remodelaciones y una reducción del 40 por ciento de su infraestructura para dar paso a la ampliación de la avenida 27 de febrero durante la administración de Carlos A. Madrazo. Tomado del Tabasco Hoy, 13 de junio de 2017 [Citado: 13-nov-2019]. Disponible en internet:
https://www.tabascohoy.com/nota/393812/sobrevivio-cine-sheba-al-fuego-pero-no-al-olvido?fb_comment_id=1214770501978423_1215029998619140

[21] Al calor de la noche (1967). Imdb. En el calor de la noche [En línea] (In the Heat of the Night) es una película estadounidense de 1967, del género policíaco, dirigida por Norman Jewison; protagonizada por Sidney Poitier, Rod Steiger, Warren Oates y Larry Gates en los papeles principales. Basada en la novela homónima de John Ball, ganó cinco Óscar y fue nominada a otros dos. Posteriormente tuvo dos secuelas en las que el personaje que encarnaba Sidney Poitier repitió como protagonista, *Ahora me llaman Sr. Tibbs* (Gordon Douglas, 1970) y *El inspector Tibbs contra la Organización* (Don Medford, 1971), que ya no gozaron del favor del público. [Citado: 13-nov-2019] Disponible en internet:
https://www.imdb.com/title/tt0061811/

- ¿No estabas en la capital? Señalo un extrañado Lino.

- Recién llegué, ven tienes que saludar a Ana. Llevándolo casi a rastras hacia el coche

Ana al verles venir se bajó del coche y caminó hacia ellos.

- ¡Lino! ¿Cómo has estado? Se acercó a él y le dio un beso en la mejilla. Una carga de adrenalina le golpeó al sentir el roce de la mujer deseada, se apartó un poco y se quedó viéndola fijamente, estaba más bella que de costumbre.

- ¿A dónde vas? Manuel lo rescató de su marasmo.

Reaccionando se dirigió a Manuel: Hace tanto que te fuiste que no te enteras de nada, Rey y Alma se casaron hoy y justo me dirijo a la recepción.

- ¡Eso si es una noticia! Pensé que nuca ocurriría, entonces no te entretenemos después platicaremos con calma y…

- ¿Qué dices? ustedes se vienen conmigo, a ellos les dará un enorme gusto saber que están en su boda.

Manuel y Ana se miraron un tanto contrariados las cosquillas del deseo en sus cuerpos tendrían que ser aplacadas en otro momento, sabían que no podrían eludir este inesperado compromiso.

- Está bien… sube con nosotros, estaciono el coche en la casa y nos vamos ¿Te parece?

- Hecho. Quince minutos después los tres se dirigían a la recepción de su amigo, lugar al que se trasladaron caminando dada la cercanía

Durante el trayecto Lino se perdió entre los laberintos de palabras de sus amigos, le sonaban huecas, su atención se perdía con la proximidad de Ana y ocasionalmente contestaba sin mucho acierto a la conversación de Manuel.

- ¿Qué te pasa? andas medio distraído. Lanzó la pregunta a bocajarro, descolocando un poco a Lino.

- Disculpa, he tenido un día un tanto pesado, después te contaré, mira, ya hemos llegado.

Nuevos abrazos, presentaciones, risas ocasionales y la pregunta retórica que se multiplicaba: ¿Y tú y Ana para cuándo?

De natural afable, la pareja se integró rápidamente a los grupos que se formaban y les reclamaban que se unieran a ellos.

Ana notó con desagrado que Manuel por atender a uno y a otra la dejó a merced de chaperones no deseados, y aunque su popularidad era suficiente para mantenerse ocupada le preocupaba ver que la mano de su novio se mantenía ocupada en todo momento con un vaso de alcohol.

Lino se acercó a Ana, -Te ha dejado sola. No fue una pregunta fue una afirmación.

- Está tomando demasiado y Manuel no sabe beber. Externó un tanto mortificada

- ¿Quieres que lo rescate por ti? Le dijo en un tono obsequioso

- Recuerda que hace mucho tiempo que no saludaba a toda esta gente, es natural que no lo dejen solo.

- Ven vamos a bailar para que se pase el mal rato.

- No, gracias Lino, no me hace gusto.

- Ven, y te llevo hasta donde está él. La tomó del brazo y la condujo donde otras parejas se movían al ritmo de *Pata Pata*[22], una pegadiza canción de *Miriam Makeba*[23]. No pudo negarse, y pronto se vio abstraída por los acordes de la música:

"A Sat Wuguga sat ju venga sat si pata pata"

La música era tan alegre que por un momento olvidó que estaba bailando con Lino. Su cuerpo se dejó llevar por el ritmo, su natural carisma le acarreó gritos y aplausos, y es que ambos se movían con singular gracia:

"A-hihi ha mama, hi-a-ma sat si pata pata"

Lino, moreno de porte varonil y envidiable estatura tenía bastante éxito con el sexo femenino, pero solo amaba febrilmente a Ana —o estaba apasionado con ella-. La algazara de quienes rodeaban a la pareja llegó hasta Manuel quien se volteó para ver que ocurría.

---

[22] Pata, Pata. Musixmatch [En línea] Pata, Pata. Es una canción de baile afropop (Folk sudafricano) popularizada internacionalmente por la cantante sudafricana Miriam Makeba. "Pata Pata" se acredita a Makeba y Jerry Ragovoy. Su grabación más popular de "Pata Pata" fue grabada y lanzada en los Estados Unidos en 1967. La canción es considerada por muchos como el éxito de la firma Makeba y desde entonces ha sido cantada y reproducida por muchos artistas a nivel mundial. [Citado: 13-nov-2019]. Disponible en internet:
https://www.musixmatch.com/es/letras/Miriam-Makeba/Pata-Pata

[23] Miriam Makeba. Wikipedia la enciclopedia libre [En línea] Zenzile Miriam Makeba (Johannesburgo, Sudáfrica, 4 de marzo de 1932 - Castel Volturno, Caserta, 9 de noviembre de 2008), conocida también como Mamá África, fue una cantante sudafricana y activista por los derechos humanos. [Citado: 13-nov-2019]. Disponible en internet:
https://es.wikipedia.org/wiki/Miriam_Makeba

- Son Ana y Lino que la están armando, le dijo uno los amigos con quienes estaba conversando. Manuel los dejó hablando, se dirigió hacia la gente en el centro de la pista, trastabilló un poco, se rehízo en vertical y caminó. Se abrió paso y vio a su novia bailando bastante animada con alguien que no era él. Su vestido blanco, con vivos verdes y naranjas se adhería como una segunda piel - Realmente era hermosa, sintió un mordisco de lujuria oprimirle la entrepierna-.

La furia se apoderaba de él, el sabor amargo que llegó a su boca le hizo contraer los labios y apretar los dientes hasta ocasionarle dolor.

Reaccionó mal, -Estaba dispuesto buscarla al centro de la pista, sacarla de ahí y recriminarle-. Los celos le impedían ver. Hizo el intento de dirigirse hacia ella, pero una mano lo sujetó fuertemente, era Rey que había visto todo. - Espera Manuel, no hagas una tontería, ven deja que termine la pieza. No querrás arruinar mi boda ¿Verdad? Además, tú la dejaste sola, ella solo está bailando y Lino es tu mejor amigo. - Es cierto en su furor ni siquiera le había importado que fuera Lino con quién bailara-.

La pieza terminó y la pareja recibió el aplauso general, en ese momento Ana vio a Manuel que la observaba fijamente y se dirigió hasta él.

- Manuel estás tomando mucho, así no podrás manejar y tú sabes que tengo que regresar, ya es tarde son cerca de las nueve, ¡Por favor, vámonos! - Los ojos de Manuel intentaron enfocarla, murmuro algo ininteligible y acarició con torpe ternura el rostro de su novia, su furia se disipó al momento.

- Si Manuel es hora de irse, has bebido de más, Lino le colocó la mano sobre el hombro. Manuel lo miró por un momento en forma torpe y después se dejó guiar mansamente por su amigo.

Se dirigieron a la puerta, un relámpago seguido por un portentoso sonido iluminó la noche cerrada, la lluvia no tardaría en aparecer, el calor se metía entre sus ropas como buscando sus más íntimos secretos, era una típica noche tabasqueña, el preludio de la lluvia solo hacía que la temperatura aumentara, la ropa se adhería a sus pieles, Lino la veía con una mirada desenfocada, no podría apostarse cuales eran sus pensamientos. La piel brillante por el sudor confería a la chica un aspecto que incitaba a tomarla entre los brazos y morder sus labios. - Dios, cuanto deseaba a esa mujer-.

Una ráfaga de viento golpeó la cara de Manuel, le sentó muy mal. Se le veía el rostro lívido, era evidente que no podría viajar. Lino lo llevó casi en vilo, el peso del cuerpo del joven no parecía hacerle mella. Iba seguido por

Ana, por fin llegaron a la casa de las tías de Manuel. Sin mucha delicadeza buscó las llaves en el bolsillo del pantalón de su amigo y entraron. Lo instaló en su dormitorio en la planta alta y bajó. Después dirigiéndose a la chica le dijo:

- Me temo que tendrás que quedarte aquí y viajar hasta mañana.

- ¡No! Tengo que regresar, mi mamá debe estar muy preocupada.

- Pues a menos que sea volando, dijo con ironía y una sonrisa retorcida deformándole la boca.

- Tú podrías llevarme en el coche de Manuel ¡Por favor! No pudo observar un destello en la mirada de Lino, había sido como si por un momento le hubieran abierto las puertas del paraíso.

- ¿Estás segura? - ¡Sí por favor! La angustia de Ana era evidente, sabía lo mucho que su madre se mortificaría con las habladurías de las viejas beatas que hacían gala de rectitud y de principios morales en su pueblo

Lino subió en trancos largos los escalones en busca de las llaves del auto y bajó enseguida.

- Bueno ¡Vámonos! Ana vio la figura frente a ella que le sonreía y le apremiaba a salir.

Por un momento dudo, sabía que dejaba solo a Manuel y se marchaba dejándolo en un estado bastante inconveniente, tal vez sería mejor quedarse y dar explicaciones que probablemente nadie creería.

La voz de Lino apurándola porque la lluvia se acercaba la regresó al momento actual. Se subió al coche con Lino al volante y se dirigieron hacia Jalapa.

Durante el trayecto Lino llevó la conversación por terrenos que no le gustaban en lo más mínimo a la chica, le dijo que debería dejar a Manuel, que éste no la amaba y que en la primera oportunidad regresaría a la Ciudad de México, que la vida de pueblo le aburriría. Le hizo ver que las habladurías la dejarían con una mala reputación, ¿Quién iba a desear casarse con una mujer que había sido de otro y cuya historia sería por demás notoria?

En cambio, él, estaba en la mejor disposición de concederle hasta el más mínimo capricho.

Ana estaba muy contrariada con los comentarios de Lino y le reconvino por ello, le pidió por favor que no siguiera con eso, le aseguró que Manuel la amaba en forma indiscutible y que el solo hecho de decir otra cosa no era la forma en la cual se comporta un verdadero amigo.

El disgusto se marcó en el semblante del joven que apretó los dedos al volante hasta marcársele los nudillos.

Continuó el camino en silencio, las palabras de Ana no le habían gustado en lo más mínimo. Al frente vio el caserío iluminado por débiles focos, estaban por llegar al *Poblado Astapa*.

Ana iba sumamente mortificada ocupando sus pensamientos en Manuel, ahora sentía arrepentimiento por haberlo dejado, pero también pensaba en la preocupación de su mamá y en el chismorreo del día siguiente si la veían llegar a horas tan inusuales para una señorita.

Dejaron tras de sí el caserío, ensimismada en sus pensamientos no se percató en el momento que Lino detenía el coche a la entrada del *Túnel de los tíntales*. El cielo completamente ennegrecido se iluminaba de vez en vez con tonos púrpuras a causa de los ocasionales relámpagos, el viento había arreciado considerablemente levantando la hojarasca muerta y formando pequeñas bandas que parecían mariposas grises que buscaban la forma de entrar al coche y llevárselos con ella.

La llovizna mojaba ya el parabrisas, el golpeteo en el vidrio le pareció como pequeños dedos que le avisaban lo que ocurría.

- ¿Qué haces, porque detienes el coche? Le miró con una expresión de preocupación y temor

- ¡Ana! Me tienes vuelto loco ¡Por favor! Sus manos intentaban abrazar a la joven, Lino estaba fuera de sí, la pasión por la muchacha era mucho más fuerte que su lealtad hacia su amigo, las barreras morales se iban por tierra.

- ¿Estás loco? ¡Déjame! le diré a Manuel…

- ¡Manuel no lo sabrá! ¡Nadie lo sabrá!, solo nosotros dos ¡Por favor Ana! La atrajo hacia él con brusquedad rompiendo un tirante de su vestido.

La negativa de Ana fue contundente al morder en el labio inferior a Lino quién había intentado besarla por la fuerza…

¡Suéltame estúpido! Le gritó, mientras sostenía el vestido que se deslizaba por el lado roto.

Lino encolerizado se movió lateralmente sobre ella y abrió la puerta, acto seguido, la empujo hacia la profundidad de la noche. Lo hizo con tal fuerza que la tomó desprevenida, con el golpe, el pie de la chica pie se atoró por un momento y la zapatilla se quedó en el interior del carro.

Ana se precipitó a la cuneta dando volteretas hasta golpear con la base de los troncos de los tintos.

El coche aún seguía ahí, dentro de él Lino no daba crédito de sí, lo que había hecho lo tenía en un estado de conmoción, no atinaba a tomar una decisión coherente.

Ana reptó sobre la hojarasca húmeda para subir hasta la carretera, su cuerpo mostraba raspaduras y golpes, había algo de sangre y algunos desgarros en su vestido. Llegó hasta la cinta asfáltica, impávida vio como el coche se perdía en la noche…

Finalmente, Lino había arrancado el coche y se alejaba velozmente dejándola abandonada a su suerte.

Lino conducía como un autómata preso del remordimiento; la ruindad con la cual se había conducido apenas unos momentos antes iba haciendo menoscabo en él.

Las lágrimas pugnaban por fluir, la desesperación del joven iba en aumento. Frenó el coche de golpe haciendo que las llantas patinaran sobre el pavimento mojado.

- ¿Qué he hecho, Dios mío que he hecho? Maniobró el timón del auto dándole un giro como si lo odiara y regresó con la intención de buscar a Ana y pedirle perdón, explicarle que su presencia tan cercana le había privado de la razón y que ella y Manuel no merecían su proceder, todos estos pensamientos giraban como un torbellino en su cabeza. La lluvia le impedía ver y en dos ocasiones estuvo a punto de salirse de la carretera.

Perfiló el coche hacia la entrada del túnel natural, la lluvia ya era cerrada, sin embargo, los tíntales entrelazados no permitían que el agua azotara ahí con la misma intensidad, las lágrimas resbalaban por las mejillas de Lino, sus ojos se nublaban y su cara era una máscara de la más viva desesperación.

No podía dejar de llorar. Realmente estaba arrepentido por la forma en que había tratado a Ana, sus pensamientos estaban fijos en ella, sus manos al volante aferradas con furia, en vano intentaba enfocar su vista, limpió con coraje las lágrimas que no cesaban de fluir…

La velocidad con la cual maneja el auto, su estado de nervios o la falta de visibilidad por la abundancia de lágrimas, todo se conjugó, la figura de Ana estaba frente a él, no la vio cruzar la carretera, le fue imposible frenar hasta que la tuvo prácticamente frente a sí, horrorizado soltó el volante, el impacto con la joven fue brutal.

En un instante la historia que había imaginado con Ana había dado un giro de ciento ochenta grados. Veía por el retrovisor intentando ver donde estaba. No podía ubicar hacia donde había salido despedida.

Con los ojos desorbitados pisó el acelerador al fondo, sus manos seguían crispadas en el volante y su mente se había quedado en blanco, decidió no quedarse y abandonar una vez más a la mujer que siempre lo había obsesionado.

3

El golpe había proyectado a Ana bajo las llantas, el coche la había arrollado pasándole literalmente por encima, Lino no escuchó el crujir de los huesos al romperse, la muerte llegó de súbito, con la inmediatez de quien tiene prisa por recoger un alma.

Ana hubiera quedado ahí, tirada en la carretera al cobijo de la arboleda y su cuerpo siendo purificado por lluvia que seguía cayendo incesantemente. Al pasar su cuerpo bajo el auto su mano se quedó enganchada entre la suspensión y el eje trasero daba la impresión de quererse asir al auto que le había privado de la vida.

El cuerpo de la infortunada era un remolque de despojos sanguinolentos, la piel se había perdido en jirones a lo largo de la carretera exponiendo los músculos y los huesos que se quebraban de bote en bote, solo quedaban ya algunos alamares de la otrora hermosa cabellera; sin embargo, parecía que se negaba a soltar a su victimario, el vestido debió perderse en algún punto del camino, su cuerpo se había convertido en una masa irreconocible.

Un par de kilómetros más adelante Lino detuvo su carrera desenfrenada, bajó del auto, levantó la cara al cielo y gritó con todas sus fuerzas… Sus lágrimas se confundían con la lluvia, mientras sus puños se cerraban aprisionando su cabello como queriendo desprenderlo de su cabeza.

Intentó serenarse, golpeó las llantas con el pie, se dobló sobre el cofre caliente del carro y gritó de coraje como un animal herido.

El instinto le hizo recobrar la vertical, y ya se dirigía nuevamente al interior cuando alcanzó a ver un bulto.

Corrió hasta la parte trasera y la visión que se presentó ante sus ojos lo desequilibró…

Ana parecía observarle con un ojo salido de su cuenca y una sonrisa sardónica ocasionada por los músculos expuestos de su maxilar, la posición grotesca de su cuerpo semejaba una marioneta.

El horror y el asco le provocaron arcadas, vomitó con fuerza a un lado del camino hasta sentir un dolor punzante en el vientre, como si le hundieran un puñal en sus entrañas y lo revolvieran.

Sin ser dueño total de su vertical regresó al coche y apagó las luces, miró hacia ambos lados, la carretera estaba completamente sola, el agua lavaba la sangre en el pavimento y buscaba camino por las cunetas formando pequeños arroyuelos, la sangre de la infortunada alimentaría las raíces de los tintos.

La tarea de tratar de liberar el cuerpo de la prisión del carro fue infructuosa, el brazo de Ana se había desgarrado y el cúbito se había anclado en el chasis del automóvil, desesperado jaló con todas las fuerzas que la carga de adrenalina le dio, se escuchó un ruido semejante a una rama que se partía al dividirse en dos el radio del brazo, este se desprendió y cayó bajo el coche con un sonido similar a una bofetada.

En el paroxismo del dolor emocional, se dirigió al interior del coche como si fuera un zombi.

Buscaba algo utilizable para transportar el cuerpo, revisó en la cajuela, encontró dos porta-trajes de Manuel, sacó la ropa y los utilizó a modo de bolsa mortuoria; no sin esfuerzo, acomodó los restos de la chica en la cajuela, no había sangre ya, los restos habían adquirido el descarado color palo de rosa de la carne cuando se lava.

Ya con la desdichada carga a cuestas regresó hacia la entrada del túnel, sabía que unos cincuenta metros antes de llegar el *Río de la Sierra* formaba una curva muy pronunciada en una de las márgenes y el *Poblado Emiliano Zapata* del otro lado, en eses punto habría menos de ochenta metros hasta la carretera.

Era el lugar indicado, estacionó el coche y arrastró el cuerpo, encontró unas enormes piedras oblongas como sandías que introdujo en la mortaja improvisada de la mujer, cortó unas hojas de un platanar cercano y con los centros de las mismas confeccionó una especie de liana, amarró como pudo el lastre y lo tiró al río, lo vio hundirse rápidamente, sin comparsa sin ceremonia solo unas cuantas burbujas al perderse entre las aguas lodosas del río que la devoraron con avidez.

Ya en el coche la tensión comenzó a disminuir, le dolía todo el cuerpo, estaba empapado, pero la misma lluvia parecía estar en complicidad con él, borrando todo rastro de lo acontecido unos momentos antes.

El ruido de una bocina le sacó de su ensimismamiento.

- ¿Está usted bien? Fue la pregunta desde el otro vehículo con la ventanilla a medio abrir...

Hielo y no sangre circuló por las venas del homicida, pero recuperando el aplomó, sacó una mano por la ventana del conductor e hizo un ademán de adiós.

Al ver la señal, el hombre en el coche vecino prosiguió su camino. Era imposible que lo hubieran reconocido, una cortina de agua cubría los vidrios de las ventanas. Por otro lado, el coche rojo era único en su clase, no podía pasar desapercibido.

Se marchó tomando camino hacia *Villahermosa*. Regresó a la casa de Manuel, entró hasta su habitación y comprobó que el joven continuaba dormido, dejó las llaves del coche sobre el buró donde estaba una cursi lámpara pequeña de color ocre con barbitas. Salió de la casa y se perdió en la noche.

4

Al día siguiente los hechos se precipitaron en forma vertiginosa, la madre angustiada por la falta de noticias de su hija solicitó la ayuda policíaca, telefonearon a la comandancia en *Villahermosa* solicitando apoyo, la chica extraviada no apareció, se trasladaron a la casa de Manuel y lo encontraron aun durmiendo, la resaca al despertar no le dejaba pensar con claridad.

No acaba entender el asunto: ¿Su novia desaparecida? Ubicaron su coche estacionado afuera de la casa, se lo veía limpio –la lluvia había contribuido a ello-, excepto por un golpe en el parachoques y el hundimiento de la placa.

Se lo llevaron detenido. En Jalapa dada la conmoción, el individuo que había visto el coche la noche anterior se presentó y dijo haberlo visto a la entrada del *Túnel de los tíntales*.

La declaración de Lino cuando llegaron hasta él, acabó de hundir a un desorientado Manuel, juró haberles dejado en la casa de las tías en Villahermosa, remitió que fue la misma Ana quien le había sugerido a Manuel quedarse porque la lluvia estaba muy próxima, viendo la resolución de los dos el decidió marcharse a su casa.

Intentaron en vano esclarecer el paradero de Ana, no pudieron localizarla. Se encontraron restos de barro y humedad en el maletero.

Manuel sufrió una crisis nerviosa severa al imaginar que Ana pudiera estar muerta y más aún, que lo culparan a él.

Quedo en una especie de catatonía, no reconocía a nadie, lo internaron en el *Hospital Psiquiátrico*[24] de *Villahermosa* conocido como *"La Granja"*, lugar donde tardó poco menos de un año.

Una mañana fue encontrado muerto en el pabellón que compartía con un par de alienados considerados no peligrosos. En un rapto de desolación y dolor se había mordido las venas de las muñecas hasta reventarlas.

Durante un tiempo se intentó dar con el paradero de Ana, pero era como si su presencia en la tierra hubiera sido una ilusión, nadie tenía noticias sobre ella.

El polvo del tiempo cubrió la historia de la chica desaparecida, se distribuyó la historia creíble de que había sido asesinada por su novio y este había hecho desaparecer su cuerpo en algún lugar hacia Jalapa. Los chismorreos fueron el plato principal en el pueblo durante bastante tiempo y solo dolor quedó en las familias de los novios.

---

[24] El Hospital Psiquiátrico "Villahermosa. Tabasco Hoy [En Línea] Hospital Psiquiátrico antes conocido como "Granja de Enfermos Mentales y Nerviosos," fue inaugurado oficialmente el 23 de marzo de 1962, siendo en aquel entonces Gobernador del Estado el Lic. Carlos A. Madrazo Becerra. Fue creado por iniciativa del Dr. Manuel Velasco Suárez quien logró que el Tabasco fuese la sede de este proyecto, realidad que se ha convertido en 37 años de servicio y experiencia. Madrigal Zentella Alejandro. [Citado: 13-nov-2019]. Disponible en internet: https://detabascosoy.com/tabasco/hospital-psiquiatrico-de-villahermosa/

5

Una pareja de amigos recién llegados a la capital tabasqueña decidió pasar parte de sus vacaciones de fin de año con la familia en Jalapa, tomaron la carretera hacia el municipio, apenas habían recorrido algunos kilómetros y ya estaban pensando seriamente en el regreso, la lluvia se dejaría caer pronto, el viento y los relámpagos eran señal inequívoca, sin embargo, ya encarrilado el ratón, tomaron el acuerdo de proseguir.

- Mira apenas son las nueve, si nos apuramos le ganamos al agua y llegamos a tiempo para la celebración del nuevo año. Comentó uno de ellos al tiempo que encendía la radio y se dejaba oír el tema *Senza Fine*[25] que interpretaba *The Brass Ring*[26].

- Bueno que el tiempo nos sea leve. Asintió el otro.

- Súbele un poco, el ruido de la lluvia me pone nervioso.

Y es que justo al llegar a la entrada del *Túnel de los tíntales* la lluvia se soltó como si pretendiera inundar la tierra nuevamente.

- Te dije que nos regresáramos. Le recriminó el conductor.

- Oye. Le interrumpió.

- Veo a alguien caminando allá adelante…

---

[25] Senza Fine [En línea]. (The Phoenix Love Theme) Es uno de los temas más populares del cantante y compositor italiano Gino Paoli, inspirada por la que fuera su pareja, la también cantante y actriz Ornella Vanoni. [Citado: 13-nov-2019]. Disponible en internet: https://www.discogs.com/es/The-Brass-Ring-Featuring-Phil-Bodner-The-Phoenix-Love-Theme-Senza-Fine/release/1812727

[26] The Brass Ring [En línea] (o Los Anillos de Bronce, como se les conoció en los países hispanohablantes) fue un grupo estadounidense de músicos de estudio liderados por el saxofonista y arreglista **Phil Bodner**. *The Phoenix Love Theme (Senza Fine)* ("Sin final"), se oyó en la película *The Flight of the Phoenix*, y estuvo en la posición #32 en el Billboard Hot 100 en 1966. [Citado: 13-nov-2019]. Disponible en internet: https://es.wikipedia.org/wiki/The_Brass_Ring

- Si ya vi. Bajó la velocidad y acercó el coche vieron a una mujer joven caminando descalza a las orillas de la carretera, en una mano llevaba una zapatilla, se la veía completamente ensopada, abriendo un poco la ventana se dirigió a ella.

-Oiga, ¿Quiere que la llevemos a Jalapa? La mujer volteó lentamente, era muy bella…

-Señorita, ¿Le pasa algo?, quiere que la llevemos…

Asintió levemente con la cabeza, le abrieron la puerta trasera y subió. Arrancaron sin mucha prisa, de todas formas, la lluvia les impedía ir con mayor rapidez

- Qué barbaridad, viene usted completamente mojada, y descalza, por si fuera poco, ¿tuvo algún accidente? Podían apreciar algunos golpes en el rostro y pequeñas heridas en los brazos, el tirante de su vestido se negaba a quedarse en su lugar.

No recibieron contestación alguna de la desconocida. Se miraron el uno al otro intercambiando miradas de interrogación.

- Señorita ¿Cómo se llama? mi amigo y yo vamos al pueblo ¿Dónde quiere que la dejemos? ¿Desea que la llevemos con un médico o a la comandancia?...

- Oye préstale tu chamarra, viene completamente mojada.

Estaban saliendo apenas del Túnel, la lluvia seguía con la misma fuerza. Las preguntas se quedaron sin respuesta, voltearon los dos al mismo tiempo, en el asiento trasero no había nadie, sin embargo, este se encontraba mojado…

Ambos se miraron con terror, pidiéndose una explicación mutuamente con los ojos. El conductor sentía que una mano helaba le apretaba el corazón, sin ser dueño de sí mismo imprimió mayor velocidad, deseaba llegar lo más pronto posible a su casa y dejar esa experiencia que no podía explicar.

El nerviosismo del conductor era tal, que perdió el control de la unidad. El auto patinó en un vado que se había formado por la lluvia a la salida de la arboleda, giró descontrolado, quiso frenar pisando el pedal con todas sus fuerzas, esto solo tuvo el efecto de hacer que el auto derrapará sin control precipitándose a la cuneta, el ruido de la lluvia se vio acompañado por el sonido metálico del coche, los truenos resultaron ser las percusiones que esta melodía necesitaba, dio algunas vueltas y se detuvo finalmente con las llantas mirando al cielo, ambos jóvenes quedaron atrapados en el auto.

Los golpes les privaron de la conciencia, nadie llegó en su auxilio, el agua comenzó a subir a consecuencia de la obstrucción del coche en la avenida natural, una ventana rota permitió su entrada, se deslizó con rapidez como una serpiente, lentamente fue subiendo de nivel, las cabezas de ambos jóvenes quedaron bajo el agua, rápidamente llegó hasta sus pulmones y la asfixia llegó sin misericordia alguna.

Ambos murieron ahogados, los encontraron temprano por la mañana, el agua solo había subido cuarenta centímetros, pero ellos no pudieron escapar, sus cuerpos estaban aún aprisionados por los cinturones de seguridad.

El nuevo año comenzó con esta tragedia que enlutó los hogares de dos familias.

Durante el mes de enero se sucedió otro episodio que acrecentó las consejas populares del alma en pena. El día seis se presentó lluvioso y con un inusual descenso en la temperatura, por la noche la lluvia hizo su aparición, era un tiempo como para no salir. Sin embargo, Juan Trinidad se había quedado hasta tarde en una cantina de *Jahuacapa*, celebró su cumpleaños en compañía de sus amigos, ya era entrada la noche cuando montó su caballo, la lluvia se dejaba sentir con singular fuerza, Juan llevaba algunos alcoholes encima, no tantos como para no darse cuenta que era necesario irse ya, los caminos eran malos y era mejor no tentar a la suerte.

Se calzó su poncho lo mejor que pudo, un chontal para cubrirle la cabeza y después dejó que su caballo buscara la querencia, el noble animal se dirigió mansamente camino al Poblado *Astapa*, su jinete iba medio doblado sobre la silla, el agua le escurría sobre el poncho, era una mala noche para andar por los caminos reales.

El caballo alcanzó la cinta asfáltica y se adentró en el túnel de los tíntales, a poco de haber entrado, el caballo piafó estando a punto de tirar a su cabalgadura, se detuvo de golpe, Juan le sobó detrás de la oreja.

- ¿Qué te pasa cacahuate? La oscuridad era total, un relámpago resonó con singular estrépito iluminando la entrada del túnel, Juan pudo ver la figura de una mujer que se acercaba hacia él. Tomó su linterna y la dirigió hacia el punto en el cual la había visto.

- ¿Qué haces aquí *mija,* mira nomás como vienes? Dirigiéndose hacia ella con voz un tanto estropajosa.

- Criatura del Señor te vas a enfermar ¿Quieres que te lleve a mi casa? Seguramente mi vieja tendrá algo para que te pongas y te quites ese vestido todo jodido que traes. La chica le tendió la mano y se subió a grupas.

- ¿Cómo te llamas? El hombre sintió la mano fría de ella sobre su hombro, eran un par de figuras singulares moviéndose en la oscuridad, aunque el agua se escuchaba chocar con fuerza sobre el dosel de tíntales no llegaban a mojarles.

- Válgame niña, no puedes ni hablar, en horita llegamos para que te tomes algo caliente, Juan sentía la presión del cuerpo a sus espaldas. Faltaban unos cuantos metros para salir del túnel, nuevamente se dirigió a ella.

- ¿Tuviste un accidente? ¿Por qué andabas solita en estos caminos que ni el diablo quiere? Juan se percató en ese momento de la ligereza detrás de él; detuvo su caballo, solo él venía cabalgando.

- ¡Ave María purísima! ¡Cacahuate era la niña Ana! ¡Por vida de Dios, pícale Cacahuatito, pícale y no te pares!

Este y otros acontecimientos similares a lo largo de los siguientes años se siguieron presentando durante la temporada de lluvias, la misteriosa joven que caminaba descalza en el tramo comprendido por el túnel de los tíntales, algunos de quienes la habían visto aseguraban que era muy hermosa y solía detener su caminar cuando veía que alguien transitaba por el paraje con la esperanza de que la llevaran a su casa.

Ante la cantidad de eventos ocurridos y la regularidad de ellos, las autoridades del lugar buscaron en la zona afanosamente pero no encontraron nada; se corrió el rumor que empezó a crecer como bola de nieve: Seguro se trataba del alma en pena de la joven Ana que había sido asesinada por su novio y cuyo cuerpo no había sido recuperado.

Se llevó un sacerdote para que orara por el eterno descanso de la desdichada, tronaron cuetes de varilla para que el alma de la desdichada encontrara el camino al cielo, rociaron con agua bendita de entrada a entrada del túnel, pero las apariciones continuaron como algo común.

6

Varios años habían transcurrido ya, Lino había trasladado su residencia a Tacotalpa, y estaba próximo a casarse, había decido el cambio intentando ocultar los sucesos del pasado.

Solía evitar en lo posible regresar a Jalapa de donde era originario y cuando lo hacía era durante el día, trasladándose siempre con luz hacia el pueblo de Tacotalpa.

Cuando se veía obligado de ir a Villahermosa no utilizaba el camino de los tíntales, prefería desviarse por *Teapa* y solo si era de día.

Hasta él llegaron los rumores de la extraña que solicitaba la acercaran a Jalapa y que más de alguno había pagado el favor con su vida. Aunque deseaba restar importancia todas estas historias que cobraban vida en la boca de los pueblerinos le calaron hondo en el ánimo.

Se había tornado taciturno, algo reservado y un tanto irascible cuando le preguntaban que le pasaba.

Tenía pocos amigos, ya no solía frecuentar amistades comunes de Manuel y Ana, Lino se había desterrado de su vida anterior.

Un día antes de que se casara con Marcia, una linda joven del vecino municipio de *Pichucalco* y cuya posición en la sociedad tacotalpense de la época era muy sólida, -Se casarían en la Iglesia de San Sebastián y medio pueblo asistiría a la celebración-. Sus nuevos amigos le celebraron la despedida de soltero tradicional, Lino se vio casi obligado a aceptar, pues se decidió que fuera en la casa de Martín quien residía en Jalapa, sin embargo, le ofrecieron quedarse ahí, para que a la mañana siguiente pudiera salir directo a la iglesia donde se efectuaría la ceremonia religiosa. La fiesta transcurría animada, y estaban a la espera de las chicas que mejorarían la velada. Cerca de las nueve de la noche se escuchó el teléfono.

- ¿Si, diga? Contestó Martín el dueño de la casa.

- Es tu mamá Lino, dice que es urgente. Lino llegó hasta el lugar donde Martín le extendió el teléfono.

Con aire preocupado Lino tomó el auricular, no era normal que le llamaran a casa de sus amigos.

- ¡Es tu papá, hijo! Parece que le dio un infarto o no sé qué, lo llevaron inconsciente a Villahermosa a la clínica Guadalupe ¡Ve pronto hijo! ¡Yo me voy con una de tus hermanas!

- ¡Si mamá, tranquilízate por favor! ¡No te preocupes, ahora las alcanzo!

- ¿Qué sucede? Preguntó Martín, los demás se habían puesto de pie esperando que Lino les dijera algo.

- Parece que mi papá se puso mal y está en Villahermosa.

- Te llevamos. Era Luis quién lo proponía.

- No, me voy en mi coche, seguramente me quedaré en la ciudad. Por favor avisen a Marcia y díganle que regreso temprano…

- Claro, no te preocupes, vete con cuidado lo alertó Agustín.

Salió en su coche pensando en el contratiempo, amaba a su viejo y deseaba que él estuviera en su boda, eso le hacía ilusión.

Tomó la carretera hacia Villahermosa, el cielo color berenjena indicaba la proximidad de la lluvia. Durante el trayecto iba pensando en su novia, no deseaba preocuparla, pero en el último de los casos aplazaría la boda.

La lluvia comenzó repentinamente, primero, cadenciosamente suave, hasta cobrar intensidad poco a poco, de tal forma que no percibió la transición. El viento golpeando el parabrisas dificultaba la vista en la carretera, soplaba con tal fuerza que la lluvia parecía barrida tan pronto tocaba el asfalto, aun cuando llevaba las luces altas estas no eran suficientes para romper la negrura de la noche, disminuyó un poco la velocidad, no veía claramente el camino, por ello no se percató de que iba entrando a los Tíntales,

Tocó el claxon, repetidamente, a lo lejos le pareció apreciar algo.

- No se ve nada, ¡Maldita lluvia!…

No acababa de maldecir cuando sintió perfilarse a su lado la presencia inequívoca de alguien.

- ¿Nooo te parrezcoo boonitaaa?

Escuchó decir con palabras que parecían arrastrase, se escuchaban como si hubieran sido dichas por alguien que tuviera mucha dificulta para hablar. Las palabras salían de la boca de algo que distaba mucho de semejar un ser humano.

Uno de los glóbulos oculares colgaba literalmente de la cuenca, apenas detenido por un colgajo y se balanceaba macabramente con el movimiento del coche, los girones de cabello sobresalían un poco de un cráneo rojizo por la sangre coagulada, la parte derecha de su cara, desprovista de piel y músculos dejaba ver parte de la dentadura, el resto del cuerpo no se hallaba en mejores condiciones, no quedaban rastros de ropa alguna.

El aire se había enrarecido en el interior del carro, se percibía un olor descompuesto de jacintos, se podía sentir en las fosas nasales el olor acre del agua empantanada.

- ¿Yaa no me deseaaas Linooo? Dijo con voz cavernosa, tratando de alisarse el ralo cabello con el muñón donde alguna vez estuviera su mano y ahora sobresalían sin pudor restos de huesos y tendones que semejaban gusanos moviéndose.

La cara de Lino se transfiguró en una máscara semejante a las utilizadas en el teatro chino, el color de sus mejillas huyó dejando una apariencia ceniza, sus ojos al punto de quedar desorbitados y un sonido gutural que intentó salir de su garganta.

El miedo le paralizaba, le impedía reaccionar. La figura espectral intentó acercar su cara hacia Lino

- ¡NOOO! Alcanzó por fin a emitir un grito que era más la respuesta visceral de su miedo convertido en palabra.

Sin ver la carretera, el coche se acercaba a la salida del túnel, en pocos segundos se presentaría ante ellos la curva.

Lino perdió el control de sí, su cuerpo no respondía a su voluntad. La curva se presentó sin darle tiempo de reacción alguna, fue inevitable que el vehículo saliera de la carretera precipitándose hacia las márgenes del *Río de la Sierra*.

El ruido de las aguas se escuchaba cercano, el vehículo continuó su carrera sin control, dentro, el espectro de Ana sujetaba una mano de Lino, el contacto gélido sobre su piel le causó dolor, intentó desasirse de los dedos que se aferraban a él como las uñas de un ave de rapiña.

Con esta acción Lino olvidó por completo el volante del coche y toda acción que le llevará a tratar de evitar la tragedia.

El auto se dirigía sin guía dando tumbos en el suelo irregular lleno de piedras que separaba la carretera de la rivera del Río de la Sierra.

Finalmente, el auto se precipitó a la corriente del río que presuroso lo engulló en sus fauces líquidas, las aguas oscuras, revueltas por las lluvias abrazaron el coche cubriéndolo en su totalidad.

Lino vio con desesperación que el agua entraba con rapidez al interior, intentó abrir la puerta, pero la presión del agua se lo impedía, uno de los vidrios de la ventana cedió finalmente. Al romperse el agua penetró con furia inundando el compartimiento.

La desesperación hizo presa de Lino, intentó escapar de la tumba líquida, pero la mano de Ana se aferraba a la suya, no le permitía maniobrar, el impulso del agua lo sacó del coche, los segundos se multiplicaban haciéndose eternos, quiso nadar hacia la superficie, pero se sintió arrastrado hacia el fondo, el tirón era tan fuerte que se diría que sus bolsas estaban llenas de piedras.

El agua entraba por su boca, no podía respirar, sus ojos empezaron a desorbitarse, se llevó la mano libre a la garganta, el agua inundaba sus pulmones, la sensación de asfixia le impedía pensamiento alguno, un dolor agudo en su pecho le indicaba el final, el desfallecimiento estaba cerca, su cabeza latía y el corazón aumentaba el ritmo, antes de que se hiciera la oscuridad para él, aun sintió una presión mayor en su mano y después, todo acabó.

El cuerpo de Lino fue arrastrado hasta el fondo del río, su cuerpo quedó anclado entre las rocas del lecho lodoso.

Durante la mañana del día siguiente los cuerpos periciales se encontraban en el lugar, donde había ocurrido el "accidente", habían sido alertados de la ausencia del joven y procedieron a su búsqueda.

- Aquí se ve que perdió el control el joven, no debió salir con la lluvia de anoche, es la más fuerte que ha caído en años. Señaló un lugareño al jefe de la policía municipal.

- Jefe ya encontramos el cuerpo, lo están sacando…

El cuerpo de Lino tendido sobre la vegetación, señalaba la desesperación y angustia de los últimos momentos, la boca abierta hasta su máximo posible buscando el aire vital, sus dedos se deformaron en figuras extrañas. Es cierto, la muerte añade su toque trágico a quienes decide llevarse con ella. El cabello de Lino estaba completamente blanco, al igual que sus cejas, la muerte le había robado su verdadera identidad.

- ¿Ya vio jefe? Uno de los brazos de Lino era aferrado fuertemente por un brazo desnudo de músculos y las falanges de esa mano parecían clavarse como dagas en la piel desnuda.

Aunque las conjeturas sobre lo ocurrido fueron muchas, la certidumbre de que la mujer de los tíntales había tenido algo que ver se quedó como una verdad total.

Hasta el día de hoy, de vez en vez, durante la temporada de lluvias no solo el agua hace presencia. En el túnel de los tíntales una mujer espera que alguien la acerque hasta su casa. Si transitas por la noche, no te detengas para ayudar a la chica que te pide un aventón, la próxima víctima, podrías ser tú.

Kurai[27]

(Parte I)

---

[27] *Kurai*: Traducción del japonés: Oscuro.

1

"Procede como Dios que nunca llora; o como Lucifer, que nunca reza: o como el robledal, cuya grandeza del agua y no le importa… ¡Que muerda y vocifere vengadora, ya rodando en el polvo, tu cabeza!"

Almafuerte

Por enésima vez la alarma de su celular sonó con impertinente estridencia recordándole que habían pasado ya dos horas desde que había dejado de lado la cita que tenía.

La pantalla curva de 65" conectada a la consola de video juegos le iluminaba la cara con un color azul pálido dándole una apariencia un tanto fantasmal, las luces apagadas de su habitación contribuían a ello, se le veía como si estuviera en un estado de trance, hipnotizado por las vertiginosas imágenes que desfilaban delante de él, su mano posada en un *gamepad* inalámbrico color negro y plata, parecían uno solo, inmóvil en su sillón forrado en cuero negro, ergonómico, lo hacía lucir como una gárgola, diera la impresión que estuviera en estado catatónico, pero la agilidad en el movimiento de sus dedos y el brillo especial en sus ojos que semejaban los de un halcón, delataban que aún estaba conectado a este mundo.

Kurai -Nombre del avatar con el cual era conocido en el mundo *Gamer*[28]- había llegado a conseguir un estado tal de concentración que podía disociar plenamente su yo interno de su cuerpo, el campo de batalla que le ofrecía el videojuego era recreado con extraordinaria claridad en sonidos,

---

[28] Gamer: Persona que se caracteriza por jugar con gran dedicación e interés a videojuegos y por tener un conocimiento extenso sobre estos.

texturas y pudiera creerse también que percibía olores y sensaciones táctiles en su cerebro, aun cuando estas solo fueran *bits* de computadora.

Habían transcurrido muchas horas desde que aceptará una partida invitado por *Solo*[29] su mejor socio y cuasi amigo en los mundos virtuales que ofrecían las principales casas productoras de este tipo de entretenimiento.

En efecto, *Solo,* podría decirse que era su mayor triunfo de sociabilización fuera de su novia que seguía estando a su lado, aun cuando pareciera que el hiciera todo lo posible porque no fuera así. Aunque la amistad de ambos era virtual; habían logrado establecer puntos de encuentro. La admiración de *Solo* hacia su mentor en el mundo infinito de los videojuegos se patentizaba en cada conversación que tenían.

Recién había recibido como primicia de lanzamiento *Dark Souls III*[30] y la saga completa con su historia de tintes medievales y fantasía le había atrapado como ningún otro desde que siendo adolescente tuviera acceso por vez primera a los escatológicos escenarios de *Diablo II*[31] a través de la red - Eso lo había cambiado todo-

Se reconocía un adicto a la adrenalina que le ocasionaba descubrir asesinos, hechiceros, monstruos y seres de ficción ya fuera en forma sorpresiva, detrás de muros, bajando de naves, ocultos bajo pesados camuflajes, etc., eso era lo suyo, se había convertido en una especie de *Yoda* en el difícil mundo de los videojuegos, tanto que su avatar era reconocido y

---

[29] Solo [En línea] Han Solo es un personaje de ficción y uno de los protagonistas de la saga *Star Wars*. Inspirado en el director de cine Francis Ford Coppola, es un contrabandista al que contrata el antiguo jedi Obi-Wan Kenobi para que le lleve -junto a Luke Skywalker- hasta Alderaan. Dado que debe una gran suma de dinero a Jabba el Hutt, Solo acepta a los pasajeros en el Halcón milenario sin saber que acabará uniéndose a la Alianza rebelde contra el Imperio galáctico que dominan Darth Vader y el Emperador. [Citado: 12-nov-2019]. Disponible en internet: https://es.wikipedia.org/wiki/Han_Solo

[30] Dark Souls III: [En línea] Videojuego de rol de acción desarrollado por FromSoftware y publicado por Bandai Namco Entertainment para PlayStation 4, Xbox One y Microsoft Windows. Es la tercera entrega en la saga Souls, Dark Souls III fue lanzado en Japón en marzo de 2016, y de manera mundial en abril del mismo año. [Citado: 12-nov-2019]. Disponible en internet: https://es.wikipedia.org/wiki/Dark_Souls_III

[31] Diablo II: [En línea]. Videojuego de rol de acción. Fue lanzado para Windows y Mac OS en el año 2000 por Blizzard Entertainment, y fue desarrollado por Blizzard North. Es la secuela directa del exitoso juego de PC de 1996, *Diablo*. *Diablo II* fue uno de los juegos más populares del año 2000. Los principales factores que contribuyeron al éxito de *Diablo II* incluyen la continuación de los populares temas de fantasía oscura y terror del juego anterior, y su acceso al servicio de juego libre en línea, Battle.net. [Citado: 12-nov-2019]. Disponible en internet: https://es.wikipedia.org/wiki/Diablo_II

respetado a nivel mundial, labrarse un nombre y obtener ganancias con ello no fue fácil, fueron muchas horas de desvelo y de discusiones con sus padres, fue esto último lo que le llevó a buscar un departamento para continuar en solitario pero tambíén provocó el alejamiento de los pocos amigos que pudiera haber hecho en algún momento.

Ahora mismo, la cita perdida no significó una pena importante -Su novia lo entendería y le disculparía como otras veces- Ya se lo compensaría, lo hacía siempre y le seguía dando resultado.

Veinte minutos después el juego concluía con una victoria más para *Kurai*, el videojuego en cuestión ya no tenía nada más que ofrecerle, había sido disecado hasta sus últimas consecuencias.

Su compañero de juego no había podido seguirle el paso a través de los diversos niveles de la plataforma de juego. *Kurai* estaba en su plenitud como jugador y sabía que no había muchos que le hicieran mella.

Él tenía un don, y habría de pasar por encima de lo que fuera y de quien fuera para seguir siendo el mejor, eso le quedaba claro.

Levantó los brazos estirándolos hacia atrás y arqueando la espalda tratando de desperezarse, escuchó un ligero chasquido de su columna y se sintió mejor, a menudo se olvidaba de sí mismo, se levantó de su sillón se quitó los auriculares inalámbricos sintiendo que los oídos le zumbaban aún y los depositó sobre el respaldo negro y brillante; caminó unos pasos intentando encontrar el apagador de la luz en las semi penumbras.

Al iluminarse la habitación se pudieron apreciar las paredes blancas, frías e impersonales de su refugio, se la veía desprolijas de adornos, en el medio solo los objetos necesarios de quien realiza un trabajo: Su enorme pantalla, varias consolas de video juegos conectadas a la misma y un equipo de sonido de alta definición cuyas bocinas sobre esbeltos pedestales negros habían sido colocadas estratégicamente y que solía utilizar solo cuando sentía que sus tímpanos gritaban igual que los seres a los cuales liquidaba pidiendo ayuda.

Al fondo sobre una larga mesa blanca de plástico, descansaban enmarcadas -En desorden el uno encima del otro en una pila- menciones honoríficas y premios por los muchos títulos como campeón internacional, era lo único que no cuadraba en el lugar, la mesa resultaba chocante y un elemento que no debía figurar ahí.

The International[32], *The League of Legends World Championship*[33] solo por mencionar algunos de los torneos que lo habían hecho ganar mucho dinero y engrosaba su cuenta bancaria. A su modo *Kurai* era un virtuoso, solo que él se movía libremente en un mundo binario.

Iría a descansar un rato, ya mañana prepararía un tutorial bastante completo sobre estrategias para ganar el juego en cuestión y lo pondría a disposición en su canal de *YouTube*.

Esperado como siempre con regocijo por sus miles de subscriptores en su canal, que al precipitarse por miríadas para ver las últimas novedades que ofrecía su *Sensei*[34], contribuían aumentando las finanzas del especialista en videojuegos.

Con excepción del cuarto de juegos, el resto del amplio departamento era lindo, predominaba el color blanco arreglado con toques minimalistas, pero de excelente gusto -La mano de su novia se hallaba presente en cada rincón- Él no se preocupa por este tipo de detalles a los cuales consideraba una pérdida de tiempo.

Estaba realmente fatigado, el esfuerzo le había consumido sus energías, necesitaban recargas de "nuevas vidas" se diría a sí mismo, últimamente esto le ocurría con mayor frecuencia, lo atribuía a las muchas horas de encierro -voluntario- frente al instrumento que lo hacía sentirse vivo.

Camino a su recamara se vio reflejado en un espejo enorme compuesto a su vez por pequeños espejos cuadrados montados los unos sobre los otros dándole un efecto de tercera dimensión, los cristales

---

32 The International. [En línea] Es un campeonato anual del videojuego *Dota 2* patrocinado por la empresa desarrolladora de juegos Valve Corporation. El campeonato se enmarca dentro de los deportes electrónicos. En este torneo participan actualmente dieciocho equipos profesionales que ingresan por invitación de Valve. El torneo comenzó con el lanzamiento de Dota 2 en agosto de 2011 en la Gamescom, con un pozo total de 1,6 millones de dólares y con un premio final de un millón de dólares. Posteriormente, se ha realizado una edición cada año, llegando a pasar los 23 millones de dólares en la edición de 2017, siendo el mayor premio jamás entregado en la historia de los videojuegos. [Citado: 12-nov-2019]. Disponible en Internet: https://es.wikipedia.org/wiki/The_International_(e-sport)

33 League of Legends World Championship (en español: Campeonato Mundial de *League of Legends*), también conocido como Worlds, es un torneo anual de *League of Legends* organizado por Riot Games y que supone la culminación de cada temporada. Los equipos compiten por el título de campeón, la Copa del Invocador, y un premio de un 1 millón de dólares. [Citado: 12-nov-2019]. Disponible en Internet: https://es.wikipedia.org/wiki/League_of_Legends_World_Championship

34 Sensei. Traducción del japonés: Maestro

reflejantes le devolvieron su imagen multiplicada como si fuera el protagonista de múltiples universos, pero en todos ellos la constante era la misma, se le veía demacrado, bastante pálido y con unas ojeras que le daban un ligero color aceituna, además el largo de sus cabellos lacios teñidos de azul cobalto recordaban a *2-D (Tu-Di)[35]* el vocalista del grupo *Gorillaz[36]* – De común, lo traía sujeto con una liga negra que le había robado a su novia, pero hoy, el cabello suelto le devolvía muchos reflejos diciéndole: *"Te ves enfermo"*

Recapituló sobre sí mismo, recién había alcanzado el primer cuarto de siglo, pero se sentía como si fuera un holograma venido de tiempos pretéritos, una proyección de alguien que deseara sentirse vital y lleno de energía.

Alguna vez dijo en una convención celebrada en el distrito *Akihabara[37]* en Tokio, la capital mundial de los *Otakus*:

---

[35] 2-D: Stuart Pot [En línea] (Crawley, Reino Unido, 23 de mayo de 1978) es un personaje ficticio y vocalista principal de la banda virtual, **Gorillaz**. Fue creado por **Damon Albarn** y **Jamie Hewlett**. De carácter amable pero muy torpe y distraído, se caracteriza sobre todo por su extraño pelo azul el cual fue causado después de caer de un árbol y perderlo, por lo cual, volvió a crecer de este color, y sus ojos completamente negros causados por un accidente que tuvo con **Murdoc Niccals** lo cual hizo que se acumulara sangre en su ojo, quien lo unió a la banda por su increíble voz y su aspecto, increíblemente tierno, sabiendo que era una completa atracción sexual para las chicas. Es además quien interpreta las letras de las canciones. [Citado: 12-nov-2019]. Disponible en Internet: https://es.wikipedia.org/wiki/2-D_(personaje)

[36] Gorillaz [En línea]: Grupo británico creado en 1998 por **Damon Albarn** y **Jamie Hewlett**, una banda virtual de **rock** alternativo conformada por cuatro personajes ficticios de dibujos animados. La banda virtual que representa al proyecto fue creada por **Jamie Hewlett** en **Essex, Inglaterra**. Los cuatro miembros ficticios de la banda son **2-D, Noodle, Murdoc Niccals** y **Russel Hobbs**. La mayoría de sus canciones vienen acompañadas de vídeos musicales animados, en 2D y 3D. [Citado: 12-nov-2019]. Disponible en Internet: https://es.wikipedia.org/wiki/Gorillaz

[37] Akihabara: [En línea] La mayoría de los comercios de allí se dedican a la venta de productos electrónicos, computadoras, accesorios y **gadgets**; además de entretenimiento audiovisual, como **anime, manga** y **videojuegos** en su mayoría se encuentran en la calle principal, Chūōdōri, con muchos tipos de artículos utilizados en las callejuelas de Soto Kanda 3-chome. Herramientas, partes eléctricas, cables, cámaras microscópicas y elementos similares se encuentran en los pasillos estrechos de Soto Kanda 1-chome (cerca de la estación). Akihabara ha adquirido cierta fama por ser el hogar de una de las primeras tiendas dedicadas a los robots personales y la **robótica**. [Citado: 12-02-20]. Disponible en Internet: https://es.wikipedia.org/wiki/Akihabara

"Me queda claro que nuestra fuerza interior radica en lo que llamaríamos en nuestro mundo: Chi[38], el mío es particularmente poderoso, porque se alimenta de ustedes, mis devotos seguidores, que esperan ansiosos por mis aportaciones, a ustedes, que devoran literalmente los tutoriales que personalmente preparo para que, al igual que yo, tengan acceso a portales que les lleve a nuevos mundos.

Al hacer uso de mi canal una y otra vez, me fortalecen, y preservan mi permanencia en nuestro mundo virtual, gracias por buscar descubrir secretos ocultos en los videojuegos, gracias por buscar nuevas pistas y compartirlas conmigo. En cada nueva aportación que hago, ustedes se van quedando con algo de mí, les estoy regalando fragmentos de mi vida"

Dicho lo anterior en un perfecto japonés para beneplácito de todos los presentes.

La fama se le había regalado muy temprano y ahora se encontraba hastiado de ella, y mortalmente aburrido.

Cerca de las tres de la tarde lo despertó el ruido de su celular que parecía haberse vuelto loco.

- ¿Sí? Contestó en un lamentable estado somnoliento.

- ¡Ábreme, he perdido mi tarjeta! Fue la hosca respuesta recibida

Haciendo una mueca de fastidio por la interrupción del sueño, y por lo que se avecinaba, se levantó un tanto enfadado, bostezó de tal manera como si quisiera con ello inundar de aire sus pulmones y recuperar la vitalidad perdida, se metió la mano en la parte trasera de su pijama y se rascó el culo.

Sonia lo veía con una actitud fiera, sus ojos llameaban y la expresión en su cara lo decía todo -Sonrió para sí mismo, le recordaba *El Grito,[39]* pintura que había visto en la Galería Nacional de Noruega-.

El vendaval en forma de mujer entró.

- ¡MÍRATE COMO ESTAS MARCO! ¡LUCES TERRIBLE! ¡DOS PUTAS HORAS, DOS PUTAS HORAS! ¡¿ENTIENDES?!

---

[38]En la filosofía china, el taoísmo y en la medicina china se llama *qi* (en chino simplificado, 气; en chino tradicional; pinyin, *qì*; literalmente, «vitalidad, disposición de ánimo»,) a una cualidad intangible de todo ser vivo. El concepto se define como "flujo de energía vital".

[39] El grito. [Disponible en línea]. Es el título de una serie de cuadros del pintor noruego Edvard Munch, cuyo título original en noruego es *Skrim* (*Scream* en inglés). Debido a su fuerza expresiva, esta obra es considerada un antecedente del movimiento expresionista. Es el cuadro más famoso de este artista. [Citado: 12-nov-2019].
Disponible en internet: https://es.wikipedia.org/wiki/El_grito

¡ESPERÁNDOTE Y NI SIQUIERA LLAMASTE! ¡ERES UN PINCHE DESASTRE! Seguía hablando a gritos, gesticulando y haciendo señas para enfatizar lo que decía.

La veía ir y venir por la sala de su departamento parloteando y agitando los brazos, la adivinaba furibunda. Por alguna extraña razón los sonidos no le llegan al cerebro solo percibía un ruido blanco en forma de estática como en los televisores cuando se quedan sin señal; la sensación se filtraba hasta su cerebro y eso lo llevaba a un oasis de paz en medio del tornado que era su novia.

Sonia se fue sosegando de a poco, tratando de hilar en forma coherente lo que quería decir, necesitaba firmeza para emitir la sentencia que había estado cavilando durante un buen tiempo ya.

- Esta relación no va Marco, creo que tú no me amas y así no podemos continuar…

De pie frente a ella la veía mover sus labios con expresión estúpida, intentaba leerlos porque no alcanzaba a dar sentido a sus palabras, como si le hablara en un lenguaje que él no conocía -Y conocía bastantes-

Sonia se plantó frente a él como para afinar el estoque sobre su testuz, abrió la boca para decir algo más… El cuerpo de Marco se desplomó hacía ella como un fardo lleno de papas y literalmente la aplastó, cayendo los dos sobre la moqueta color gris metálico, por fortuna Marco no era de complexión robusta.

Despertó con cierto dolor de cabeza, sentía su cuerpo entumido y le zumbaban los oídos, quiso llevarse una mano a la cabeza, pero había un oxímetro blanco aprisionando su dedo índice, mientras que en el otro brazo le transfundían suero, juraría que escuchaba cada gota que entraba a su cuerpo.

- ¡¿*What the fuck*[40]?! Vio a Sonia junto a él, se la veía preocupada.

- Perdiste el conocimiento Marco y…

- ¿Cuánto tiempo llevo así? Preguntó algo mareado aún sin haber obtenido la respuesta solicitada.

- El médico me dice que no estás alimentándote bien, ¿Qué pasa contigo Marco? Le recriminaba dulcemente, su novia, su soporte vital, su

---

[40] What the fuck. En lenguaje vulgar se traduce como: Qué Mierda

Beatriz[41] de otros mundos. ¡Dios! Amaba tanto a esa mujer que por más esfuerzos que hacía no comprendía como podía causarle dolor con su alejamiento. Se juraba que se retiraría de los videojuegos, pero el opio es un amante que no permite que lo excluyas tan fácilmente de tu vida.

Recordaba haber querido convertirla en su sacerdotisa en los videojuegos. Hubiera sido perfecto, incluso le mostró el avatar que había elegido para ella: *Sigrún[42]*. Pero después de una primera partida era claro que no habría entendimiento en eso.

Quiso decir algo, Sonia le colocó un dedo a manera de amonestación para que no lo hiciera, has estado inconsciente por más de cuarenta y ocho horas y aún te encuentras desorientado.

Durante el resto de la mañana, hubo desfile continuo de enfermeras atendiendo sus signos vitales, medicamentos etc., estaba en el mejor hospital posible, era uno de los lujos a los cuales podía acceder alguien para quien el dinero no era una mortificación diaria.

Marco pudo dejar el hospital ese mismo día, sentía náuseas y la desorientación de que era objeto le seguía provocado vértigo, como si esto no fuera suficiente, se sentía terriblemente cansado, así se lo hizo saber a su novia.

Durante su estancia en el hospital le hicieron toda clase de estudios, desde análisis de sangre, pasando por orina y cuantos les pareció conveniente realizar. Solo faltaron flatulencias para conocer la cantidad de metano en las tripas pensó. Hasta resonancias magnéticas, le explicaron que eran necesarios para determinar el origen de sus malestares.

Marco consintió no de muy buena gana, se sentía como una cobaya, pero la cara angustiada de Sonia era suficiente para que el accediera.

Eran una pareja extraña, Sonia parecía escindirse de él a cada paso que daban, uno imaginaría que Marco elegiría a alguien tan patoso como él; era todo lo contrario, ella con su apariencia tan cercana a la normalidad exigida como protocolo social siempre.

---

[41] Beatriz: *Beatriz Portinari* (: *Beatrice*, 20 de junio de 1266 - 8 de junio de 1290), conocida también como *Bice* o la dama florentina, fue idealizada por **Dante** en su *Vida nueva* y sobre todo en la Divina Comedia.

[42] *Sigrún.* Su nombre significa *conocedora de los misterios* (o hechizos) *de la victoria* Reina de las Valquirias, fue la última en ser corrompida por Odín. *Sigrún* encerró a sus hermanas en lugares seguros de diferentes reinos para que no supusieran un peligro.

Alta, más allá de los límites femeninos, pero muy bella, su piel tan blanca contrastaba con el color negro elegido para su cabello, que rivalizaba con el mismo tono de sus ojos, que remarcaba las facciones, dándole una expresión hierática y magnífica de estatua griega. La relación con Sonia se había hecho cada vez más sólida desde que se conocieron un par de años atrás.

Sonia era instructora más por afición que por necesidad en *El Krav Magá Storm*[43] de defensa personal. Marco había llegado a este lugar por referencia de un conocido, había decidido ejercitar su cuerpo desde que un fanático adolescente le preguntó a bocajarro si en la vida real él era experto en artes marciales. Marco quedó enamorado desde el primer instante en que la vio moverse con una agilidad y gracia propia de una amazona, a partir de ese momento y no sin dificultad comenzó su relación.

---

[43] Krav Magá Storm: Escuela de Defensa personal: Calle Marsella 53, Juárez, 06600 Ciudad de México, CDMX

2

Después de tres días de incertidumbre y malestares generalizados acudió nuevamente al hospital, en el consultorio le esperaban un par de médicos de aspecto preocupado, sus caras semejaban un galimatías, Marco no acertaba a descubrir que era aquello que iban a comunicarle…

- Es necesario que hablemos con usted sobre su condición actual señor Estévez…

- Soy Mauro Salgado, Neurocirujano; y mi colega, el doctor Heriberto Soto, Oncólogo; Fue este último quien tomó la palabra después de la presentación

- Señor Marco su condición actual es un tanto delicada, después de las pruebas a las que fue usted sometido llegamos a una conclusión que no resulta fácil comunicarle…

En este punto Marco y Sonia salivaban intentando aliviar la resequedad de la boca, nada bueno podía esperarse de dos médicos al mismo tiempo.

No se anduvieron con muchos rodeos

- Tiene usted un tumor cerebral, lo dijo sin connotación alguna, como si le hubieran dicho que su cabello era demasiado largo y necesitaba un corte.

- ¡¿Qué mierda está diciéndome?! ¡Eso debe tratarse de un error! Marco se estrujaba las manos y sudaba copiosamente.

- Me temo que no… El Neurocirujano apoyo la aseveración de su colega sin que ninguno de los dos perdiera la ecuanimidad ante el exabrupto de Marco.

Nuevamente el Oncólogo intervino.

- Por desgracia se trata de un Glioblastoma Multiforme grado 4[44] en la parte Parieto-occipital izquierda del cuerpo calloso. A Marco le pareció que se trataba de un conjuro para acceder a las puertas de un nuevo reino en uno de sus videojuegos, y su alcance le hubiera hecho reír en otras circunstancias. El Doctor Soto le dijo: -Está alojada en una región que no permite que podamos intervenir quirúrgicamente…

- ¿Pero algo podrán hacer? Era Sonia, quien con el rostro visiblemente alterado suplicaba la colocarán en un umbral de esperanza.

Otra vez el doctor Soto con la seguridad de quien lidia con este tipo de escenarios dijo en forma lacónica:

- El tumor que usted tiene alojado en el cerebro desafortunadamente es sumamente agresivo, y con un crecimiento bastante rápido…

Marco continuaba sin decir nada, ahora sentía que incubaba una especie de *Alien* dentro de su cabeza, mismo que la haría estallar como si fuera un melón.

- ¿Cuál es mi expectativa de vida? La pregunta salió por su boca como si esta fuera ajena a él, y se hubiera tomado la atribución por sí misma de interrogar a los médicos.

- Resultaría aventurad… Marco lo interrumpió con brusquedad…

- Seis meses… quizás con los cuidados necesarios… hasta un año…

- Los síntomas que se presentarán ¿Me permitirán continuar con mi actual estilo de vida?

- Jummm. Un largo suspiro del médico antecedió a sus palabras, cada una de ellas sonaban a Marco como una sentencia.

- Me temo que el deterioro corporal será algo con lo cual tendrá que lidiar de aquí en adelante, se presentará pérdida auditiva, falta de control motriz, posiblemente ceguera…

- ¿Dolor? Marco no deseaba que su cara delatara su ansiedad.

El galeno asintió levemente con su cabeza falta de cabello.

---

[44] Los glioblastomas [En línea] (GB) son los tumores más agresivos del sistema nervioso central (SNC) y el subtipo al que la mayoría de los gliomas de grado inferior tienden a evolucionar durante su desarrollo. Se trata de enfermedades infiltrativas en el tejido circundante, difícilmente erradicables exclusivamente con cirugía. El GB es más frecuente en adultos. Su incidencia es de 3-4 casos por 100.000 habitantes por año. La edad media de los pacientes es de 62 años (una década superior a la incidencia del astrocitoma anaplásico), el 80% tiene más de 50 años y únicamente un 1% se diagnostica en pacientes menores de 20 años. [Citado: 20-02-20].
Disponible en internet: http://www.neurowikia.es/content/glioblastoma-grado-iv

- Pondremos a su disposición una gama de medicamentos que le ayudaran a controlarlo hasta un punto que le sea tolerable. Pero fuera de eso, no podemos hacer más.

Los galenos se retiraron prudentemente después de haber dicho lo anterior. Ayudado por Sonia se incorporó de la silla en la cual parecía que su trasero se había fundido. Caminaron por los pasillos con una lentitud que daba la impresión que ese era el último día de su vida.

Ya en el exterior, Marco se desplomó pesadamente sobre las escaleras del hospital, la gente que pasaba a su lado eran líneas negras que se desplazaban rápidamente, Sonia a su lado continuaba con el rostro desencajado, el estado de abatimiento de su novio la había colocado en una situación para la cual no estaba preparada.

- Marco, yo… Marco se levantó, camino en modo zombi hacia ningún lugar en específico, solo las palabras de los médicos daban vuelta en su cabeza.

El resto del día fue abominable. Por último, le solicito a Sonia que lo dejara solo, prometió que después se comunicaría nuevamente con ella. Sonia accedió de buen grado, porque sus argumentos para consolarle se habían agotado.

Entró a su departamento y se dirigió hasta la única habitación que era un reflejo de su personalidad, sentado en la silla frente a la pantalla apagada tomó conciencia que muy pronto el estaría en la misma situación, y a solas, lloró amargamente como nunca en su vida lo había hecho…

Durante los siguientes días continuó sumido en la depresión, se decía así mismo que cada día que pasaba se acercaba más a su destino final. Su estado de ánimo era tal que ni siquiera había encendido su consola de videojuegos, y mucho menos había retirado el correo que seguía acumulándose por montones en su buzón.

Se levantó más por inercia que por la sensación de hambre, no tenía ganas de comer, lo sentía más bien como una necesidad básica.

Frente al refrigerador abierto buscó un poco de jugo o algo que mitigara su sed sin encontrar nada, su novia no había estado con él los últimos días. Marco ni siquiera había atendido a sus llamados -No la quería cerca, no en ese momento- Pero se daba cuenta de lo dependiente que era.

- ¡Hasta el puto jugo lo compra ella! Toda la estructura plateada del refrigerador tembló al ser cerrado con un fuerte portazo.

Se calzó unos zapatos tenis *Adidas* de un dudoso color blanco y salió a buscar algo para comer y beber, a la salida del edificio vio el correo acumulado sin darle mayor atención.

A su regreso, la pila de sobres y otras cosas que ya no cabían en su buzón se desparramó a su paso. Estuvo tentado a dejarlo tal como estaba, pero no lo hizo, colocó las bolsas que traía en el suelo y se dispuso a levantar el tiradero y depositarlo en la basura, descartó cartas de fanáticos y propaganda, solo se quedó con un paquete que venían a su nombre, y después, subió.

Comió algo, y a continuación se durmió toda la tarde, cuando se levantó, la noche estaba por dar inicio, el sueño había desaparecido, tomó una ducha fría tenía días sin hacerlo y francamente apestaba.

Con el cuerpo a medio secar y en calzoncillos se dirigió al cuarto de juegos, de paso, en forma distraída tomó el paquete que recién había separado del rimero de correspondencia, ya sentado frente a la pantalla lo abrió en forma distraída.

Eran dos estuches transparentes con discos en su interior, el primero en sus manos decía instrucciones de uso, en el segundo se leía *Tenebris Venandi*[45].

Acostumbrado a recibir demos de videojuegos para pruebas preliminares inmediatamente lo asoció con alguna productora. Lo extraño era que no trajera ningún tipo de publicidad ni firmantes.

Estuvo a punto de tirarlo contra la pared, no se sentía con ánimos de adivinar que rayos tenía entre manos, por alguna razón no lo hizo. El disco color blanco dentro de la caja transparente capturó su atención e introdujo en la consola que tenía más a mano, ni siquiera estaba seguro que esa plataforma lo aceptaría, la pantalla se abrió sobre un fondo oscuro y escuchó una voz atonal y fría decir:

"BIENVENIDO KURAI, ESTÁS POR CONOCER UN NUEVO MUNDO CREADO EXCLUSIVAMENTE PARA TI, EN ÉL SERÁS UN CAZADOR OSCURO (TENEBRIS VENANDI), LA CONSECUCIÓN DE ALMAS TE MANTENDRÁ VIVO NIVEL A NIVEL, CADA ALMA COLECTADA AUMENTARÁ TU NIVEL DE VIDA, NO HAY SEGUNDAS OPORTUNIDADES: PIERDES, MUERES; POR EL CONTRARIO, AL GANAR UNA PARTIDA A TU

---

[45] Tenebris Venandi: Traducción de latín: Cazador oscuro

Marco escuchaba atento la voz de un ser misterioso cubierto por un albornoz negro, solo se podía entrever su boca moviéndose, lo rodeaba la oscuridad.

El video estaba grabado en primera persona, sin música de fondo o efectos especiales; solo la voz cavernosa de quien narraba

Continuó con el video:

La imagen se difuminó en la oscuridad y la grabación terminó. Lo que recién había escuchado intrigó tanto a Marco que decidió escuchar nuevamente el video. Por más intentos que hizo por reproducirlo no pudo, diera la impresión de que el disco era virgen.

- Vaya, pues quien sea el productor, o no tiene suficientes recursos y grabó esta estupidez o es una nueva forma de mercadotecnia espanta tontos encaminada a dar muchas ganancias.

El segundo disco -De color negro- tenía la leyenda con letras blancas: *Tenebris Venandi*, el título era sugestivo

Si en los primeros minutos no me cautiva lo mando al carajo, pensó para sí.

Extrajo el disco blanco que minutos antes le diera las instrucciones y condiciones de uso y en su lugar colocó el instalador. El disco no tenía referencias a alguna plataforma en común. La videoconsola leyó el formato del disco que se introdujo en ella y por unos breves momentos parecía que nada sucedería, cuando estaba dispuesto a recuperar el disco y deshacerse de este para intentar con otra consola se desplegó una pantalla que decía: CONTRATO; y básicamente repetía las mismas condiciones que había escuchado en el video, al calce le pedía que hiciera una punción en su pulgar y después de la primera gota de sangre, estampara su huella en el lector que acompañaba los discos.

- ¿Qué pendejada es esta? Por mí se pueden ir al carajo. Dejó encendida la consola y se fue a dormir.

Temprano por la mañana vio la pantalla azul: se había olvidado apagar la pantalla. Se dirigió hacia ella con un sándwich mal armado en la mano y un mordisco irregular en el borde, buscó en el paquete roto y en efecto encontró un lector de huellas

- Entraré al juego con el lector, pero nada de que me pinche un dedo. Conectó el lector en una entrada USB -La pantalla continuaba en color azul-

Colocó su pulgar sobre el adminículo he hizo presión.

- ¡MIERDA! Una imperceptible aguja le había pinchado el dedo provocando una gota de sangre.

- Tengo que reconocer que no dejan nada al azar con tal de crear un ambiente de otro mundo ¡Qué poca madre!…

Su dedo pulgar ocupó todo el espacio destinado para la huella y en ese mismo momento apareció un letrero de bienvenida. No hubo créditos, ni introducción, cero publicidades, la pantalla se oscureció; y poco a poco se fue iluminando en el centro con una luz anaranjada titilante hasta aparecer el mismo tipo del video sosteniendo una antorcha.

- BIENVENIDO TÚ QUE HAS DECIDIDO PRESERVARTE A TI MISMO SIN IMPORTAR LAS CONSECUENCIAS, A PARTIR DE AHORA SOLO DISPONDRÁS DE LA ANTORCHA QUE TE ENTREGARÉ EN ESTE MOMENTO, NO HAY GUÍAS, NI AYUDAS

ESPECIALES, TENDRÁS QUE ADENTRARTE EN LA SORDIDEZ DE UN MUNDO QUE HABITARÁS EN FORMA PERMANENTE SI NO CRUZAS ESTE NIVEL, LA PARTIDA NO PUEDE ABANDONARSE NI SER PAUSADA, DEBERÁS CONTINUAR JUGANDO EN MODO CONTINUO HASTA TERMINARLA.

En este nivel tus únicas armas serán tus manos y tu habilidad para poder acabar con tu enemigo, no dispondrás del nombre de tu oponente hasta después de terminar la partida. Si tu misión resulta exitosa, estarás a mereced de un nuevo oponente en la siguiente partida que al igual que tú, estará defendiendo lo más preciado que posee: su vida.

- Recuerda, en este primer mundo, solo tu instinto de supervivencia tiene valor, si te apiadas: mueres. No dispones de segundas oportunidades ¡ESTA EN JUEGO TU VIDA! si la pierdes en este nivel yo estaré ahí para colectarla y seré lo último que veas.

- *Benedeximus*[46] Y la pantalla se oscureció nuevamente.

Después de las reconvenciones hechas por el extraño huésped se vio como parte de un paisaje un tanto *Dark*[47], caminaba en semi penumbras, podía apreciar árboles secos que parecían almas queriendo escapar del infierno en un lamento prolongado, podía jurar que los oía gemir.

Aun no sabía a qué se tendría que enfrentar, su personaje estaba desprovisto de armas o corazas, solo un taparrabo le separaba de la desnudez total, los tonos violáceos y oscuros le hacían sentir una opresión que le producía un sentimiento de tristeza aguda.

---

[46] Benedeximus: Traducción de latín: Buena Suerte

[47] El Dark. [En línea]. Tuvo sus inicios en Francia en 1860 con un movimiento social encabezado por obreros y estudiantes. Se maquillaron la cara de blanco y se vistieron de negro para simbolizar la opresión que, según ellos mismos, "los tenía muertos en vida". Sin embargo, el dark como movimiento contracultural nació a principios de los 80´s y se consolidó a mediados de esa misma década en el siglo XX. Así comenzó un movimiento que empezó a ser llamado dark o punk gótico, ya que traían algo de la filosofía punk, pero obscura y sin violencia. Ahora vestían de negro y blanco para decir que eran puros del alma y que la muerte los espera a cada momento, se maquillaban la cara, los ojos, los labios y las uñas de blanco para decir "vean esto: la sociedad nos ha matado". El dark refleja esa soledad que tiene la gente a pesar de estar rodeada por las demás personas. [Citado: 12-nov-2019]. Disponible en Internet: https://gruposcchazc.files.wordpress.com/2011/03/dark.pdf

A esas alturas se sabía fuera del mundo confortable que era su habitación, la experiencia no era estar ante gráficas muy bien logradas, se veía claramente atrapado en un mundo que iba más allá de una simple experiencia digital.

El terror a lo desconocido lo inundó por completo por unos instantes sentía claustrofobia, no podía determinar hacia donde iba, estaba atrapado en un tiempo y espacio que parecía no tener sentido y le asustaba la idea de no poder salir de ahí. Los laberintos en los cuales solía moverse para conseguir al final de ellos alguna pócima o recompensa que hiciera más fuerte a su personaje no ocurrían aquí.

Un aguijonazo en el estómago lo dobló literalmente, nunca la sensación de hambre había estado tan presente como en ese momento, recordó el sándwich que dejó de comer por iniciar la partida, ahora se arrepentía.

Aridez total, no veía como pudiera hacerse de algo que llevar a la boca, en sus andanzas por espacios yermos se encontró con unas ruinas de lo que debió ser un complejo medieval o algo similar, almenas altas y en estado lastimoso cubiertas por gruesas enredaderas espinosas totalmente secas, era bordeado por un foso sin agua, acercó la tea, solo se veía un difuminado oscuro que impedía saber cuál era el fondo. De la sima ominosa emergían gritos de agonía, se escuchaban muy lejanos en su interior, pero eran claramente perceptibles, vio a unos cincuenta pasos de donde se encontraba, el puente levadizo descansando sobre la orilla, solo existía una cadena cubierta de grueso orín acumulado por siglos que le sujetaba del lado derecho, los pesados tablones con los cuales había sido construido estaban carcomidos y se podía ver el abismo oscuro a través de ellos, camino sobre las crujientes maderas a las cuales se sumaban los lamentos bajo sus pies. - Esperando que en cualquier momento cedieran bajo su peso- y penetró en lo que en algún momento pudo ser una bulliciosa ciudadela.

El frío se empezó a hacer presente los músculos le dolían por esta sensación. Era tan real, que se escapaba a las ideas preconcebidas de un simple videojuego. El ruido en una de las grises almenas sostenidas en forma precaria lo alerto, volvió el rostro hacia dónde lo había escuchado. Desde su posición pudo distinguir un ser enorme que semejaba un ave prehistórica. Avanzó hacia él con absoluta decisión, el batir de sus alas le trajo a conciencia un fuelle de herrero. Apenas si tuvo tiempo de tirarse entre los restos donde antes estuviera un cobertizo para caballos, con el golpe su mano soltó la antorcha que rodó unos metros lejos de él, apagándose; el "ave" tenía una dimensión del doble de su propio cuerpo, tras el primer intento fallido de la bicha; esta fue a posarse sobre una alta pared de piedras, algunas de las cuales cedieron bajo su peso. Esperaba otro momento para atacar.

Sin encontrar un arma de la que hacerse para su defensa reparó en su taparrabos de cuero, no lo dudó ni un instante, lo dobló a modo de una honda, se hizo de una piedra de regular tamaño, y acto seguido la ondeó sobre su cabeza con toda la fuerza de que era capaz. El ruido producido al romper la barrera del sonio atrajo la atención del animal que se dispuso a cazar a su presa, pero antes de esta pudiera levantar vuelo, el proyectil lanzado por el cazador dio con singular maestría en medio de la cabeza del animal, cayendo al suelo con un ruido sordo y levantando una nube de polvo que la envolvió por completo, espero un momento, no hubo señales de vida. Solo hasta entonces se aproximó.

Era enorme, de un color gris mate y grandes dientes en forma de hoz. Cogió una piedra para desprender uno de ellos. No sin poco esfuerzo lo consiguió, se armó de un pedazo de rama a manera de mango y con el mismo diente cortó un alamar de cabellos azules y se improvisó un primitivo cuchillo. Acto seguido, hundió el improvisado instrumento en uno de los ojos del animal, un estertor en todo el cuerpo le dio a entender que ahora si estaba realmente muerto.

Entre penumbras tanteó el cuero era duro, le costó trabajo llegar hasta la carne oscura del animal, el olor era fétido como de carne descompuesta, no hubo sensación de asco o de rechazo, al igual que sus demás sentidos, el hambre también era una sensación amplificada. Se hizo de un pedazo de buen tamaño y lo comió crudo. Levantó la cara hacia un cielo borroneado e indefinible mientras la sangre de su víctima escurría por las comisuras de su boca, había descendido a un nivel primitivo que le alejaba de todo vestigio de humanidad y se anidó en el él solo el instinto primario de la supervivencia.

Saciada su hambre procedió a desprender un trozo de la "piel", el despojo sanguinolento le sirvió a modo de capa, busco el taparrabos y lo ató nuevamente a su cadera, el pudor no guiaba sus movimientos, era la idea de poder utilizarlo nuevamente.

Ahora estaba listo para cualquier prueba que se le presentara.

Se quedó parado en el medio de la ciudadela por unos instantes buscando orientarse, podía tomar hacia cualquier dirección, optó por regresar sobre sus pasos hacia la entrada y atravesó una vez más el puente levadizo, se detuvo para decidir hacia dónde dirigirse y sin pensarlo dos veces inició su caminata.

Ante él no había enemigos con los cuales acabar para seguir avanzando u obstáculos que retrasaran y pusieran a prueba sus conocimientos, solo se distinguían tierras yermas y acaso un árbol seco que se atravesaba de vez en vez en su camino. Era curioso cómo podía sentir el cansancio de su personaje trasladarse a su propio cuerpo. En esas fatigas fue cuando se vieron frente a frente. Su oponente finalmente se había hecho presente. A diferencia suya lo pudo ver en las mismas condiciones en las que se encontraba al inicio del juego: semidesnudo, sin armamento y con trazas de haberlo pasado bastante mal.

Su rival lo estudiaba buscando puntos vulnerables, seguramente deseaba hacerse con el cuchillo artesanal que llevaba a la cintura y matarlo con este.

Sin pensárselo dos veces saltó hacia *Kurai* embistiendo como un toro, realizó una barrida en forma de segadora hacia las piernas para derribarle. Con la destreza propia de quien está habituado a este tipo de torneos *Kurai* esquivó el primer embate quedando de espaldas a su oponente, cuando volteo ya no estaba. Sintió un duro golpe en la cabeza, sangraba profusamente, su rival había sido más hábil que él por un momento y lo había derribado.

La cara de su contrincante se veía deformada por un rictus de ferocidad que le daba una apariencia temible. El hombre lo amenazaba nuevamente con una piedra esperando el momento oportuno para encontrar un punto vulnerable.

La piedra fue lanzada por su adversario con toda la fuerza que su desesperación le hacía sentir; escuchó claramente el silbido del proyectil pasar a escasos centímetros de su cabeza. Esta mínima distracción impidió a *Kurai* evitar que fuera cogido por la cintura, se vio por un momento que le pareció larguísimo, parcialmente inmovilizado, intentó buscar su rudimentario cuchillo, pero no logró hacerse de él, ambos contendientes jadeaban por el esfuerzo, trataban de derribarse el uno al otro, la mezcla de sudores despedía un olor tan real que intimidaba el olfato, la adrenalina los hacia utilizar una fuerza salida de lo más profundo de sus entrañas.

Una zancadilla aplicada con maestría hacia el pie que soportaba a *Kurai* los derribó. Sentía el peso de su contrincante encima del suyo como si fuera una losa, por ningún momento dejó de sujetar la muñeca de su rival para evitar que este descargara un golpe mortal sobre de él. En algún momento durante la caída se había hecho de una piedra que ahora se convertía en un arma letal.

Con la mano que le quedaba libre lo empujaba con denodado esfuerzo para poder quitárselo de encima. Los fluidos corporales actuando como lubricantes entre ambos cuerpos le permitieron a *Kurai* liberar una de sus piernas y como si fuera una víbora la enredó sobre el cuello del otro jugador. *Kurai,* dueño ahora de la situación logró desarmarlo. Por fin lo tenía a su merced. Su rival intentaba deshacerse del peso del hombre que lo aprisionaba, pero *Kurai* se abalanzó sobre su cuello mordiendo su yugular con furia, podía sentirla palpitar entre sus mandíbulas, el sabor salado del cuello de su rival mezclado con las notas acres de la sangre que manaba profusamente le daba una especial satisfacción. No hubo sentimientos de culpa, solo la idea de terminar pronto con su víctima, sintió claramente cómo se desgarraban la piel y las venas continuaron así sin soltarlo hasta que los estertores terminaron y se convenció de que había muerto. Un salvaje grito de guerra escapó del pecho de *Kurai*. Una ráfaga de viento golpeó su cuerpo, su cabello semejaba una larga crin cobalto que ondeaba como una bandera. Con los brazos hacia atrás y los puños apretados con fuerza, continuaba sobre el cuerpo inerte de su víctima, lo había vencido con relativa facilidad.

Al momento de levantarse, aún exhausto; ya el colector de vidas estaba junto al cuerpo del vencido.

El cuerpo sin vida adquirió un brillo azulado, iluminando completamente la escena. El colector de almas se agachó hacia el cuerpo inerme y con sus propias manos abrió el pecho sin ningún tipo de miramiento, la acción resultó tan fácil que pareciera que abría una caja de regalos, tomó algo del interior del cadáver y después todo volvió a la normalidad.

El personaje oscuro se acercó a él tocándole el pecho, *Kurai* pudo apreciar al descorrerse la amplia manga del personaje, profundas cicatrices, no imaginaba como había sido esto posible. Su nivel de vida había aumentado un veinticinco por ciento, el ser oscuro dejó en su mano un hacha de batalla de doble filo, la sangre del desconocido antagonista resbalaba por sus manos, las gotas desaparecían sobre las arenas sedientas que las succionaban con perturbadora sed. *Kurai* se estremeció al escuchar el ruido que producían, semejaban a una ventosa que se desprende de la pared.

Inspeccionó el arma que estaba en su poder y pudo ver las inscripciones en los costados, se leía: *Pellis Et Ossa Mea Sunt*[48], con el sabor acre de la sangre aun en su boca se sintió rejuvenecido y vital. Como si de un sueño se hubiera tratado la oscuridad desapareció y se vio de nuevo a salvo en su sillón.

En su Pantalla, sobre fondo azul pudo leer: Ha vencido a su oponente *Dark Angel*[49] su vida ha aumentado en un 25 por ciento. Su próximo rival estará esperando por usted próximamente.

Después de terribles días de tensión se sentía como hacía mucho no ocurría, llamó a su novia y salieron a comer, se sentía exultante incluso sacó uno de los autos de colección de los cuales él era el propietario, se trataba de un *Mercedes 190 SL* color blanco del '56, igual al utilizado por *El Santo*[50] en la película de *Santo vs Blue Demon en la Atlántida*[51], siendo su admirador, no dudó en adquirirlo en una subasta.

Sonia notó este cambio de ánimo inmediatamente y se lo dijo, se sentaron frente a un ventanal que miraba a la calle, con la cara llena aún de una extraña felicidad miró hacia el exterior, sobre la acera; frente a ellos en el puesto de periódicos alcanzó a ver el titular en letras negras en un informativo de referente dudoso.

- ¡*MUERE GAMER ATACADO POR UN PERRO*! El desplegado causo tanto efecto en Marco que se levantó de una.

- Permíteme ahora regreso. Se dirigió al quiosco, la noticia decía: Joven de veintidós años muere en extraña circunstancias en el interior de su casa, presuntamente atacado por un perro el cual le destrozó la yugular. Se hacía llamar *Dark Angel* y su nombre real….

---

[48] Pellis et Ossa Mea Sunt: Traducción del latín: Piel y huesos son míos

[49] Dark Angel: Avatar tomado de la serie de televisión del tipo ficción científica cyberpunk, creada por James Cameron y Charles H. Eglee. Fue televisada inicialmente por la cadena FOX, y luego por cadenas locales.

[50] Santo. [En línea]: (Tulancingo, Hidalgo, México; 23 de septiembre de 1917-Ciudad de México, 5 de febrero de 1984) fue el nombre artístico de Rodolfo Guzmán Huerta, un luchador profesional y actor mexicano. Con el sobrenombre de *El enmascarado de plata*, es uno de los luchadores más famosos de México y el mundo y uno de los iconos en la cultura mexicana del siglo XX. [Citado: 12-nov-2019]. Disponible en Internet: https://gruposcchazc.files.wordpress.com/2011/03/dark.pdf

[51] Santo vs Blue Demon en la Atlántida. [En línea]: Película dirigida por Julián Soler con *Santo*, Jorge Rado, Rafael Banquells, *Blue Demon, filmada en México en el año 1969. [Citado: 12-09-2019]. Disponible en Internet:* https://www.imdb.com/title/tt0064930/

Su cabeza giraba, sentía que se abriría un hoyo a sus pies, se dirigió donde su novia y se dejó caer pesadamente frente a ella. Su extrema palidez alarmó a Sonia, el cambio repentino operado en Marco la descontroló un poco.

- ¿Qué te pasa? ¿Qué decía el periódico? Por favor Marco, dime algo…

- No te preocupes, me impactó la noticia de un *gamer* que fue atacado en su casa, ya estoy bien, le respondió en un tono a media voz.

El tiempo de la comida transcurrió entre monosílabos y ausencias prolongadas de la atención de Marco.

Ansiaba regresar a su departamento y pensar claramente sobre ¿Qué demonios estaba ocurriendo?

Marco se encontraba en un estado de negación total, lo ocurrido recientemente le había afectado más que el diagnóstico sobre su enfermedad, después de dejar a Sonia en su casa y asegurarle que se sentía bien deambuló por las calles de Polanco como un autómata, sujetaba el volante con una mano mientras se mordía el nudillo del pulgar izquierdo buscando concentración.

No deseaba regresar a su departamento, sin embargo, sabía que esto era inevitable. Aún era temprano y el día se le antojaba especialmente largo, enfiló su coche por Moliere y se detuvo frente a *Cigar Bar Delegados*[52], solía ir ocasionalmente, y fumar un buen habano, lo conocían bien, el valet parking se acercó para llevarse su coche.

Se encaminó a la planta superior aun con su cabeza hecha un caos.

Una cabina roja de teléfono similar a las encontradas en las calles de Londres le recibió, dándole la bienvenida al lugar, había poca gente a esa hora, buscó con la mirada un lugar y eligió una mesa desde donde podía ver la amplia colección de fumables tras una vitrina.

Se hundió en un sillón café que le pareció un tanto incómodo en ese momento y solicitó le trajera un *Rémy Martin XO* , además de acompañarlo con un puro *Herrera Estelí*[53].

---

[52] Cigar Bar Delegados: Lugar clásico para fusionar humo y alcohol en un sabor intenso con puros y ron en Polanco, ideal para los amantes del tabaco artesanal.: Av. Moliere 48, Polanco, Polanco II Secc, 11530 Ciudad de México, CDMX

[53] Herrera Estelí: Herrera Esteli es una creación de Willy Herrera, el miembro más nuevo del equipo de Drew Estate.

El humo del tabaco consiguió el efecto deseado, y entre los aromas de pimienta y madera su imaginación se disparó, no era un sueño, si estaba enfermo y también su contrincante en el malhadado juego estaba muerto y esto sin dura alguna había sido por su mano, el sabor cremoso producido por el cigarro le distendió las venas de la sien, la tensión lo abandonaba lentamente, haciendo que se concentrara solo en la bebida y los sabores exóticos que iban desfilando uno a uno por su paladar.

Las horas fueron pasando al igual que las copas acumuladas frente a él, después de estar en franca comunión con sus propios pensamientos decidió retirarse, intentó ponerse de pie consiguiéndolo a medias, solícitos un par de camareros le ofrecieron ayuda, pagó la cuenta y largó una generosa propina.

-Creo que Mr. Martin acaba de asestarme un buen golpe ¿No les parece muchachos?   -Mr. Martin no podría con usted señor. La respuesta le ganó una nueva propina que Marco dejó en el bolsillo superior del joven.

Se dirigió a la salida acompañado por uno de los chicos que lo había atendido, le recibieron las luces que iluminaban la avenida. Afuera ya esperaba un Uber, su carro estaba a buen recaudo pensó, ya vendría por el posteriormente.

Durante el trayecto veía pasar las luces de las lámparas con vertiginosa rapidez, las imaginó como si fueran un código de barras y le produjeron cierto malestar.

Se plantó frente a la puerta blanca de su departamento, apoyó su mano y su frente como tratando de sentir las pulsaciones que habitaban en el interior, suspiró, y acto seguido insertó la tarjeta para acceder. Lo recibió una estancia en penumbras, entró con pasos vacilantes mientras las luces se encendían, se detuvo de los muebles y se dirigió hasta su recámara.

Sentía que la cabeza le giraba, pero no tenía sueño, el alcohol ingerido solo había servido como catalizador para su estado emocional durante unas horas y ahora, insomne, sentía que la habitación de juegos reclamaba poderosamente su presencia ahí, era como un imán, aun cuando trató de resistirse no lo consiguió y terminó encaminándose hacia su sillón de juegos, se sentía como si se dirigiera al patíbulo.

Nunca se había sentido tan solo en la vida, ser un jugador profesional le había costado romper con lazos que lo ataban, en cada estadio de su vida se había acostumbrado a tomar decisiones difíciles, pero nunca como ahora; se sentía realmente abatido había cambiado la vida de alguien por ampliar la suya, la energía corría por su cuerpo, se sentía vivo. ¿No era eso suficiente para evitar cualquier tipo de remordimiento?

Intentaba convencerse a sí mismo que era él la víctima de las circunstancias, que este escenario no lo pidió en ningún momento, que no era merecedor de haber sido seleccionado para algo tan infame como lo acontecido en los últimos días. Las cavilaciones llegaron a su fin, sin darse cuenta se fue quedando dormido frente a la pantalla apagada, sus brazos exangües cayeron a los lados y no supo más.

3

Temprano por la mañana el ruido del timbre resonaba por todo su departamento, sentía que los arpegios taladraban su cerebro, conforme se fue acercando para saber quién llamaba con semejante impertinencia a esa hora. La resaca lo tenía con la boca seca. Miró en el monitor para ver la imagen que esperaba le devolviera la cámara, no tenía señal alguna, -con los costos de mantenimiento y esta mugre no estaba funcionando-.

Qué más da, permitió el acceso dejándose guiar solo por el timbre de voz de su interlocutor, en segundos alguien golpeaba tímidamente; abrió la puerta, un joven de facciones agradables y con la cara sonriente se encontraba frente a él, debía andar en los veintes, se le veía claramente nervioso, el muchacho le extendió la mano en forma cordial.

Marco no atinaba a ubicarle, aunque la imagen le llegaba desenfocada y percibía las facciones en forma difusa. En ese momento no estaba seguro ni quien era el mismo.

\- Bu-ee-noss días. Titubeó un poco el muchacho.

\- Soy René, al ver el gesto de "ilústrame, porque tu nombre solo tiene cuatro jodidas letras". Disculpa soy *Solo,* no quise molestarte.

La primera impresión para Marco fue de sorpresa, nunca habían traspasado la barrera de los bits, y ahora se le presentaba, así como así.

\- *¡Solo!* Caramba, disculpa no pensé que fueras tan joven ¡Lo siento hoy estoy hecho una mierda!…

\- ¡Pasa hombre! La actitud de Marco se hizo de franca camaradería

\- ¿Qué hora es?

\- Deben ser alrededor de las doce. Le contesto René sin acertar a saber exactamente la hora, era extraño el muchacho no usaba un móvil.

\- ¡Puchas! Perdí la noción de tiempo, ¡Muero de hambre! Señaló al joven, frotándose el abdomen.

- ¿Ya desayunaste? ¿Comiste? O lo que sea que se haga a esta jodida hora del día. Déjame ver que hay en el refrigerador…

- ¡NO! Déjame vestirme y vamos a comer algo, yo invito le dijo al muchacho que le veía con franco arrobamiento.

- ¿Te puedo pedir un favor antes de salir?

- Dime, dirigiéndose al joven.

- ¿Puedo ver tu sala de juegos? ¿Por favor? La cara del muchacho se veía verdaderamente cómica. Marco rio de buena gana, de modo que esa era el motivo por el cual este joven se encontraba ahí.

- Adelante hombre, pasa, y lo condujo hacia la sala de juegos.

- El chico se quedó de pie parado en la entrada como no atreviéndose a entrar, le daba la impresión de estar profanando un santuario, tímidamente camino con lentitud a través de la sala, veía impresionado lo espartano de las paredes, de la habitación toda, así tenía que ser el refugio de su maestro, no había lugar para distracciones.

Se acercó a la pantalla y posó su mano sobre el cuero de la silla, cada uno de los objetos le parecían las reliquias de un lugar santo. Marco lo vio ahora más claramente, el chico apenas si había salido de la adolescencia, era extremadamente delgado, pantalones de mezclilla deslavados a media cadera y una playera blanca con la leyenda que se hiciera famosa en la novela de *Marie Shelley*[54]*: "It's Alive"*, su cara reflejaba absoluta felicidad, su cabello negro corto y parado en puntas le hacía parecer aún más joven, las manos de pianista se iban llenando de los objetos que se encontraban a su paso. Marco se contagió con la felicidad simple del joven y lo veía ir y venir.

Los ojos de René se dirigieron donde la pila de reconocimientos acumulaba olvido.

- ¡No puede ser! ¿Por qué no los tienes sobre las paredes?

- No me interesan mucho que digamos, verás, el mejor reconocimiento lo tengo a través de ustedes. Pero basta ya de estar perdiendo el tiempo aquí, vamos a comer algo, desfallezco de hambre. Deseaba alejarse de ahí y que su cabeza se llenara de pensamientos nuevos.

---

54 Mary Wollstonecraft Godwin. [En línea]: (de casada Mary Shelley; Londres, 30 de agosto de 1797-ibíd, 1 de febrero de 1851) fue una narradora, dramaturga, ensayista, filósofa y biógrafa británica, reconocida sobre todo por ser la autora de la novela gótica *Frankenstein o el moderno Prometeo* (1818) considerada la primera obra de ciencia ficción de la historia. [Citado: 12-nov-2019]. Disponible en Internet: https://es.wikipedia.org/wiki/Mary_Shelley

- El chico ya no le escuchaba, tenía entre sus manos la copa obtenida en *League of Legends*, su expedición hacia la tierra del maestro culminaba ahí, con sus manos en ambas caras de la copa, como si esta fuera el santo grial.

Ese torneo había sido el primero que Marco ganará internacionalmente, ahí comenzaba su historia.

- ¿Qué, te impresiona? ¡Si puede con él, llévatelo! Es tuyo…

No podía creer lo que oía, sus ojos se humedecieron levemente. Su mano recorrió las figuras grabadas en el objeto plateado.

- Ya hombre, vámonos…

El chico intentó levantar el trofeo, fue superior a sus fuerzas, era mucho más pesado de lo que podía imaginar.

- Se necesitaron cinco personas para ganarla y solamente pudo ser levantada entre todos. Sonreía viendo las penurias del joven jugador.

- No imaginé ni por un momento que fuera tan sólida.

- Pues si pensabas que era de utilería, ya ves que no.

- No te apures hombre. Le causaba gracia ver la cara de frustración de René. - Después de desayunar regresaremos y la llevaras en Uber hasta tu casa.

René caminaba entre nubes mientras Marco lo observaba con expresó divertida. La promesa de su héroe lo emocionaba sobremanera.

Caminaron por *Homero* hasta llegar a *Maison Kayser*[55]. El día era espléndido, Marco quedó aturdido con la conversación de René, pero le agradó el chico, y se contentaba de haberlo conocido, después de todo, la escasez de contacto con personas que estimaba era muy escasa, René podría llegar a ser una especie de hermano menor en la vida real ¿Por qué no?

- Mira, le señaló un tattoo alojado en su antebrazo izquierdo: 暗い Marco pudo leer, en *Kana*[56] el nombre de su avatar y eso le emocionó.

- ¡Gracias! ¡Tú regalo es mejor que el mío!

- Espero molestarte con lo que te voy a decir, en realidad quise conocer tu sala de juegos por una razón, creo que al estar allí me he llenado

---

[55] Maison Kayser: Panadería, restaurante, cafetería y tienda gourmet. El lugar perfecto para ir a desayunar y salir con las compras.: Virgilio 25, Polanco, CDMX.

[56] Kana: Término que describe a los silabarios japoneses, en contraposición con los caracteres logográficos chinos, conocidos como kanji y al abecedario latino conocido como rōmaji

de nueva energía y estoy seguro que esta vez ¡Si te venceré en el próximo juego en el que nos enfrentemos!

Marco estalló en una carcajada, ese chico le había hecho el día, eso le hacía sentirse bien nuevamente. No le importaba que hubiera actuado como un *Stalker* y hubiera dado con su apartamento.

Los días posteriores al encuentro con *Solo* fueron de una notable mejoría en su estado de ánimo. Decidido a dar carpetazo al asunto del juego macabro que le esperaba en su casa invitó a Sonia a una escapada a Cabo san Lucas. *La playa de los amantes* se encontraba casi sola para ellos, pasaron unos días realmente buenos, Marco retomó la relación donde esta se había quedado estancada y le propuso que vivieran juntos. Sonia le prometió pensarlo.

Regresaron a Ciudad de México y Sonia se despidió de él con un prolongado beso, Marco se dijo que esta vez haría mejor las cosas.

Eran casi las seis de la tarde cuando entró a su departamento, las lámparas de la sala se encendieron en automático. Dejó sus cosas mal acomodadas cerca de la entrada, y se dirigió a buscar una soda.

Caminó hasta la cocina, le pareció ver luz en su estudio y dejó la tarea de satisfacer su sed para después.

La pantalla estaba encendida, el fondo azul iluminaba la habitación y se sentía frío, de hecho, un ligero temblor le erizó los vellos de los brazos. Se sentó en su sillón para apagar el aparato, en cuanto tomó el control remoto la pantalla se oscureció. Se escuchó un leve zumbido y el tono cambio a tintes naranjas y amarillos. Escuchó la voz conocida por él y se estremeció.

"La cita para tu nuevo encuentro está disponible en este momento, tú oponente espera con impaciencia tu derrota, las reglas continúan siendo las mismas. Tienes a tu disposición el arma ganada en tú batalla anterior. Una vez iniciada la partida te encontrarás atrapado en ella, no hay posibilidad alguna de salir, ambos lucharan por sus vidas, uno de ustedes me entregará su alma al final de la misma".

- Benedeximus, Tenebris Venandi…

La pantalla se oscureció nuevamente, sudaba copiosamente a pesar de la sensación de frío en el cuarto. Tenía la vaga ilusión de no tener que repetir la experiencia de ser el protagonista de una nueva batalla que distaba mucho de parecerle virtual. Había perdido la noción del tiempo, atolondrado por las fechas no recordó ni por un momento que ya era nuevamente día diecisiete.

Su impulsó de levantarse de la silla se vio truncado, en ese mismo momento se sintió atrapado en un escenario desconocido para él. Esta vez no se trataba de un lugar en tinieblas. Por el contrario, estaba perfectamente iluminado, eran las ruinas de lo que le pareció una ciudad antigua. Las dimensiones de esta eran colosales, su figura se veía empequeñecida y francamente desvalida frente a dos *Lammasu*[57] esculpidos en piedra viva que custodiaba la entrada a ambos lados, pasó entre ellos con la sensación de que en cualquier momento se volcarían sobre él y lo desaparecerían. Camino por lo que imagino debió ser una calzada, aun se veían restos de adoquines que conservaban un color ocre terroso.

Había estatuas de flechadores con faldellines y la cara barbada, el ambiente recordaba las ruinas dejadas atrás por los babilonios, eran del doble de su estatura y apuntaban hacia su persona, le impresionó la apariencia de estas, imaginaba que podrían cobrar vida en cualquier momento. La luz del sol no alcanzaba a llegar donde *Kurai* se encontraba, la temperatura era agradable pensó que debía ser alimentada por un viento sostenido, se colaba entre los corredores de las ruinas aullando como un lobo que busca a su presa. Su apariencia había cambiado después de la primera batalla, se le veía mucho más fuerte, su mano derecha sostenía el hacha de doble fino que había ganado, tomó conciencia de su peso justo en ese momento. Pensó para sí que no cualquiera podría blandirla.

Absorto en la contemplación de los edificios circundantes no pudo notar que era acechado desde atrás de una de las estatuas.

Repentinamente la estridencia de un grito de guerra llegó a sus espaldas, alguien semejante a él en peso y corpulencia se acercaba velozmente con una formidable *Kopis*[58] griega que era sostenida con fiereza en su mano izquierda.

---

[57] Lammasu: O Shedu es un genio celestial de la mitología mesopotámica. Humano por encima de la cintura y toro por debajo de la misma, pero también tiene los cuernos y las orejas de un toro y con frecuencia con alas. Los toros, en Mesopotamia, se asocian sobre todo a las corrientes de agua que llevan a la fertilidad, al poder, al estar sobre la tierra, como se aprecia en sus recias pezuñas. Por otra parte, la cabeza humana les dota de inteligencia y tiene larga barba historiada, lo que les liga a las divinidades.

[58] Kopis [En línea]: Espada diseñada para ser usada con una mano. Con una hoja de unos 65cm, con un solo filo que se curvaba hacia adentro, resultando cóncavo en la zona cercana a la guarda, pero volviéndose convexa cerca de la punta. Esta forma, generalmente denominada

Kurai, se colocó en posición de ataque, sus dos manos sostenían firmemente el hacha, su arma tendría unos ochenta y cinco centímetros de largo, era sólida, con dos hojas en forma de media luna arqueadas hacia el mango, los filos curvos debían frisar los cuarenta y cinco centímetros, con un alto en el mago de unos dieciséis centímetros, es verdad su arma era terrible y mortal pero resultaba menos maniobrable que el peligroso *Kopis* de su oponente que se movía cortando el aire con particular maestría.

Pudo ver la figura de este elevarse con un salto verdaderamente felino, la cara distorsionada por la furia y la boca abierta mostrando unos dientes blancos perfectos que eran apretados con decisión de acabar con su rival. Su atacante envío todo el peso de su cuerpo sobre la espada que descargó un golpe con fuerza descomunal, *Kurai* giró su hacha con tal velocidad que emitió un silbido prolongado rompiendo el aire. El hacha logro golpear solo por un poco la espada que buscaba amorosa su cuerpo, el ruido metálico de las dos armas rompió el silencio milenario de la ciudadela.

Con una agilidad propia de un acróbata y sin soltar la espada giró por encima de *Kurai* y cayó sobre sus dos pies casi en vertical. Ambos contendientes giraron al mismo tiempo.

Ahora podía verlo bien, a diferencia de él su cabello era corto y negro y su actitud era amenazadora, los músculos estaban dispuestos para el combate y sus cuerpos solo cubiertos por un taparrabo de cuero. Ambos gladiadores estaban descalzos y respiraban en forma agitada por el esfuerzo previo. El pelicorto hizo girar su espada a una velocidad de vértigo, zumbaba como un rehilete gigante, la velocidad era tanta, que solo se podían apreciar ciertos reflejos metálicos. Se aproximaron hasta estar unos pasos el uno frente al otro, por unos momentos se estudiaron midiendo fuerzas. Esta vez fue *Kurai* fue quien lanzó un mandoble con ambas manos con tal fuerza que al ser esquivado por su rival el hacha partió limpiamente una de las estatuas de la calzada dejando escapar un lamento infrahumano. Con esta acción quedó en posición de desventaja sobre su oponente quien ya se aprestaba a dejar su espada sobre él.

Se escuchó el ruido sordo característico de una lápida al moverse. Eran los arqueros de piedra quienes estaban corrigiendo las posiciones que

---

"recurva," distribuye el peso de manera tal que el kopis era capaz de dar un golpe con el momentum de un hacha, manteniendo a la vez el filo largo de una espada y la capacidad de apuñalar. [Citado: 12-nov-2019]: Disponible en Internet: https://es.wikipedia.org/wiki/Kopis

ocupaban entre los vanos de los pilares y les apuntaban ya con sus arcos tensados. Ambos pudieron escuchar las flechas hiriendo el aire y cruzar a ambos lados, estás se clavaron en los adoquines mientras que otras salieron rebotando hacia los costados. Desde su posición notaron que los arqueros se preparaban para una segunda andanada de flechas.

Corrieron con toda la fuerza que les daban sus piernas a lo largo de los pasillos, ninguno de los dos perdía de vista los movimientos del otro.

Las flechas nuevamente surcaron el aire, esta vez una de ellas cortó la piel de la espalda de *Kurai* dejando una fea herida y la perdida casi instantánea de sangre. Cayó hacia adelante, como pudo se refugió tras un pedazo de friso desprendido de uno de los edificios.

La herida le provocaba un profundo dolor y continuaba sangrando. Le preocupaba más haber perdido de vista a su oponente, buscaba ubicarlo, pero no lo veía. Los gigantes de piedra continuaban lanzando flechas, una de ellas golpeó con tal fuerza sobre el friso que lo hizo añicos, uno de los fragmentos de mayor tamaño aplastó una de sus piernas impidiéndole moverla, además de eso su posición había quedado en franca desventaja.

Cubierto de polvo, su mirada se paseaba de un lado a otro evaluando rápidamente la gravedad de su posición. Su hacha había quedado lejos del alcance de su mano.

Fue en ese momento que lo vio venir hacia él con la espada en alto. Se sabía a merced de su enemigo además de haber quedado expuesto a las flechas de los arqueros de piedra.

El guerrero llegó hasta donde se encontraba *Kurai* tirado sobre las piedras, podía ver la sangre que corría bajo su rival. *Kurai* se apoyó sobre sus codos y esperó a tener su oponente frente a sí. Cuantas veces acabó el mismo sin piedad con sus enemigos virtuales que explotaban, se desvanecían o se convertían en puntos que volaban directo a su marcador. Ahora él estaba en la misma situación. Lo vio llegar junto a él, levantó la vista para ver por última vez a quien acabaría con su vida. La imagen era épica, se veía más alto con la espada sostenida con ambas manos cruzando sobre su pecho dispuestas a cortar de un solo tajo su cabeza.

Bajo los escombros del friso, *Kurai* se había hecho con la flecha lanzada contra su persona un poco antes, la sostenía con fuerza, sabía que la oportunidad que tenía era mínima, la posibilidad de morir no le importaba, su naturaleza le decía que debía llevarse con él a su enemigo, quien no se percató del arma en la mano del caído.

Fue en ese momento, antes de la descarga del golpe definitivo de ambos, que vio el pictograma resplandeciente sobre el antebrazo de su victimario, eso no era posible se dijo a sí mismo, esto es una mala jugada.

- *¿¡SOLO?!*

- *¿¡KURAI!?* Le respondió con un dejo de incredulidad.

Ninguno de los dos podía creer que se estaban enfrentando por sus vidas, era una mala pasada por parte de quien los tenía presos en ese mundo.

Solo se movió indeciso por un momento, tenía a su maestro a sus pies, la victoria parecía estar de su lado, era el momento que había anhelado siempre. Podía finalizar ya el juego, hizo un débil amago con su espada, pero se vio reflejado en los ojos de su rival vencido. Al reconocer a *Solo*, *Kurai* se había desecho de la saeta, si era menester acabar con su leyenda como jugador, quién mejor que *Solo* para ello.

Solo bajo la espada. Se adelantó para ayudarlo a liberarse de la prisión pétrea en su pierna.

Una nueva reserva de flechas voló en todas direcciones, *Solo* se quedó por un momento de pie ante *Kurai*.

Una flecha le había atravesado el pecho y salía por la espalda. Atónito, *Kurai* lo vio caer de rodillas a un lado suyo, la sangre brotaba a borbotones de la herida causada y un último espasmo le hizo arrojar sangre por la boca. Cayó pesadamente de bruces sobre los fríos adoquines manchándolos de carmesí.

El colector de almas se hizo presente, se acercó al cuerpo de quien había sido su amigo de mundos virtuales y acérrimo antagonista. El cuerpo brillo con intensidad al mismo tiempo que le escuchó decir en forma impersonal.

- SIN MISERICORDIA. Y acto seguido tomó el alma del caído. Le oyó decir que su nivel de vida se había incrementado en un veinticinco por ciento más.

- DISFRUTA EL REGALO QUE SE TE HA OTORGADO HASTA QUE ESTÉS FRENTE A TU PRÓXIMO OPONENTE.

Se vio libre y sin heridas aparentes, su trofeo por un triunfo que le sabía a derrota estaba en el piso.

Una cota de rígido cuero color café estaba junto al cadáver. Volteó el cuerpo y se horrorizó al ver que la cota estaba formada con la piel del torso de su amigo.

4

De regreso en su habitación aun no daba crédito a los acontecimientos que recién habían tenido lugar. No le era posible creer que el chico que lo había visitado unos días atrás estuviera muerto y menos aún que su muerte se debiera a la piedad que había sentido por él.

Esto le causaba un mayor dolor, le costaba respirar, sentía una terrible opresión en el pecho, no estaba dispuesto a seguir viviendo a costilla de la suerte de otros. Su coraje iba en aumento, golpeó las paredes con los puños cerrados hasta hacerse daño, sus golpes habían dejado manchas de sangre sobre la blancura perfecta de las mismas. Una furia asesina lo invadió, más aún que cuando se encontraba luchando por conservar su vida. Hasta este preciso momento caía en cuenta de lo real que el juego se había tornado.

Ya en la habitación que había sido objeto de la admiración de René, se plantó frente a la consola donde se reproducía el juego. Presionó el botón de expulsión, el disco negro salió suevamente con sonido dulce. Se dirigió con él hasta la cocina, sentía la desesperación apoderarse de él, no lograba encontrar un objeto lo suficientemente pesado para acabar con la maldita cosa.

Se hizo de un aplastador de carnes con punta similar a un mazo en escala de los que solía utilizar en los videojuegos. Sonrió con tristeza, era perfecto, ni siquiera sabía de su existencia. Colocó el disco sobre la plancha de granito gris de la cocina. Descargó con furia el golpe sobre la brillante superficie del disco, este se quebró en minúsculos fragmentos que saltaron por todas partes, uno de ellos lo impactó en la mejilla ocasionándole una pequeña herida.

- Mierda. De un manotazo se limpió la cara.

Estaba hecho, se quedó mirando el resultado de su ira dirigida y se alejó del lugar. Necesitaba aire fresco. Unos instantes después se vio en la calle, era noche cerrada, había perdido la noción del tiempo, el aire frio mordió sus brazos, en su prisa por salir no había tomado un abrigo. Paró un taxi y le indicó que se enfilará hacia Reforma hasta que se detuvo frente al Parque de las Naciones Unidas. Camino unos metros mientras intentaba poner en orden sus ideas, levantó la vista para enfocar el edificio donde Sonia vivía. Era justo lo que necesitaba en ese momento.

Sonia se impresionó al ver frente a ella a un frenético Marco, este balbuceaba y decía incoherencias, esto la alarmó imaginando que era la primera de muchas crisis por venir producto de su estado de salud. Lo entró a su lujoso piso. Marcó se abrazó a ella y lloró amargamente sobre sus hombros.

- ¡¿Marco que te pasa?! ¿Por qué tienes sangre en la cara? ¿Tienes dolor, te llevo al hospital?

Se rehízo como pudo, Sonia no podía saber lo ocurrido, eso era algo que solo él debía manejar. Era mejor dejarla pensar que su estado actual era producto de algo relacionado con el tumor alojado en su cabeza.

- Estoy bien, solo necesitaba verte, tenerte cerca de mí. De pronto me sentí mal sentía que mi departamento me emparedaba, necesitaba salir de allí.

- ¡Hiciste bien en venir! Te prepararé una ducha caliente.

Marco se paró frente a los amplios cristales, a lo lejos, el Castillo de Chapultepec se recortaba iluminado en la oscuridad de la noche, la Ciudad de México le ofrecía una psicodelia de luces en movimiento.

Temprano por la mañana se despertó sintiendo la pesadez en su cuerpo del cansancio acumulado. Agradecía haber tomado la decisión de quedarse en el departamento de su novia. Verla dormir a su lado mejoró un poco las cosas.

Durante los siguientes días el humor de Marco no podía decirse que estuviera en su mejor momento. Cuando Sonia le propuso que fueran para un chequeo médico se negó en redondo, pero la insistencia de la chica fue haciendo ceder las barreras que Marco ponía para ello.

Juntos entraron al Hospital Médica Sur, la última vez ahí, el mundo de Marco se había derrumbado.

El Doctor Soto ya le esperaba, apenas en ese momento Marco le dispensó un poco de atención. Se trataba de un hombre de unos sesenta años, bajo de estatura y que conservaba un aire de autoridad que se imponía, por lo demás se podía decir que sus facciones eran desagradables. Justo el tipo de personas que uno necesita para que le den una mala noticia, pensó.

Después de las preguntas de rigor sobre cómo habían ido sus días últimamente y de que una asistente del galeno le tomará los signos vitales. Dio la orden para quedar hospitalizado para hacerle los estudios correspondientes.

Dos días después de su ingreso, frente a él se encontraban dos sorprendidos médicos que no atinaban a dar crédito de los resultados de las pruebas a las cuales había sido sometido. Después de múltiples preguntas Marco les aseguró que ni siquiera se había tomado la molestia de comprar los medicamentes que le habían recetado.

- La disminución sobre el tamaño del tumor que observamos en su anterior estancia en este hospital es sumamente considerable le indicó un estupefacto doctor Salgado quien se volvió hacia su colega, el doctor Soto; como para reafirmar con su asentimiento lo que este decía.

- Hay ocasiones en que este tipo de situaciones se presentan en el cuerpo humano, no existe una explicación lógica en este momento para conocer el porqué de este fenómeno; sin embargo, el riesgo sigue siendo potencialmente alto. El comportamiento del tumor no significa que usted aún no se encuentre en serio peligro. Es necesario que siga nuestras instrucciones al pie de la letra y regrese el próximo mes para una nueva evaluación.

Sonia no podía contener la emoción, se fue encima de Marco y lo besó largamente.

Salieron del Hospital, Sonia estaba radiante, convenció a Marco para que se diera el tiempo de cuidar su apariencia. En efecto el aspecto del joven lucía descuidado, era en lo que menos se había preocupado desde la sentencia sobre su vida.

Sonia conducía su *Orange Power* un *Peugeot 208 GTI* que Marco le había regalado con motivo de su primer aniversario como novios. Tomaron sobre Insurgentes, giró en la glorieta y se dirigió sobre Puebla hasta llegar al *The Strand Barbers*[59] en la colonia Roma. El edificio en ladrillo rojo situado en las esquinas de Puebla y Roma con una pátina antigua era el preferido de Marco.

A Sonia le parecía más un *Pub* que una barbería, pero a Marco le encantaba ese lugar, como sea, solicitó un café mientras Marco daba cuenta de una *lager Tuborg*[60].

---

[59] The Strand Barbers: Barbería y Peluquería con un aire Londinense. Puebla 71, Roma Nte., 06700 Ciudad de México, CDMX

[60] Tuborg: Empresa de cerveza danesa fundada en 1873 por Carl Frederik Tietgen en Hellerup, un barrio al norte de Copenhague. Desde 1970, forma parte de Carlsberg. Tuborg vende una variedad de cervezas en más de 26 países, como: Tuborg Verde, Tuborg Limón, Tuborg de Navidad, Tuborg Oro o Tuborg de Pascua

Sonia se entretuvo en un futbolito que se encontraba en el anexo de la barbería mientras su novio era atendido.

Un renovado Marco con el cabello más relucientemente azul salió de allí. Se dirigieron a su departamento. Era necesario poner en perspectiva cual sería el giro que daría a su vida.

Sonia fue hasta la cocina, por su parte, Marco ya se había encaminado hacia el baño, tomó una rápida ducha y en bata buscó a su novia. La encontró absorta viendo la cubierta de granito de la estufa, pasaba la uña por encima.

- ¿Qué le pasó a la cubierta? Sobre esta aún se encontraba el instrumento que había utilizado para romper el disco. Buscó con la mirada, pero no vio los fragmentos por ningún lado.

- ¿Te deshiciste de un disco roto que estaba aquí? Señalando precisamente el lugar que la chica examinaba.

- No había nada, la cocina se encontraba limpia cuando entré.

Marco la observó con perplejidad, levantó la tapa metálica del bote, pero este se encontraba vacío. Hizo lo mismo en todos los espacios donde en un acto inconsciente hubiera podido dejarlos, pero la búsqueda fue infructuosa.

El sonido de la estática producido por la pantalla en el salón de juegos llamó la atención de los dos, como si estuvieran coordinados ambos voltearon a la vez. Los puntos danzantes dieron paso a la pantalla en azul y el sonido desapareció. Nuevamente el color en naranja ya conocido por Marco se hizo presente. Como si hubiera sido jalado por un enorme imán corrió hasta situarse en la silla frente a la pantalla. Un anuncio hecho por la misma voz tenía presa su atención.

"La partida se reanudará en breve, su cita con el destino está por concluir, a diferencia de las anteriores partidas, su oponente tendrá entera libertad de elegir las armas que considere idóneas para vencerte, estás se encontraran disponibles en cuanto ambos estén en el lugar del combate. Si pierdes, tu cuerpo y tu espíritu me pertenecerán."

- ¡Mierda! ¡Mierda! ¡Mierda! Gritaba fuera de sí mientras golpeaba con las dos manos sobre los brazos del sillón.

En un acto reflejo accionó el botón de la consola y el disco fue expulsado con suavidad. Intacto y brillando ocupó la palma de su mano. Su natural impulso fue desaparecerlo en la forma que fuera, pero sabía que eso sería inútil.

Ante la insistencia de Sonia que fue mucha más efectiva que un interrogatorio de la *SEIDO*[61] Marco le narró con lujo de detalles lo ocurrido desde el momento de salir del hospital, llegar a su casa y encontrar el paquete con el juego. No encontraba explicación por la cual hubiera sido elegido; la muerte se divierte en forma misteriosa y cruel le dijo a Sonia.

Le hizo saber que aún faltaba un oponente antes del duelo final. Marco no tenía idea de cómo eran elegidos los otros contrincantes. Si al igual que él tenía un pacto firmado con sangre o por lo contrario eran seleccionados al azar.

Sonia miraba a su novio con detenimiento, la situación era realmente aterradora. Sin embargo, algo no acaba de cuadrar con la historia, algo no estaba bien del todo. Porque la muerte se tomaría tantas molestias si con solo desearlo puede llevarse a quien le plazca. Ni el mismo hijo de Dios había escapado a ella.

- ¿Sabes dónde vive René? Le preguntó súbitamente.

- ¡Claro que no! Recién lo había conocido físicamente, hasta entonces solo habíamos interactuado a través de los videojuegos, fue uno de los rivales de mayor peso que tuve; tenía un enorme futuro en esto.

- Él estuvo aquí, se fue en un coche de alquiler y no tuve la precaución de conocer su domicilio. ¡Maldita Sea!

- Busca en internet noticias sobre su muerte.

No sabía hacia donde quería llegar la chica, pero lo hizo, tomó la laptop y comenzó su búsqueda. Después de intentar varias veces por fin encontró lo que buscaba.

Se saltó aquello que no le interesaba hasta que algo llamó su atención.

"El joven René Saldívar Urquiza posiblemente llevado por la desesperación de una enfermedad terminal se privó de la existencia lanzándose al vacío desde su casa y caer sobre una cerca metálica, se desconoce…"

Marco no podía creer lo que acaba de leer, había visto al chico y no le pareció que sufriera enfermedad alguna había estado de lo más simpático y no le parecía que llevara a cuestas una pena tan grande.

---

61 SEIDO: Subprocuraduría Especializada en Investigación de Delincuencia Organizada, antes SIEDO, es una dependencia de la Procuraduría General de la República en México que coordina fuerzas policíacas federales en la lucha contra la delincuencia organizada.

Sonia se concentró en una nueva búsqueda. Marco leyó junto a ella la noticia que tanto le impactará cuando habían salido a comer.

"Joven pierde la vida presuntamente atacado por un perro que le destrozó la yugular. En la autopsia de ley practicada al cuerpo se encontraron además indicios de cáncer cerebral en fase terminal…"

Esto tenía que ser más que una coincidencia. Lo leído les llevó a la conclusión de que tenían que haber sido obligados a jugar para poder prolongar sus vidas, sin embargo, al igual que Marco, debieron ser engañados respecto a la suerte de sus contrincantes.

Sonia estaba segura que en este asunto no era la muerte quien se había ensañado cruelmente para conseguir dos almas. Ella estaba segura que en esto intervenían fuerzas más oscuras.

Por lo tanto, había que tomar cartas en el asunto y hacerlo a través de quienes conocieran sobre el tema. Internet se convirtió para los dos el medio por el cual aprender más sobre ello, después de todo, los mundos virtuales de los videojuegos les había colocado ante una presencia que nada tenía de angélica.

"El sacerdote José Luis del Río y Santiago, 83 años, quien estaba capacitado y autorizado para realizar exorcismos, falleció la madrugada de ayer domingo en la capital de Coahuila."

- ¡Puchas! Lo que faltaba, el único dedicado en cuerpo y alma para hacernos luz sobre esto y se le ocurre morirse recién. Gruñó con coraje Marco.

- Creo que esto nos sobrepasa Marco, necesitamos pedir ayuda, es necesario acudir con alguien que realmente conozca sobre el asunto.

Dejando de lado la actitud escéptica que hubiera privado en otro momento, tomaron sus cosas y nuevamente salieron del edificio.

Nunca habían sido practicantes de la fe católica, había vivido en forma cínica con respecto a la creencia de los demás, pero en este momento las cosas se presentaban de una manera distinta a todo aquello que hubieran considerado ficción.

Llegaron a la iglesia de San Agustín[62] en Polanco. El edificio gris realmente imponente se alzaba frente a ellos. No recordaban la última vez que habían estado ahí.

Se detuvieron leyendo una placa sobre un murete antes de dirigirse a la entrada:

"Nos hiciste Señor para ti, e inquieto estará nuestro corazón hasta que descanse en ti"

San Agustín

Los tacones de Sonia resonaban sobre los adoquines rojos de los andadores, estaban visiblemente nerviosos, no sabían bien a bien cómo abordar el tema que les traía.

Eran cerca de las seis de la tarde, pudieron ver algunos parroquianos en el interior, la misa no terminaba aún, tendrían que esperar.

El interior de la Iglesia exudaba bonanza por los cuatro costados. En el pasillo central los pisos de mármol blanco intercalados con otros de color negro estaban impecables, sin embargo, lo que más les llamó la atención era la escasez de ornamentación sobre las paredes o en el altar, todo lo contrario, era casi minimalista con algunos cuadros pequeños y en el fondo un Cristo crucificado de regular tamaño se alzaba entre cuatro pilares coronador por una cúpula.

Aun cuando quedaban bancas vacías, decidieron esperar de pie a que terminara la homilía. Después de minutos que parecieron eternizarse y viendo que los presentes se aprestaban a recibir la hostia se acercaron al altar donde minutos antes había oficiado el sacerdote en cuestión.

El padre Gervasio, un hombre de mediana edad con algunas canas apareciendo en su cabello y de rostro con cierto toque europeo, dio por concluidos sus servicios y se dispuso a retirarse. Sonia y Marco le interceptaron ante el estupor del párroco. Una mujer y el sacristán se acercaron con cara de pocos amigos; Sonia tomó la iniciativa, le aseguró al

---

[62] Iglesia de San Agustín. San Agustín de Polanco se edificó en una manzana de 5000 m2. El arquitecto fue el célebre Leonardo Noriega Estávoli, con la colaboración del Ingeniero Juan Valero Capetillo. La construcción corrió a cargo de los Ingenieros Lezama y Cortina. Los padres encargados fueron Fray José C. Flores, Fray Rodrigo Torres y Fray Bernardo Aguirre. Se fundó en 1949.

sacerdote que necesitaba de su ayuda en forma urgente, que solo requeriría de unos minutos.

Al ver la desesperación de los dos se detuvo. Los llevó hasta las oficinas del edificio y les invitó a tomar asiento.

- Bien díganme de que se trata su urgencia.

En forma un tanto atropellada narraron los acontecimientos que habían tenido lugar durante los últimos días incluyendo la situación actual de salud de Marco.

El sacerdote seguía la historia con vivo interés, pero aun con cierto dejo de incredulidad. Marco le mostró el disco negro que contenía el videojuego.

- ¿Puedo verlo? Lo miró con cierto detenimiento, no había nada de extraordinario en el objeto, aun así, el sacerdote sintió un leve escozor cuando lo tuvo en sus manos.

Colocó el disco sobre su escritorio y dirigió sobre este la señal de la cruz. El objeto comenzó a bailar como una moneda cuando cae al suelo.

"¡Sancte Míchaël Archángele, defénde nos in prælio, contra nequitían et isídas diábolo esto præsídium, Imperet illi Deus, súpplice deprecámur: tuque, Princeps milítiæ, cæléstis, Sátanam aliósque spíritus malígnos, qui ad meriditiónem animárum pervagántur inmundo, dívina virtúte, in inférnum detrúde!. Amen"[63]

El Disco se deformó y un olor fétido semejante a huevos podridos inundó el recinto. Los tres veían atónitos los acontecimientos. Con ello quedaba claro que la situación iba más allá de lo que hubieran podido suponer, el miedo se reflejaba en sus caras.

El sacerdote con el rostro lívido volvió la mirada hacia los jóvenes frente a él.

- ¡Padre! Por favor ayúdenos, exclamó Sonia en un hilo de voz.

La incredulidad inicial del padre Gervasio había cedido, ahora era necesario reportar los acontecimientos a sus superiores. Seguramente como primera instancia le pedirían que se mantuviera acorde a las circunstancias y

---

[63] San Miguel Arcángel, defiéndenos en la lucha; sé nuestro amparo contra la perversidad y asechanzas del demonio. Que Dios manifieste sobre él su poder, es nuestra humilde súplica; ¡y tú, oh! Príncipe de la milicia celestial, con el poder que Dios te ha conferido, arroja al infierno a satanás y a los demás espíritus malignos que vagan por el mundo para la perdición de las almas. Amen.

que esto no trascendiera fuera de los involucrados. La iglesia suele ser bastante cauta y hermética en este tipo de menesteres.

Acordaron verse en el departamento de Marco al día siguiente. Sonia le compartió su número telefónico para que el padre Gervasio les confirmara la hora.

Salieron de la iglesia con el miedo de saber que se enfrentaban a situaciones que se escapaban de sus manos. Un grupo de palomas se apartó a su paso. Habían dejado el disco en poder del sacerdote, considerando que era el mejor lugar para hacerlo.

Temprano por la mañana del día siguiente el sacerdote llamó a Sonia, le dijo que se verían a la entrada del departamento de Marco, que sus superiores tardarían en dar respuesta a su petición de exorcismo pero que era mejor tomar cartas en el asunto dado que el momento se acortaba para que se reiniciaría la partida pendiente. Les aclaró que él no era experto en ese tipo de procedimientos, pero que se disponía a bendecir el lugar mientras la iglesia enviaba a alguien más calificado.

Después de terminar la conversación con la chica, el padre Gervasio se hizo de aquello que consideró necesario para la enorme tarea a la que se enfrentaría. Entre sus manos sostenía una medalla de San Benito que entregaría a Marco para su protección.

El evento ocurrido en sus oficinas lo había dejado hondamente preocupado. Más tarde, durante la noche se aseguró de asesorarse adecuadamente con un experto en el tema. Le expuso los hechos tal como se habían presentado, en España, para quien lo escuchaba quedó claro que estaban en presencia de una *Influencia Demoníaca*[64] , que es muy diferente de la *Posesión*[65]. Pero acaso tan o más peligrosa que la segunda, pues resultaba particularmente difícil muchas veces conocer como deshacer los enredos del demonio.

Le dejó por claro que un demonio puede ejercer cierta influencia sobre el cuerpo o la salud mental de una persona.

"La influencia puede ejercerse sobre el cuerpo (enfermedades), sobre la mente, sobre las emociones o sobre la voluntad. La influencia sobre la voluntad es al modo de una tentación fortísima."

---

[64] Fortea, José Antonio (2011). Exorcística, Cuestiones relativas al demonio, la posesión y el exorcismo. Versión 9, Ed. Dos Latidos. España. Pág 33, párrafo 138, 139 y 140.

[65] Fortea, José Antonio (2012). Summa Daemoniaca, Tratado de Demonología y manual de exorcistas. Versión 9, Ed. Dos Latidos. España. Pág 93, Cuestión 96

"La influencia puede ser sobre el cuerpo provocando determinadas enfermedades corporales. O sobre la mente, provocando una influencia del demonio sobre las potencias del alma induciendo de forma obsesiva a determinados vicios o pensamientos obsesivos".

Leyó por completo el tratado del Padre Fortea[66] que le había sido recomendado.

Ante la gravedad de la situación presentada, él podría actuar como Exorcista *ad casum*[67].

No estaba aún del todo seguro como debía actuar, lo que si era un hecho es que el demonio en cuestión se iba fortaleciendo a medida que pasaba el tiempo.

"Los demonios recurren a cualquier tipo de engaño que sea necesario para poder acceder al mundo terrenal, es importante considerar que un demonio no tiene cuerpo, no existe en su cuerpo ningún tipo de materia sutil, sino que se trata de una existencia de carácter íntegramente espiritual".[68]

"Como este demonio en particular no puede hacerse de una presencia entre nosotros, ha recurrido al engaño de una víctima, busca a través de él, acceder con el mayor poder posible, por ello ha buscado alguien de enorme presencia e influencia en el mundo y que esto de los juegos, hombre, pues que tiene mucha presencia".

Las palabras aún resoban en su cabeza, le quedaba claro que era este el motivo por el cual Marco había sido elegido, el demonio buscaba llegar a la mayor cantidad posible de seguidores y que mejor que el mundo del videojuego para ello.

"Con esto os digo, que por la naturaleza del demonio puede tratarse de *Ahazu, el aferrador,*[69] que es un demonio babilónico que provocaba enfermedades, es un demonio de gran poder del cual se sabe poco, o

---

[66]Fortea, José Antonio (Barbastro, Huesca, 11 de octubre de 1968), más conocido como Padre Fortea, es un sacerdote católico y teólogo español especializado en demonología. Es doctor en Teología por el Pontificio Ateneo Regina Apostolorum de Roma. Se ha especializado en temas referentes a ángeles, demonios, posesión diabólica y exorcismo.

[67] Fortea, José Antonio (2011). Exorcística, Cuestiones relativas al demonio, la posesión y el exorcismo. Versión 9, Ed. Dos Latidos. España. Pág 105, Cuestión 205.

[68]Fortea, José Antonio (2012). Summa Daemoniaca, Tratado de Demonología y manual de exorcistas. Versión 9, Ed. Dos Latidos. España. Pág 16, Cuestión 1

[69] M.A.V. Cufat (2017). Demonología. Capítulo 18, Pag. 333.

Dahaka[70] que es el demonio del engaño y la mentira y tiene su origen en Persia"

La conversación todavía fresca era retenida con fidelidad en su cerebro, como si aún estuviera ocurriendo. Subió a su *Civic Honda* color gris y tomó por la calle Homero con dirección hacia Molière. No había avanzado mucho cuando en el interior de su auto sintió nuevamente el olor fétido que se percibiera en las oficinas de la iglesia, la temperatura empezó aumentar en forma considerable su frente se perló de sudor, sus ojos se movieron nerviosos en dirección del asiento contiguo, en su cabeza escuchaba retumbar con voz gutural: *-¡Et mortuus es, Et mortuus es!*[71], observó que la bolsa donde llevaba los suministros religiosos despedía humo en forma leve al principio, esto continuó hasta convertirse en una llama franca; el sacerdote entró en una crisis nerviosa, sabía que el disco estaba en el interior de la bolsa.

Su pie se atoró inexplicablemente en el acelerador y al auto cobró una mayor velocidad, el pobre hombre se vio imposibilitado para poder maniobrar en forma alguna, sabía que se acercaba a gran velocidad al entronque con Molière.

Tomó en forma desesperada la medalla de *San Benito*[72] que tenía en el interior del posa vasos, atrás de la palanca de velocidades del coche, y comenzó a pronunciar palabras en latín,

"Eius in óbitu nostro preséntia muniamur"[73]

Era una plegaria cargada de Fe. Lo hacía con la vehemencia de aquel que se encuentra próximo a su muerte. Desde el exterior solo se podía ver como el conductor manoteaba, daba la impresión de querer alejar algo que le impedía tomar el control del vehículo, sin embargo, nadie pudo apreciar las llamas o el humo en el interior del coche.

Algunos testigos asegurarían después, que el conductor se había pasado el semáforo cuando ya marcaba en rojo, que no maniobraba el

---

[70] M.A.V. Cufat (2017). Demonología. Capítulo 18, Pag. 333

[71] Et mortuss es: Traducción del latín. Estás muerto.

[72] La cruz-medalla de San Benito debe su origen a la gran devoción que el Santo y data de una época muy antigua. El Santo recomendaba el uso de la misma a sus discípulos para vencer las tentaciones, ahuyentar al demonio y obrar maravillas.

[73] Eius in óbitu nostro preséntia muniamur. Traducción del latín: A la hora de nuestra muerte seamos protegidos por su presencia

volante. Con la falta del conductor para conducirlo, el coche se impactó con una camioneta que transportaba bicicletas ecológicas.

El vehículo salió proyectado hacia las escalinatas de *El Palacio de Hierro* derribando los postes que resguardaban más bicicletas ecológicas que ahí estaban estacionadas, además de un arbotante y una cámara elevada ubicados en la esquina del comercio. Los pedazos de bicicletas volaron por todas direcciones quedando algunas de ellas en el camellón central de la avenida Molière.

El vehículo se detuvo justo a la entrada del edificio. Sobre el volante el padre Gervasio se hallaba en muy malas condiciones, su vida se manifestaba débil y por momentos parecía que no lograría mantenerse así. Los curiosos inmediatamente se dieron cita al pie del vehículo, los teléfonos celulares aparecieron en las manos, alguno de ellos tuvo el tino de llamar al 911 mientras los demás tomaban fotos o videos para subirlos a las redes sociales.

- ¡¿QUÉ DICE USTED!? Contestó en un grito Sonia, incrédula por lo que estaba escuchando. Marco a un lado suyo le apremiaba con la mirada.

- ¡Si, salimos en seguida!

No habían pasado veinte minutos y ya se encontraban en el *Hospital Ángeles Santa Mónica*[74] hasta donde le habían trasladado por ser el más cercano.

En la recepción les dieron informes sobre el padre Gervasio, les indicaron que lo habían ingresado por urgencias, que justo en ese momento estaban valorando su condición.

Se sentaron en unos sillones de cuero color negro frente a una pared de vidrio corrido con el nombre de Santa Mónica, situados a la salida de los ascensores. Ambos se decían que no era posible que esto hubiera ocurrido.

Las horas transcurrieron más lentas de lo que parecía posible, el falso plafón encima de ellos les iluminaba con pequeñas lámparas con una luz débil que les hacía sentirse deprimidos.

Al escuchar que alguien más preguntaba por el sacerdote se levantaron como impulsados por un resorte, se dirigieron al de la voz.

Era otro sacerdote. El padre Javier, este les hizo de conocimiento que el padre Gervasio estaba fuera de peligro y sería trasladado a una habitación. Que nadie podía pasar a verlo, por lo tanto, era mejor retirarse y esperar hasta el día de mañana.

---

[74] Hospital Ángeles Santa Mónica. Temístocles 210, Polanco, Polanco IV Secc, 11560 Ciudad de México, CDMX

La fecha para el próximo juego se acercaba inexorablemente, tenían que actuar rápido y para ello era prioritario que pudieran hablar con el padre Gervasio. Se sentían extraviados. Legos en este tipo de situaciones no atinaban cómo encarar el peligro inminente de la próxima cita. Por otra parte, quedaba la posibilidad de que *Kurai* perdiera la vida en el próximo duelo, entonces ¿Todo terminaría? Hasta este momento se preguntaban qué ocurría con los vencidos, ¿Dónde quedaba el alma de estos infelices? Tendrían que esperar para poder entrever alguna luz.

5

Sonia y Marco se presentaron en el hospital cada día, esperaban que el paciente estuviera en condiciones de poder aceptar una visita; esto ocurrió hasta el tercer día posterior al accidente. En la recepción les informaron que el Padre Gervasio había estado preguntando por ellos específicamente y que el médico que lo entendía había dejado instrucciones para que se les permitiera el acceso a la habitación.

Les recibió sonriente, una manguera de oxígeno salía de su nariz, aunado a suero que le era transfundido en el brazo izquierdo donde se apreciaba un enrojecimiento sobre su blanca piel, ocasionado por el pinchazo de la aguja, además de algunos hematomas y raspones en la cara que le sentaban curiosamente bien.

De inmediato lo bombardearon con preguntas. El sacerdote les narró en forma por demás prolija lo ocurrido y que tenía la seguridad de que su vida se debía a la protección que había recibido del santo abad y patrono de Europa[75]. Para Sonia y Marco fue una revelación la información que el padre Gervasio poseía a raíz de su conversación con el prelado español el mismo día que lo habían visitado en la iglesia. Si esto era verdad y se enfrentaban al poder de un demonio. ¿Cómo lograría Marco deshacerse de la influencia de este ser maligno?

---

[75] San Benito nació en el municipio italiano de Nursia en el año 480 **y** falleció en la Abadía Benedictina de Montecasino, en Roma, el 21 de marzo del año 547. Generalmente, a San Benito se lo representa con el libro de la regla en sus manos, una copa rota y un cuervo con un pedazo de pan en su pico, en alusión al intento de asesinato que habría sufrido. Y se lo considera el patrón de las siguientes cuestiones y actividades: de los agricultores, de los ingenieros, de los archiveros, de los granjeros, de los moribundos, de los arquitectos italianos, de los que padecen enfermedades de riñón, de la Villa de Nursia, entre otros.

Las armas que había utilizado para vencer a sus oponentes, aunque poderosas, habían sido arrancadas de aquellos que habían sido abatidos en el combate. No era posible llevar nada de este mundo para luchar contra oponente tan formidable.

- ¡FUCK! Gritó con emoción contenida.

- ¡Marco! le reconvino Sonia

- Discúlpeme Padre, pero recordé algo que pudiera ser importante. Y acto seguido les contó la forma en la cual René había perdido la vida y como Marco lo había reconocido a pesar de que en el mundo virtual las características físicas de ambos eran completamente diferente.

- El tatuaje estaba en su piel tan nítido como cuando me lo mostró con orgullo la primera vez.

- Padre, creo que la única ayuda que puedo tener es la que procede de San Benito, funcionó con usted, espero lo haga conmigo. Me he alejado de Dios y del sentido de reconciliación con él. Créame Padre que nunca he deseado un mal a nadie.

El sacerdote lo escuchó tal como si se tratara de una confesión. Marco le dijo que ahora sabía cuál era la dirección a seguir. Sonia lo veía francamente intrigada. Se despidieron del presbítero asegurándole que vendrían al día siguiente. Ambos jóvenes veían al padre Gervasio como su única tabla de salvación, más al saber que este se había colocado en un grave peligro por su causa.

Durante la noche de ese mismo día el padre Gervasio oraba en silencio; un rosario de cuentas color café se deslizaba entre sus dedos, las decenas se sucedían con rapidez, solo se detenía con mayor devoción cuando alcanzaba un misterio.

La puerta de la habitación estaba cerrada, no llega a él ningún ruido exterior, le habían comunicado que era muy posible que al día siguiente le dieran de alta, mientras rezaba veía a las enfermeras que cruzaban un tanto lejos, el lugar se iba quedando en completa soledad, así era todos los días hasta que después entraban como bólidos sin importarles si el paciente se encontraba descansando.

Se había prometido encontrar todas las armas posibles para ayudar a Marco. Súbitamente, su mano se crispó sobre las cuentas de madera, hasta su nariz llegaba el inconfundible olor a huevos podridos, el calor que sentía en ese momento no era una ilusión, iba incrementando hasta hacerlo transpirar. Apretó los puños con tanta fuerza que se hizo daño con el rosario.

Una voz cavernosa y ancestral retumbó en su cabeza.

- *¿Putatis quia inaniter tu fortis es sacerdos miser? Mortui essetis.*[76]

La voz se tornó llena de insidia y sintió que murmuraba en su oreja.

- *Quaerit auxilium toto robore tuo, miserum. Amissa anima tua, quia non est in inferno*[77].

Una opresión en su pecho le impedía articular palabra alguna, sentía la falta de aire en sus pulmones. Solo percibía cada vez más débilmente el olor a azufre y alcanzó a escuchar lamentos y gritos de dolor lejanos. Sus ojos se tornaron turbios, sentía fuego en su garganta, como si una mano flamígera la oprimiera, el corazón latía en forma desordenada y con una rapidez tal que su pecho dolía. El rosario escapó de sus manos yendo a caer al piso cubierto de linóleo gris. La desesperación era tal que sus dedos se cerraron como garfios sobre la blancas sábana hasta el grado tal que algunas de sus uñas se separaron provocando un ligero sangrado que las tiño de rojo.

La bolsa de suero se movía frenéticamente en el bastidor metálico y los instrumentos emitían sonidos que reclamaban la atención.

- *¡Meus es tu!*[78]

Sus pulmones comenzaron a fallar, la oscuridad lo fue envolviendo poco a poco, lo último que su cerebro registró fue una carcajada brutal lejana y definitiva.

El silencio regresó a la habitación, el padre Gervasio había muerto sin que nadie se percatara de ello.

- Lo siento hijo, al parecer fue un colapso respiratorio, el padre Gervasio padecía del corazón, Dios lo reciba en su santo seno. Esto se lo decía el padre Javier a un pálido Marco que se había presentado al mediodía siguiente. Marco había ido solo al hospital, había dicho a Sonia que tenía que comprar algunas cosas de suma importancia, que la vería por la tarde en el departamento de ella.

Y ahora, la única persona que había hecho algo de luz en sus tribulaciones ya no estaba. Se sentía profundamente abatido. La muerte del padre Gervasio le había calado muy hondo.

---

[76] ¿Putatis quia inaniter tu fortis es sacerdos miser? Mortui essetis. Traducción del latín: ¿Crees que eres valiente, sacerdote miserable? Deberías estar muerto.

[77] Quaerit auxilium toto robore tuo, miserum. Amissa anima tua, quia non est in inferno. Traducción del latín: Pide ayuda con todas tus fuerzas, hombre miserable. Porque tu alma se perderá en el infierno

[78] ¡Meus es tu!. Traducción del latín: ¡Eres mío!

Temprano por la mañana se había dado a la tarea de conseguir los libros del padre Fortea que le habían sido sugeridos por el Padre Gervasio: *Summa Daemoniaca*. Tratado de demonología y manual de exorcistas, *Daemoniacum*. Tratado de demonología.

Con algunas dificultades los había conseguido. El resto de la mañana lo ocupó en reunirse con un tatuador en *Estudio 184*[79] en la colonia Roma, sin haberlo consultado con su novia había procedido de la forma que él creía era la indicada. Y había solicitado un tatuaje muy especial.

Aun con los efectos del castigo corporal que supone un tattoo de las dimensiones que él había solicitado necesitaba la aprobación del padre Gervasio. Al faltar él, tenía que actuar en solitario dando traspiés, y avanzar en la oscuridad de acuerdo a su instinto.

Sonia no podía dar crédito a las palabras de Marco, le resultaba imposible lo que estaba ocurriendo, la chica se vio sensiblemente afectada por el deceso del infortunado sacerdote, de cierta manera ella se sentía culpable, después de todo, las indagatorias iniciales fueron por ella.

El resto de la tarde lo dedicaron a leer en forma exhaustiva los libros recomendados, sentían que era la herencia que les había sido dejada por el padre.

Una nueva aura mística se desprendía de ambos al terminar de leerlos. Sonia se había convertido en el soporté vital de Marco. Por la noche se dirigieron a la iglesia de San Agustín, el padre Javier les recibió, le refirieron nuevamente la historia. Solo que en esta ocasión no recibieron la respuesta que esperaban, se excusó aduciendo su falta de capacidad en el tema y que era necesario obtener el permiso de sus superiores en un tema tan delicado. Se retiraron del lugar sintiéndose abandonados a su suerte.

Sonia puso en marcha el motor del coche. Un grito de Marco la hizo frenar de golpe cuando estaban por retirarse.

- ¡Espera! Tomó un termo que Sonia llevaba en el coche y salió en forma intempestiva.

- ¡Marco!...

El joven llegó nuevamente a la entrada de la iglesia y llenó el termo con agua bendita. Había sentido el impulso como si una mano invisible le dijera hazlo.

---

[79] Estudio 184. Estudio de Tatuajes y Piercing. Int101, Colima No. 184, Roma Nte., 06700 Ciudad de México, CDMX

Marco había llegado solo a su departamento era el día diecisiete del mes, nunca había rehuido un duelo y esta vez sabía que si lo hacía no tendría ningún sentido, el contrato estipulaba claramente que de no presentarse moriría dándole la victoria a su oponente.

Había pedido encarecidamente a Sonia que orará por él, que esa era la forma en la cual podría ayudarle; además, le aseguró, recuerda que tengo que vencer al contrincante que haya seleccionado para poder tener un último encuentro en contra de él. Si lo venzo me dará el tiempo suficiente para encontrar alguna manera de poder competir y ganarle.

Sonia accedió de mala gana, después de todo, nada podría hacer mientras Marco lidiaba contra quien sabe quién.

En la entrada del edificio donde vivía, el correo nuevamente se había acumulado, pero esta vez ni siquiera le dirigió una mirada.

Al entrar al departamento un ruido conocido llegó hasta sus oídos, era el sonido de la estática en su pantalla, el ruido blanco le causo un estremecimiento en todo el cuerpo.

Se dirigió hasta su recámara y se desnudó, tomó el termo donde llevaba el agua bendita y literalmente se bañó con ella. Se paró frente al espejo y por unos momentos se quedó observando lo que habían tatuado en su pecho, su piel se observaba enrojecida y con rebordes hinchados, sonrió como aceptación por la epifanía de último momento.

Se sentó frente al aparato y en forma automática se escuchó la voz de fondo.

- BIENVENIDO *TENEBRIS VENANDI* HE SELECCIONADO UN RIVAL DIGNO DE TUS TALENTOS, ESTOY SEGURO QUE ESTA VEZ TE SERÁ MUY DIFÍCIL PASAR AL SIGUIENTE NIVEL. ESPERO QUE EL SACERDOTE HAYA CONTRIBUIDO A MEJORAR TUS TÉCNICAS DE COMBATE.

Marco sintió que la sangre huía de su cuerpo, se quedó lívido y la ira cegó sus ojos. Tal parecía que iba un paso delante de él.

- ESPERO ME HAGAS EL HONOR DE SER MI CONTENDIENTE EN LA ÚLTIMA PARTIDA. Dicho esto, Marco sintió que la atmósfera se hacía densa y que el peculiar olor ya conocido se hacía presente.

Sentía plena confianza en derrotar al elegido para ser su antagonista, estaba resuelto a llegar hasta el enfrentamiento final, quería ser él mismo quien derrotara al ser demoníaco que se había entrometido en su vida.

La cota que había obtenido en su última contiende le ceñía como una segunda piel, pero tenía la consistencia del acero, notó con agrado que la dureza del cuero no mermaba la capacidad de sus movimientos. En su mano sostenía el hacha a la cual ya se había habituado.

El viento se metía entre su largo cabello haciendo que ondeara como si se tratará de tentáculos azules. Su apariencia era realmente amenazadora y atemorizante.

Su pie desnudo descansaba sobre una roca pequeña y su hacha brillaba desafiante mientras miraba a la distancia. Colocó la mano libre en la cota y murmuro.

- Por ti, *Solo*. Sin prisa se dirigió al encuentro de su destino.

6

e vio en una especie de mercado antiguo, tomaba conciencia de su ubicación, estaba en medio de una calle abigarrada de puestos que ofrecían objetos dispares, frutas y comida frescas. Los colores de los toldos y el ruido de los marchantes al ofrecer sus productos le daban una connotación alegre. La gente pasaba a su lado y quedaban intimidados por su corpulencia y estatura, amén del arma poco convencional que sostenía con fuerza.

Se apresuró a salir de ese lugar, no entendía por qué esta vez se había elegido un lugar pleno de gente para un combate a muerte.

Le sorprendieron nuevamente las murallas que resguardaban la ciudad y los leones monumentales hechos en piedra, se detuvo frente a una puerta maravillosamente trabajada con brillantes animales sobre un portentoso azul cobalto vidriado que despedía iridiscencias con los rayos del sol. Reconoció de inmediato la *Puerta de Ishtar*[80], la había visto exhibida en el museo de Pérgamo en Alemania.

Esto reafirmaba lo dicho por el padre Gervasio sobre la identidad del demonio, sin duda alguna era *Ahazu*, ahora le traía donde su poder se magnificaba.

Una bandada de vencejos voló sobre su cabeza casi al mismo tiempo que escuchó incrementar el volumen de los sonidos del mercado. Giró la mirada en dirección donde se escuchaban las voces; pudo apreciar una masa corpulenta que se abría paso entre el gentío. Se abría paso con rudeza, ese era el motivo por el cual las voces habían aumentado de tono.

---

[80] La Puerta de Istar (o de Ishtar) fue una de las 8 puertas monumentales (10 metros de altura por 14 de ancho) de la muralla interior de **Babilonia**, a través de la cual se accedía al templo de **Marduk**, donde se celebraban las fiestas del año nuevo. El nombre de *Istar* lo recibe de la **diosa** a la que estaba consagrada.

A una distancia de cincuenta pasos se erguía frente a él quien sin duda era su oponente. No pudo dejar de asombrarse. Una mujer descomunal con una talla ligeramente mayor a la suya y con el cabello platinado blandía la *Kopis* que recordaba había pertenecido a *Solo,* sin embargo, a pesar de la destreza de su oponente anterior no lucía tan amenazadora como en las manos de quien se encontraba frente a él.

La mujer se veía magnífica tuvo que reconocerlo el color negro de su piel contrastaba contra el blanco de sus cabellos. A diferencia de él, un casco alado con plateado reluciente mantenía a raya su larguísima cabellera. Su cuerpo majestuosamente cubierto por placas metálicas entramadas de tal forma que parecían ser parte de su propio cuerpo. Las piernas iban cubiertas por grabas resplandecientes que eran rematadas por escarpes alados que cubrían sus pies.

No había tiempo para ceremonias, ambos contrincantes sabían que su vida era la apuesta principal del juego. *Kurai* tomó la iniciativa y corrió hacia ella con el hacha en alto. Como telón de fondo, la puerta lucía majestuosa sus colores, ajena al combate que se iba a celebrar.

Un mandoble con la fuerza de un tornado salió en dirección de la mujer que permanecía estática, su arma apuntaba hacia el suelo y en su rostro un gesto indescifrable.

El hacha cortó el aire con un silbido prologado y pasó a escasos centímetros de la cara de su rival que en el último momento había girado en forma magistral evitando lo que hubiera sido un golpe mortal. El filo chocó contra la pared de un edificio de ladrillos causando un daño de consideración.

La mujer corrió hacia la calle principal que daba acceso al mercado donde momentos antes él había estado.

Había una actitud rara en ella, como si rehusara la contienda, esto escapaba del entendimiento de *Kurai* quien deseaba terminar lo más rápidamente posible.

Esta actitud no pasó desapercibida para la gente en el mercado, se volvieron hacia ella, las miradas eran francamente hostiles.

Kurai se detuvo en seco observando la transmutación de lo que pensaba era una alegre población en día de mercado. Una multitud horrísona gritaba imprecaciones y blasfemias mientras sus caras se deformaban y se asemejaban a las gárgolas de la iglesia de *Notre Dame* en París. Las manos transmutaron a leñosas deformidades con afiladas garras que se acercaban peligrosamente a la piel de la mujer donde la armadura no la alcanzaba a cubrir, era claro que la impulsaban a regresar a combatir, que no permitirían que continuara con su escape.

Los seres demoníacos se precipitaron en tropel hacia ella, una garra afilada de estos seres de color cetrino cortó limpiamente como si se tratará de una daga la piel oscura de la mujer. La sangre ganó el suelo inmediatamente.

Kurai, con el hacha en manos despedazó a los que se encontraban más cerca de él. Siguió convidando la carne maloliente de los demonios al ávido filo de su arma que se había teñido de un color oscuro muy lejano a lo que él conocía como sangre.

El olor nauseabundo se desprendía de los cuerpos que iban cayendo a sus pies. Corrió detrás de la mujer que había ganado la seguridad de un pasillo que le conducía hacia lo alto de un puente entre dos torres.

Allí le alcanzó *Kurai,* mientras, abajo se escuchaba el reclamo de las huestes que pedían sus huesos.

El colector de almas se había asegurado que ninguno de los dos pudiera abandonar la contienda so pena de ser muerto por sus esbirros.

Los ojos de ambos se miraban sin odio, *Kurai* buscando un punto débil por donde atacar, ella sin decidirse a hacerlo.

Con un golpe enviado con una sola mano buscando el estómago para causar el mayor daño posible se fue hacia el frente. Un ágil salto de ella la colocó lejos de *Kurai*. No podían seguir así, el atacando y ella esquivando, sabía de sobra que serían liquidados en el acto. Una nueva andanada de envites por parte del guerrero y la misma técnica de ella para esquivarlos.

Utilizando la estrategia soltó el hacha y se lanzó contra ella en una limpia barrida, esto la tomó por sorpresa, la zancadilla la hizo caer de espaldas a merced del gladiador, con un salto imponente se colocó sobre de ella que estaba de espaldas sobre el suelo. Inmovilizó sus brazos con ambas piernas mientras estaba sentado sobre su espalda. Con rapidez inusitada se desprendió del taparrabo y lo pasó alrededor del cuello de la mujer, había resultado después de todo su mejor arma. Apretó con fuerza para acabar con la vida de la guerrera que yacía vencida a sus pies.

Daba la impresión de que ella no hacía el menor esfuerzo posible por evitar la sofocación. Este hecho inquietó a *Kurai*, desde el inicio de la contienda la mujer había dado muestras de no querer pelear contra él. ¿Por qué? Cuando sintió que estaba próxima a la muerte aflojó ligeramente la presión. Se hizo de la *Kopis* de su rival, de pie junto a ella, con violencia la volteó para verla.

Ella entreabrió los ojos, sintió la espada besar su cuello causándole un leve corte.

- *¡SIGRÚN!* Los ojos de ella la delataban, era su mirada sin reproches y sin odio. Era la venganza del Colector de almas por haber indagado sobre su naturaleza. Se cobraba con la vida de lo único que amaba y había cambiado su avatar para que *Kurai* no la reconociera. Retrocedió con violencia, la visión de ella a sus pies cambiaba en forma radical su estrategia de pensarse vencedor para cobrar venganzas.

Soltó la espada en forma violenta, no le importaba morir, pero no sería el quien privara de la vida a *Sigrún*. Rehaciéndose en fuerzas, la espléndida mujer se incorporó sobre sus brazos en el mismo momento en el cual las hordas demoníacas habían ganado la altura del puente dispuestas a matarlos a los dos. A lo lejos los otrora gráciles vencejos se convirtieron en terribles bichas iguales a la que *Kurai* privara de la vida en el primer combate, pero esta vez eran demasiadas.

Fueron instantes de indecisión que les costaron verse presos de los primeros que llegaban hasta ellos. Dos demonios dieron un salto más semejante a un vuelo, inmovilizando por un momento a *Kurai*. Este los apartó violentamente con sus poderosos brazos. Se Lanzó hacia el arma más próxima: la espada curva, y asestó violentas descargas sobre los invasores que se multiplicaban como si fueran hongos. Un ser demoníaco sujeta a *Sigrún* por el cuello, pero no logró mantener la presión por mucho tiempo. Con un giro violentísimo la guerrera se deshizo de este, tomó el hacha y se colocó de espalda con espalda con *Kurai*.

No podrían contenerlos a todos, eso era un hecho solo les quedaba el tiempo en el cual pudieran mantener sus posiciones, los veían cada vez más sedientos de sus cuerpos, sus bocas babeantes ansiaban un festín.

Kurai se despojó de la cota de cuero que cubría su pecho y giró donde ella pudiera verlo.

- ¡LEE! ¡Con toda tu fuerza y con el corazón lleno de fe! Vio el tatuaje que cubría todo el pecho de él, el lenguaje le era desconocido. Al salir de su asombro grito más que hablar.

"CRUX SANCTI PATRIS BENEDICTI
CRUX SACRA SIT MIHI LUX

NON DRACO SIT MIHI DUX
VADE RETRO SATANA
NUMQUAM SUADE MIHI VANA
SUNT MALA QUAE LIBAS
IPSE VENENA BIBAS"[81].

La oración de San Benito[82] tuvo el efecto deseado, el asalto cesó de inmediato quedando los atacantes como si estuvieran petrificados, los gritos cesaron, todo esto mientras ella no paraba de gritar la oración. Los demonios corrieron despavoridos alejándose de ellos.

- ¡MALDITO SEA AQUEL QUE QUIERA TRAER LUZ DONDE LA OSCURIDAD PERPETUA ES MI HOGAR!

El colector de almas estaba ahí, frente a ellos, alzándose en toda su furia.

- ¿CREES QUE ESO SERÁ SUFICIENTE PARA QUE USTEDES PUEDAN CONSERVAR SUS VIDAS INMUNDAS? YO SOY AQUEL QUE REINA EN LA OSCURIDAD EL QUE POSEE LAS LLAVES PARA DECIDIR QUIÉN ENTRA Y SALE DE MI MUNDO.

La voz resonaba en forma fantasmagórica.

- ¡Tú eres aquel que fue derrotado y condenado al abismo a la oscuridad perpetua de donde no puedes salir! ¡Eres aquel que se ocultó de la mirada de Dios, haciéndolo tan bien que tú mismo te condenaste a no salir nunca! ¡Eres el que aprovecha la maldad para corromper y enviar enfermedades para poder consolarte por no poder hacer otra cosa! ¡Eres el mal que fue confinado! Con un grito salido desde el fondo de sus entrañas *Kurai* gritó: *¡ERES AHAZUUUU, EL AFERRADDOOORRR! ¡AQUEL QUE PRETENDE OCUPAR MI CUERPO PARA SALIR DE ESTE MUNDO!*

Un grito horrísono salió el colector de almas, el albornoz que cubría su rostro cayó hacia atrás dejando ver su verdadera identidad. Un rugido de cólera brutal brotó de las fauces del demonio, sus colmillos remataban un

---

[81] *Crux Sancti Patris Benedicti, Crux Sacra Sit Mihi Lux, Non Draco Sit Mihi Dux, Vade Retro Satana Numquam Suade Mihi Vana Sunt Mala Quae Libas, Ipse Venena Bibas.* Traducción del Latín: Cruz del Santo Padre Benito, Mi luz sea la cruz santa. No sea el demonio mi guía. ¡Apártate Satanás! No sugieras cosas vanas. Pues maldad es lo que brindas. Bebe tú mismo el veneno.

[82] Summa Daemoniaca (2012) Editorial Dos Latidos, España, Suplemento 3, pág. 167

hocico cubierto de pelo similar a un babuino, el pelo erizado sobre su cara enmarcaba dos ojillos negros como cuentas de vidrio que se adivinaban inyectados de odio.

- ¡MI CUERPO FUE BAÑADO POR EL AGUA BENDITA QUE TE ATORMENTA! ¡SER CORRUPTO, INCORPÓREO! Su voz estentórea resonaba como un trueno manteniendo a raya al demonio.

Blandiendo el *Kopis* se acercó hasta el demonio que parecía atado a su voz. *Kurai* comprendía que esto no sería suficiente para acabar con él y tomó una decisión desesperada.

Sigrún presenciaba la escena sin dar crédito de la fuerza de *Kurai*, ahora entendía cabalmente que la fuerza de voluntad le haría salir siempre avante a costa de lo que fuera.

Kurai retrocedió un paso, su mano resbaló por el filo de la espada hasta que solo se asomaba la punta de esta aferrada entre su puño, la dirigió con firmeza hacia su pecho, la más irrevocable decisión se dibujaba en su rostro y lentamente comenzó a cortar la piel donde estaba el tatuaje. La sangre resbalaba sobre su pecho, pero él seguía con la tarea que se había impuesto. De su boca salía en un grito la oración que antes sirviera para dominar a los demonios. El colector de almas aullaba mientras *Kurai* se deshacía de la espada.

Con toda la fuerza de que eran capaces sus manos se prendieron sobre su piel como poderosos garfios de hierro y con un violento tirón desprendió lo que ahora se había convertido en un pergamino con la oración protectora del santo patrono rematada por la Cruz sostenida por este. Un grito bestial surgió de la garganta del despellejado mientras sostenía el despojo sanguinolento y lo mostraba al demonio, pero no era un grito de dolor, era el grito estentóreo de *Kurai* el guerrero de mil batallas acostumbrado a vencer a sus enemigos.

El demonio retrocedía cojeando visiblemente, ocultando su rostro entre sus manos terminadas en garras, era evidente que las palabras salidas de la boca de *Kurai* hacían blanco y lo doblegaban.

La pérdida de la sangre era abundante, el guerrero desfallecía y caminaba ahora con pasos vacilantes pero decididos, era evidente la perdida de energía y de vida al auto infringirse tan terrible daño.

Sigrún quién se había quedado a la zaga corrió hasta donde él se encontraba y tomó la piel con las dos manos, la sostuvo como si se tratara del Vellón de Crisómallo[83] y con un salto prodigioso casi alado cubrió el rostro del demonio, la piel de *Kurai* se adhirió como si perteneciera a ese cuerpo.

Imposibilitado para ver y gritar daba pasos de tumbos buscando con sus brazos extendidos sin lograr hacerse de su agresora.

Kurai se desangraba en el suelo, la lividez de su rostro iba en aumento y su respiración se hacía agitada. *Sigrún* se aproximó a él y lo tomó entre sus brazos, las lágrimas aparecieron en sus ojos cayendo sobre la cara del infortunado.

El juego aún no había terminado *Sigrún* fue tomada con violencia por los hombros por el demonio que se había colocado detrás de ella, había sido un error perderlo de vista por la preocupación de ver las condiciones en las cuales se encontraba *Kurai*.

Sigrún salió despedida por la fuerza del jalón.

Haciendo un esfuerzo supremo *Kurai* cogió la espada curva y se fue de frente con sus últimas fuerzas, la espada atravesó limpiamente el pecho del engendro que se veía imposibilitado para emitir sonido alguno con la piel del mártir adherido a su cara.

El aferrador haciendo gala a su sobrenombre se abrazó con fuerza a *Kurai* como si intentara fundirse con este, y tal como había llegado desapareció llevándose con él al gladiador. Un grito de dolor salió de *Sigrún* que no pudo evitar que el cuerpo de *Kurai* se viera arrastrado hacia la oscuridad.

---

[83] Crisomallo El carnero alado. Se dice era hijo de *Poseidón* y que fue ofrecida por *Nefele* (la diosa nube) a sus hijos para que escaparan de una muerte segura a manos de su madrastra, Ino, esposa actual de su ex. Esposo *Atamante* padre de los hijos de *Nefele*. Los niños huyeron montados en el carnero, pero durante el viaje uno de ellos *Hele*, cayó y murió ahogado, el otro *Frixio*, se mantuvo firme y *Crisomallo* lo llevo hasta la Cólquide de una lejana playa del mar Euxino (hoy Mar Negro). Una vez a salvo *Frixio* sacrifico al carnero y colgó su piel en un árbol sagrado guardado por dos toros con aliento de fuego.

Sonia lloraba frente a la pantalla que fuera el instrumento principal en el cual su novio se había convertido en un mito en el mundo de los videojuegos. Levantó la vista, observaba entre el velo de lágrimas que empañaban su visibilidad el menaje que aparecía sobre un fondo negro: *Game Over*[84].

Se levantó del asiento y se dirigió hasta la puerta, antes de cerrar volvió la cara hacia la pantalla y dijo:

-No, esto aún no termina…

---

[84] Game over (en **inglés**: fin del juego o juego terminado), es un mensaje tradicional en los **videojuegos**, que generalmente señala que el juego ha finalizado, ya sea con resultado negativo (es decir, el jugador no ha podido completar el juego), o al haber concluido exitosamente la partida.

Índice

Introducción 9
Lauro Arreola 11
Beltz 103
Don Práxedes y su hijo 131
La niña de Jáltipan 141
El túnel de los tíntales 165
Kurai 195
Sobre el Autor 261

Sobre el Autor

Ricardo Cabrera Figueroa, nacido en el norte del estado de Veracruz, el último día del mes de enero de 1965. Inició en el mundo literario a través de la poesía, concretamente: poesía urbana.

De esta incursión en el mundo de las letras, nace: *El color de los miedos*, próximo a publicarse. A partir de ese momento las historias personales, las leyendas e historias colectadas aquí y allá, como consecuencia de continuos viajes por la geografía mexicana, dieron pie a este primer libro.

La ficción resulta en ocasiones más conmovedora que las realidades que se nos presenta.

Relatos que a la muerte divierten, no es un libro de historias aisladas, la relación entre ellas se da en una forma sólida, indisoluble que son el hilo conductor para una historia no lineal, que ocurre entre los tres libros que forman la saga.

9 789864 641079 6